夜明けの街で

東野圭吾
HIGASHINO KEIGO

角川書店

夜明けの街で

1

不倫する奴なんて馬鹿だと思っていた。妻と子供を愛しているなら、それで十分じゃないか。ちょっとした出来心でつまみ食いをして、それが元で、せっかく築き上げた家庭を壊してしまうなんて愚の骨頂だ。

もちろん世の中に素敵な女性はたくさんいる。僕だって、目移りしないわけじゃない。男なんだから、それは当然のことだ。でも目移りするのと、心まで奪われるのとはまるで違う。

不倫が原因で離婚して、慰謝料代わりにマンションを奥さんに取られ、おまけに子供の養育費まで払わされているという人が、ついこの間まで社内にいた。その人は慣れない独り暮らしのせいで体調を崩し、ついでにノイローゼ気味になって、ついには仕事でとんでもない大失敗をやらかした。その責任を取る形で彼は会社を辞めたわけだけど、離婚の原因となった相手の女性とも、結局は結ばれなかったらしい。つまり彼はすべてを失っただけで、何ひとつ手に入れられなかった。彼は夜毎、安いアパートの天井を見つめて、一体どんなことを考えているんだろう。

もう一度いう。不倫する奴なんて馬鹿だ。

ところが僕は、その台詞《せりふ》を自分に対して発しなければならなくなった。ただし、その言葉の後に、こう続ける。

　でも、どうしようもない時もある——。

2

　出会いというのは、いつだってそれほど劇的じゃない。少なくとも僕の場合はそうだ。それは平凡な日常の中に紛れ込んでいる。その出会いが輝きを持つのは、ずっと後になってからだ。

　秋葉《あきは》が派遣社員としてうちにやってきたのは、お盆休みが明けて最初の日だった。ものすごく暑い日だったが、彼女はきちんとスーツを着て現れた。長い髪を後ろで縛り、フレームの細い眼鏡をかけていた。

　仲西君だ、と課長が皆に紹介した。よろしくお願いします、と彼女は挨拶した。

　僕は彼女をちらりと見ただけで、すぐに自分のノートに視線を落とした。派遣社員が来るのは珍しいことではなかったし、僕はその後の会議のことで頭がいっぱいだった。先日のトラブルの言い訳をしなきゃなあ、なんてことを考えていたのだ。

　僕が勤める建設会社は日本橋にある。第一事業本部電気一課主任の肩書きをもらっている。現場で電気系統の不具合があった時には一番に駆けつけ、現地の担当者に説明し、顧客に謝り、上司に叱られ、仕上げとして始末書を書く——そういった役回りだ。

　うちの課には課長を除いて二十五人の社員がいる。秋葉が入ったので二十六人になった。うちの場合、机を向かい合わせにくっつけて並べている。秋葉の席は、僕の二列後ろになった。彼女からは斜め左に僕の背中が見えるわけだ。僕も椅子をくるりと回転させれば、彼女を見ることはできる。ただし彼女の前にはばかでかい旧式のパソコンモニターが据えられているので、彼女が画面に顔を近づけていたりしたら、ピアスのついた白い耳しか見えない。もっとも、僕がそんなことを意識するようになるのも、彼女がその席に座るようになって何日も経ってからだ。

秋葉の歓迎会は、その週末に行われた。といってもじつはそれは口実で、要するに課長が飲み会を開きたかっただけのことだ。どこの職場もそうなのかもしれないが、中間管理職についている人間というのは、やたらと飲み会を開きたがる。

茅場町《かやばちょう》にある居酒屋が歓迎会の会場だった。しょっちゅう行ってる店だから、メニューなんて見なくても、どんな料理があるのか大体わかっている。

秋葉は端から二番目の席に座っていた。主役は彼女なのだが、極力目立たないようにしているように思えた。僕は斜め向かいの席で、歓迎会なんてうざったいと思っているに違いないと想像していた。

彼女の顔をじっくりと見るのは、その時が最初だった。それまでは、眼鏡をかけている、ということしか認識していなかった。

僕の目にはもっと若く見えたのだが、彼女は三十一歳だった。小さめの顔は奇麗な卵形で、鼻筋は定規をあてたように真っ直ぐだった。その顔で眼鏡をかけているものだから、僕はウルトラマンを連想してしまった。

しかし彼女が和風美人タイプの整った顔立ちをしていることはたしかで、女性社員の一人が恋人の有無を尋ねたのも当然といえた。

秋葉は微笑むと、低い声で答えた。

「もし恋人がいるなら、今頃は結婚しています。そうして、この場にはいなかったと思います」

ビールを飲もうとしていた僕は、思わず手を止めて彼女を見た。彼女の回答は、彼女の人生における姿勢を単刀直入に示していた。

結婚したいのか、と誰かが訊《き》いた。もちろん、と彼女は答えた。

「結婚してくれる気のない人とは付き合いません」

三十一だもんな、と隣の同僚が僕の耳元で囁《ささや》いた。幸い彼女には聞こえなかったようだ。

どういう相手が理想か、というお決まりの質問が出た。秋葉は首を傾げる。

「どんな相手が自分に向いているのか、どんな相手とだったら幸せになれるのか、よくわからないんです。だから理想というのはありません」

では逆に、絶対にだめだというのはどんな男か。秋葉は即座に答えた。

「夫としての役割を全うできる人でないといやです。ほかの女性に気持ちが向くような人は失格です」

でも、旦那さんが浮気したら？　彼女の答えは明瞭《めいりょう》だった。

「殺します」

ひゅーっと誰かが口笛を鳴らした。

デビューがそんなふうだったから、職場の男性社員たちは、すっかりびびってしまった。

「あの歳だから結婚を意識するのはまあいいとして、浮気したら殺すってのはなあ。しかも何となく本気っぽいもんなあ。あの人、過去に絶対何かあるよ。男に裏切られて、怨念《おんねん》みたいなものを抱えてる、とかさ」未婚者の一人はそんなふうにいった。

仕事で直接の繋《つな》がりがなかったから、僕が彼女と個人的に言葉を交わすことは殆《ほとん》どなかった。その状況が変わったのは、ある夜からだ。

やはり金曜の夜だった。僕は大学時代の友人三人と久しぶりに新宿で飲んでいた。全員が結婚していて、僕を入れて三人が子持ちだった。四人はワンダーフォーゲル部で一緒だったのだが、今では誰も山に登っていなかった。

大学を出て十年以上経つと、だんだんと共通の話題が少なくなっていく。仕事の愚痴、妻の悪口、教育のこと――口が軽くなる話題じゃない。

もう少し盛り上がる話はないのかよ、と一人がいった。古崎という、ふだんは無口な男だ。いわゆる聞き上手だが、そんな彼でもうんざりしたらしい。

「世の中全体が盛り上がってないんだから、俺たちだけ盛り上がるってのは無理だろ」新谷という男が軽く流す。

「それにしても、たしかにしけた話ばっかりしてるよな、俺たち」黒沢という男が腕組みした。

「前は俺たち、どんな話をしてたんだっけ」

「ワンゲルのことだろ」僕はいった。

「それは大学生の頃だ。そんな前じゃなくて、今から少し前だ。俺たちはずっと前から、しけた話ばっかりしてたわけじゃねえだろ」

口を尖《とが》らせる黒沢を見ながら、たしかにそうだ、と思った。僕たちは昔から、上司が無能で困るとか、妻の親戚との付き合いが面倒だとか、健康診断の結果が芳しくなかったとか、そんなことばかりを話していたわけではない。そんな話を交わしながら酒を飲んだって、大してうまくない。

　自分たちは昔、どんな話をしていたんだろう。それをテーマに四人はしばらく考え込んだ。

　やがて黒沢がぽつりといった。「女だよ」

　えっ、と全員が彼を見た。

「女の話だ。俺たちは昔、女のことで盛り上がってたんだ」

　少しの間、全員が沈黙した。しかしその後に訪れたのは、白けた空気だった。

「それ以外でだ」新谷がしかめっ面でいった。「女の話以外では、どんなことで盛り上がってたか、それを考えてるんだよ」

「女の話だけだ」黒沢はむっとしていった。「ほかに盛り上がる話題なんかない。いつだってそうだったじゃねえか。おまえだって女の話が一番好きだった。人の顔を見りゃあ、合コンの計画はないかって訊いてきた」

　ははは、と僕は笑った。そうだった、たしかに。

「そうかもしれないけど、今ここでそんなことをいったって何の意味もないだろ。昔は女の話で盛り上がった、だから今もそうしようってのか。この中に、女の話ができるやつがいるか？　娘とか女房の話はなしだぜ。あれはどっちも女じゃないからな。おっと、母親も抜かなきゃな」新谷が早口でまくしたてた。

　母親よりも先に妻を女性という範疇《はんちゅう》から除外したことについて、彼は全世界の女性から猛抗議を受けそうだ。だけど僕も彼を責められない。彼の台詞に何の違和感も持たなかったからだ。

「女の話、聞きたいな」古崎がぽつりといった。「新谷のナンパ自慢は面白かった」

「だから俺にナンパしろっていうのか。おまえたちを楽しませるために？」

「以前新谷はこの店で賭《か》けをやったじゃないか」僕はいった。「カウンターに座っている女の子をこっちの席に呼べるかどうかっていう賭けだ」

　やったやった、と黒沢や古崎が頷《うなず》く。

「あのな、渡部」新谷が僕のほうを向いて座り直した。「あれは十年も前だ。しかも結婚してなかった。今の俺に同じことができると思うか？　あそこに女の子がいるよな」カウンターに座っているミニスカートの女の子を指して続けた。「なかなかかわいい。俺のタイプだ。だけど俺は、じろじろ見ることさえ遠慮している。そんなことをしたら変態おやじだと思われるからだ。世間から見れば、俺たちはおやじ。男ですらない。そのことを自覚しろ」

「男じゃない？　俺が？」

「おまえも俺も、こいつもこいつも」新谷は全員を順番に指差した。「みーんな、もう男じゃない。女房が女じゃないように、俺たちも男じゃなくなった。亭主とか父親とかオッサンとか、そういうものに変わったんだ。だから女の話なんて、したくてもできないんだ」

　新谷はさほど酔っているようには見えなかったが、胸の内にある何かを吐き出しているようだった。彼は中ジョッキに半分ほど残っていたビールを一気に飲み干した。

「そうか、男じゃないのか」古崎が呟《つぶや》いた。

「男に戻りたければ風俗に行け」新谷がいう。「ただし、女房や会社にばれるなよ」

「俺たちは男に戻るにも、コソコソしなきゃいけねえのか」黒沢が諦《あきら》めたように吐息をついた。

店を出た後、誰がいいだしたのかは忘れたけれど、バッティングセンターへ行こうということになった。

僕たちは二つの打席を確保し、交代で打席に立った。全員、さほど運動神経が悪いわけでもないのに、まともな当たりは殆どなかった。スポーツをする身体じゃなくなっているのだ、と途中で気づいた。

秋葉の姿を見つけたのは、僕が左側の打席で打っている時だった。二つ隣のバッティングケージの中で、一心不乱にボールをひっぱたいている彼女の姿があった。

最初は人違いかと思った。しかしちょっと怖い表情でピッチングマシンを睨《にら》みつけている顔は、彼女のものに違いなかった。ただし、打つ瞬間のものすごい形相は僕が初めて見るものだった。打ち損じた後、「ええいクソッ」と吐き捨てる声も、それまでに聞いたことのないものだった。

僕が呆然《ぼうぜん》として眺めていると、彼女のほうも気づいてこちらに顔を向けた。まずは驚きで目を丸くした。それからどぎまぎしたように俯《うつむ》いた後、もう一度僕のほうを見た。そして、今度はにっこりと笑った。僕も笑い返した。

古崎が僕の様子に気づいて、どうしたんだと尋ねてきた。会社の子がいるんだ、と僕は説明した。

「会社の子って……」古崎は僕の視線を辿《たど》り、あっと声を漏らした。「女だ」

僕は彼女のところへ行った。彼女はタオルで汗を拭《ふ》きながらケージから出てきた。

「何してんの、こんなところで」

「バッティングですけど」

「それはわかってるけど……」

「知り合いだって？」後ろから声がした。振り返ると、にこにこ顔の新谷が立っていた。古崎や黒沢も一緒だ。

秋葉は戸惑ったように僕を見た。僕は仕方なく、友人たちを彼女に紹介した。

「女性一人でってのは珍しいですね。ここへはよく来るんですか」新谷が秋葉に訊いた。

「たまに」そう答えてから彼女は僕を見た。「会社ではいわないでくださいね」

「あ……わかった」

週末の夜に女一人でバッティング——いいふらされて嬉しい内容じゃないかもしれない。

「いいですね、昔のお友達と今でも付き合いがあるなんて」

「まあ、そうかな」

「俺たち、この後カラオケに行くんですけど」新谷が秋葉にいった。「よかったら、一緒にどうですか」

僕はびっくりして新谷を見た。「だめに決まってるだろ」

「どうして？」

「だって、おやじ四人だぜ」

「だからいいんだよ」新谷は秋葉のほうを向いた。「こいつも含めて、全員妻帯者です。だからあなたをくどいたりする心配はありませんよ」

「彼にいわせると、俺たちはもう男じゃないそうだ」僕は秋葉にいった。

「男じゃない？」

「そう。人畜無害」新谷がいった。「遅くなったら、渡部に送らせます。こいつは特に無害だ。しかも無味無臭。いなくなっても誰も気づかない。たぶん生殖能力もない。安パイです」

秋葉は笑いながら僕たちを眺めた。

「じゃあ、少しだけ」

「いいのかい？」

「お邪魔でなければ」彼女は僕を見ていった。邪魔なわけないけど、と僕は頭を掻《か》く。

バッティングセンターを出て、僕たちはカラオケボックスに入った。他の三人は浮き浮きした顔をしていた。男だけで歌うのがいかに味気ないかを知った上でカラオケボックスに入り、その虚《むな》しさが覚悟していた以上だったと嘆きながら出る、ということを何年も繰り返していたから、秋葉はまさに救いの女神だった。

ただし女神だからといって、歌が上手《うま》いとはかぎらない。そして歌が上手くないからといって、歌うのが嫌いともかぎらない。

秋葉は次々に曲を選んでいった。僕たちの中の誰かが歌うと次に彼女が歌う。二曲に一曲は彼女の出番だ。彼女はじつに気持ちよさそうに歌う。歌の合間にジンライムを飲む。誰かが歌うと、酒のおかわりを注文する。

これは断言できることだが、僕たちの誰も彼女に酒を勧めなかったし、彼女の帰宅時間については全員が気を遣っていた。酒は彼女が自分の意思で飲んだわけだし、そろそろお開きにしようかと僕が提案した時、もう三十分もう三十分と延長をいいだしたのも彼女だ。

カラオケボックスを出る頃には、秋葉はべろんべろんに酔っていた。冗談でなく、本当に送っていかざるをえなくなった。僕は彼女をタクシーに乗せ、高円寺《こうえんじ》に向かった。高円寺に彼女のマンションがあるということを聞き出すのも、じつはかなり大変だった。

駅のそばでタクシーを降りた。ほうっておくと真っ直ぐに歩けない彼女の身体を支え、彼女が寝言のように呟く道順に従って、時速一キロぐらいのスピードで進んだ。

不意に彼女がしゃがみこんだ。僕はびっくりして顔を覗《のぞ》き込んだ。

「大丈夫？」

彼女は俯いたまま、何やらぶつぶついっている。何をいっているんだろうとよく聞いてみて、さらに驚いた。おぶって、といっているのだ。

冗談じゃねえよと思ったが、彼女は動きそうにない。

仕方ないと諦め、僕は彼女に背中を向けた。

彼女は無言で乗っかってきた。推定身長一六五センチぐらいで、わりと細身だが、結構重く感じた。僕はワンゲル部の練習を思い出していた。

ようやくマンションの前に着いた。むにゃむにゃと何かいっている秋葉を、僕は下ろそうとした。すると今度は唸《うな》り始めた。

どうしたんだ、と訊く暇もなかった。彼女は何の予告もなくゲロを吐いた。僕の左の肩が温かくなった。

「わあ」僕はあわてて上着を脱いだ。紺色のスーツの左肩に、白いものがべっとりとついていた。

道端に転がっていた秋葉が、のろのろと起きてきた。とろんとした目で僕を見つめ、僕の上着を眺め、自分の口元を触り、もう一度上着を見た。

あー、というように彼女の口が大きく開いた。声は出なかった。彼女はよたよたと近づいてくると、ひったくるように僕の上着を奪った。それからあちこちに身体をぶつけながらマンションに入っていった。

僕はしばらくそこに立っていた。上着がなく、ワイシャツの左肩を少し臭わせて、彼女が消えたマンションの入り口を見つめていた。

夜が明けようとしていた。

3

高校生の時、クラスの女の子から、話があるので放課後残っていてくれといわれた。そんなことをいわれたら、恋の告白を期待して当然だろう。わくわくしながら待っていた僕にその女の子は、体育祭のメンバーについてクレームをつけてきた。仲のよくない女の子と一緒にムカデ競走に出るのは嫌だ、というのだ。その時、僕は体育祭の実行委員をしていた。もちろん用というのはそれだけで、彼女はいいたいことをいうと、さっさと帰ってしまった。

同様のことは何度もあった。そんなことを繰り返すうちに、女性から話があるといわれた程度では、おかしな期待を抱かなくなった。むしろ最近では、そんな時には不安になることのほうが多い。大抵、何か文句をつけられるだけだからだ。

それにもかかわらず、月曜日の午後、『お話ししたいことがあるので、もし時間があれば、今日会社が終わった後、少し付き合っていただけませんか。』という電子メールを読んだ時には、久しぶりに胸の高鳴りを覚えてしまった。差出人は秋葉だった。

僕は首だけを捻《ひね》って、斜め後ろを振り返った。彼女はパソコンに向かって、黙々と仕事を続けていた。こちらを見る様子はなかった。

僕はじっくり考えてから、次のようにメールを打った。

『了解。では水天宮《すいてんぐう》の交差点のそばにある本屋で。ビジネス書のコーナーにいます。』

浮き浮きしながらも、彼女の用件はわかっていた。先日の件で詫《わ》びたいのだろうし、上着を返すつもりに違いなかった。喫茶店ぐらいには行くことになるかもしれないが、たぶんそれだけだ。彼女はすぐに帰るだろうし、明日からはこれまでと同じように振る舞うだろう。そうとわかっていながらも、久しぶりに若い女性と個人的に待ち合わせをしているというだけで、僕は時計の針が終業時刻を示すのが待ち遠しくてならなかった。本当にほんとうに、男というのは滑稽《こっけい》な生き物だ。

終業を知らせるチャイムが鳴ると、僕は素早く鞄を抱えて席を立った。ぐずぐずしていたら課長に呼び止められるおそれがあった。上司というのは、肝心な時には席にいないくせに、こっちがほかに急ぎの用を抱えている時にかぎって声をかけてくる。

無事に会社を脱出した僕は、約束の書店まで大股で歩いていった。まだ九月で、暑さが残っていたから、書店に着く頃には汗びっしょりになっていた。

エアコンの風がよく当たる場所で、パソコン雑誌をぱらぱらと眺めること十数分、隣に誰かが立つ気配があった——というのは、じつは嘘で、それよりずっと前から秋葉が店に入ってきたことには気づいていた。気づいていながら、彼女が僕を発見し、僕に近づいて声をかけてくるのを待っていたのだ。

「すみません。支度に手間取っちゃって」秋葉は硬い表情でいった。

「いいよ。僕も今来たところだから」

彼女は紙袋を提げていた。中身は僕の上着だろうと想像した。

本屋の二階にある喫茶店に入った。僕はコーヒーを、彼女はアイスティーを注文した。

「体調はどう？　二日酔いとかしなかった？」

「大丈夫です」相変わらず秋葉の表情は強張っている。僕のほうを見ようとしない。

「それならよかった。いつもあんなふうに酔っぱらうの？」

「あの日は特別です。ちょっとむしゃくしゃしたことがあって」そこまでしゃべってから、余計なことまで話す必要はないと気づいたか、彼女は一旦口を閉じた。それから改めて付け加えた。

「あんなふうになったのは初めてです」

「これからは気をつけたほうがいいね」

「もうお酒は飲みません」秋葉は怒ったような口調でいった。

「そんなに極端でなくてもいいと思うけどさ」僕は彼女の横に置いてある紙袋に目を向けた。

「ええとそれで、僕の上着はどうなったかな」

秋葉は、ぴんと背筋を伸ばし、ぐっと顎《あご》を引いて僕を見た。僕はちょっとたじろいだ。女の子から何らかの抗議を受ける時に、よく見る表情だった。

彼女はバッグから封筒を出してきてテーブルに置いた。

「これを受け取ってください」

戸惑いながら封筒の中を見ると、一万円札が五枚入っていた。

「何これ？」

「洋服代です。弁償させていただきます」

「ちょっと待って。こんなことしてくれなくていいよ」

「あたしの気持ちです」

「もし申し訳ないという気持ちがあるのなら、こんなものを出す前にすべきことがあるんじゃないかな」何のことをいわれているかわからないという顔を彼女がしたので、僕は続けていった。「いわゆるお詫びの台詞というのを君から聞いてないんだけど」

秋葉は一瞬眉をひそめ、大きく呼吸した。スーツの胸元が上下した。意を決した表情で彼女はいった。

「醜態をさらしてしまったと後悔しています。渡部さんに御迷惑をおかけしたことも、大変不本意です」

まるで政治家の答弁だ。

「何それ。ちっともお詫びの言葉に聞こえないんだけど」

「ですから、こちらがお詫びのしるしです」彼女は封筒を僕のほうに押した。

「いらないよ、こんなの」僕は声を尖らせた。少し不愉快になっていた。「上着を返してくれれば済むことだ。安物で、流行遅れの服だけど、僕にとっては貴重なワードローブの一つなんだ。

あれがないと出張に行けない」

「これで代わりのものを買っていただく、というわけにはいきませんか」

「いかないね。そんな筋合いはない。だって、ちょっと汚れただけだろ。クリーニングすれば済むことだ」

「それはそうなんですけど」彼女は目を伏せた。

僕は紙袋を指差した。

「あのさ、それ、俺の上着じゃないの？　そうだとばかり思ってたんだけど」

秋葉はあわてた様子で紙袋の口を摑《つか》んだ。「そうです」

「だったら、それを返してくれればいいんじゃないの？　えっ、それとも、もしかして、あのままなのかい」

彼女は首を振る。「いえ、洗いました」

「それなら――」その後の言葉を呑み込んだ。洗いました？　誰が？

嫌な予感がした。

「あのさ、仲西君。とりあえず、それを見せてくれないかな」

秋葉は躊躇《ためら》いながらも、紙袋を差し出してきた。その中には見覚えのある服が入っていた。だが僕がそれを出そうとすると、「ここでは出さないで」と彼女はいった。

「えっ、どうして？」

「いえ、それはあの、とにかく、ここではちょっと……」彼女は周りの人々を気にしている様子だ。

ますます不安が広がった。

「わかった。ここで待っててくれるかな」

黙って頷く彼女を残し、僕は紙袋を抱えて喫茶店のトイレに入った。紙袋から取り出した服は、あの日彼女に汚された上着に相違なかった。奇麗になっているし、きちんとアイロンもかけてある。だが袖を通してみてびっくりした。袖が七分丈になっていた。肩の部分も窮屈で、前のボタンも留まらない。

テーブルに戻ると、秋葉はふてくされたような顔でアイスティーを飲んでいた。

「あのさ」椅子に腰掛けながら僕は訊いた。「どうしてクリーニングに出さなかったの？」

「出せません」

「どうして？」

「誤解されますから」

「誰に？」

「クリーニング屋のおばさんに、です。男が出来たと思われます」

「それで自分で洗濯したわけ？」

秋葉は黙っている。

「参ったね」僕はため息をつき、頭を掻いた。

「だから弁償するといってるんです。それを受け取ってください」

「そういう問題じゃないと思うんだけどな。とにかくこれは受け取れないよ」

「受け取ってくれないと困ります。人に迷惑をかけたままでいるなんて、我慢できませんから」

秋葉は封筒を僕に押しつけ、伝票を手にして立ち上がった。

「ちょっと待てよ」僕は彼女を追った。封筒を彼女のスーツのポケットに入れた。「これで君の気は済むかもしれないけど、こっちが納得できない」

「じゃあ、どうすればいいんですか」

「どうすればって……」

ほかの客たちの目が我々に向いていた。とりあえず出よう、といって僕は彼女の手から伝票を取り上げた。

店を出ると秋葉は仏頂面で待っていた。

「君、金持ちの娘だろう」

「どうしてですか」

「どんなことも金だけで解決できると思っているみたいだからさ。でもそれじゃあ償いの気持ちは伝わらない。必要なのは態度と行動だ」

彼女は僕を睨みつけてきた。「行動で示せばいいんですね」

「まあそういうことだ」

「わかりました。じゃあ、明日、もう一度ここで会ってもらえますか」

「明日？　明日まで待たなきゃいけないわけ？」

「今日はもう遅いし、準備をしてきてないから」

何の準備が必要なのだろうと思ったが、僕は訊かなかった。彼女がどんなふうに態度で示すのか、興味が湧いてきたからだ。

「じゃあ、明日、同じ時間にここで」

「必ず」彼女はそういって頷いた。何となく挑戦的な目をしているのが気になった。

　翌日、約束通りに僕が書店で待っていると、白いパンツスーツ姿の秋葉が現れた。この日僕はずっと現場に出ていて会社にいなかったので、彼女に会うのはこの時が初めてだった。

「ついてきてください」彼女は小声でいうと、くるりと踵《きびす》を返し、すたすた歩きだした。

　彼女は書店を出て、道路沿いに進んだ。やがてコインパーキングに止めてある車に近づいた。黒のボルボXC70だった。

「どうぞ」ロックを解除して秋葉はいった。

「どこへ行くの？」

「いいから乗ってください」

　何だか変なことになっちゃったなあと思いながらも、僕は少し気分が浮き立つのを覚えた。彼女が何をするつもりなのか、楽しみになってきた。

　僕が助手席のドアを開けると、秋葉も車に乗り込んだ。

　彼女はすごい勢いで車を発進させた。しばらく何も訊かないでいるつもりだった僕だが、箱崎《はこざき》の料金所に入るのを見て、さすがに黙っていられなくなった。

「高速を使わなきゃ行けないところ？　そんなに遠いのかい？」

「三十分で着きます」彼女はそう答えただけだった。

　車は湾岸線に入った。秋葉は一番右の車線を吹っ飛ばしていく。

「もしかして、横浜に行こうとしてる？」

「桜木町《さくらぎちょう》です」前方を睨んだまま彼女は答えた。

「そこで何をしようっていうわけ？」

「着けばわかります」

どうやらそれまでは何も教えてもらえないらしい。僕は諦めて外を眺めることにした。横浜へのドライブなんて何年ぶりだろうと思った。もちろん女性の運転で行くのは生まれて初めてだ。

「これ、君の車？」

「そうですけど、何か？」

「いや、変わった趣味だと思ってさ。あまり若い女性が好んで買うタイプじゃない」

秋葉は、ふうーっと息を吐いた。「サーフィンのためです」

「サーフィン？」

「ええ。荷物をたくさん積みたいから」

「なるほど。サーファーなのか」

「いけませんか」

「いや、うらやましいと思ってさ。僕も昔から一度やりたかったんだけど、結局やらないまま歳をくっちゃった」

秋葉は無言だった。何を考えているのか僕にはわからなかった。

車はベイブリッジを通過し、山下町《やましたちょう》で高速を出た。彼女は依然として行き先については何もいわず、ハンドルを操作する。

ようやく彼女が車を停止させたのは、メインストリートから少し入ったところだった。洒落《しゃれ》た店が並んでいる。

「降りてください」そういいながら秋葉はエンジンを止めた。

車を降りると、彼女はすぐそばの店に入っていった。ショーウインドウには男物のスーツが飾られている。宝くじにでも当たらないかぎり、絶対に買わないような値段がついていた。僕は目を剝《む》いて彼女の後を追った。

店内では秋葉が五十歳ぐらいの男性と挨拶を交わしているところだった。いかにも外国製品に詳しそうな、紳士っぽい雰囲気の男性だった。

男性は目を細めて僕に近づいてきた。

「ようこそいらっしゃいました。ではまずお客様の寸法を測らせていただいてよろしいでしょうか」

「寸法？」僕は秋葉を見た。「これ、どういうこと？」

「この店で渡部さんのスーツを作ってもらうことにしたんです。お詫びのしるしに」

「さあ、どうぞこちらへ」男性は僕を奥へ導こうとした。

「ちょっと待ってください」僕は彼のほうに軽く手を出した。「僕は結構です」

「はっ？」男性がきょとんとした。

僕は秋葉に近づいた。

「こんなことをしてほしくてついてきたんじゃない」そのまま店のドアを押して外に出た。ボルボを止めてある場所とは逆の方向に歩きだした。電車で帰るつもりだった。

僕の頭に、バッティングセンターにいた秋葉の姿が蘇《よみがえ》った。カラオケで歌いまくっていた彼女のことも思い出した。あの時の彼女と今の彼女は、全くの別人のようにしか思えなかった。

「待ってください」別人の彼女が追いかけてきた。「一体何が気にいらないんですか」

「君の考えだ」

「だってお金を渡すだけじゃだめなんでしょ？　だから行動で示したんじゃないですか」

「こんなのは行動で示したことにならない。こんなことで俺が喜ぶと思うのか。見損なってもらっちゃ困るね」

「じゃあどうすればいいんですか」

　怒った口調でいった秋葉の顔を、僕は覗き込んだ。

「本当にわからないのか？」

「わからないから訊いてるんです」

　僕は首を振り、お手上げのポーズを作った。

「人に迷惑をかけて、申し訳ないと思ったら、まずすべきことは一つだ。そんなことは小学生だってわかってる。幼稚園児だって知っている。ごめんなさい——そういうんだよ。服を汚してごめんなさい。どうしてそれがいえないんだ。俺は金なんかほしくないし、上等のオーダーメイドの服だって作ってほしくない。こんなところまでついてきたのは、君の言葉が聞けると思ったからだ。謝ってくれることを期待してたからだ。何が寸法を測りましょう、だ。ふざけるんじゃねえよ」

　僕は本気で腹を立てていた。何かが台無しにされるような気がして苛立《いらだ》っていた。

「もういいよ。この件については忘れよう。謝ってもらえないんなら、仕方がない。俺はそれ以外のことは君には――」そこまでいったところで僕は硬直した。

　秋葉は立ったまま石像のように動かなかった。その目に大粒の涙が溜まっていた。僕が驚いて見つめる中、それはとうとう流れ始めた。頬に幾筋もの線が生じた。

　そんなのってないよ、と僕は思った。この局面で泣くのはずるいだろう。

　だが次に彼女が発した台詞は、さらに僕を困惑させた。

「それが出来ればどれほど楽か……。素直に謝れるぐらいなら、あたし、こんなに苦しくない――」

　本音をいえば、呆然と立ち尽くしながらも、僕の胸の中では何やら熱いものが膨張し始めていた。くだけた表現を使うなら、「わくわく」という感じだ。今まで経験したことのない何か、自分が出会ったことのない出来事が起きるんじゃないかという期待感が、ひしひしと押し寄せてきていた。

　秋葉はバッグからハンカチを出すと、目の下をさっとひと拭きした。それから大きく深呼吸し、僕を見た。その顔に涙の跡はなかった。

「失礼しました。さて、ではどうしましょう?」

　なんだ、どうしましょうって。それはこっちが訊きたいことだった。

　僕はつい今し方まで怒っていた。だがそんな気持ちは彼女の涙によって消し飛んでいた。怒りの気持ちをなくした僕は、抜け殻みたいになっていた。

「とりあえず……帰るよ」僕はようやくいった。「ここにいても意味はないから」

秋葉は小さく頷いた。

「じゃ、送っていきます」

「いいよ、遠回りになるんだろ」

「でも、ここでお別れってわけにもいきませんから」

「じゃあ、横浜駅まで行ってくれるかな。そこからなら帰りやすいし」

彼女はあまり納得している様子ではなかったが、結局頷いた。「わかりました」

秋葉の車まで戻り、二人で乗り込んだ。とんだことになっちゃったなあと思いながら僕はシートベルトを引っ張った。明日からどんな顔をして彼女と接すればいいんだろう、と少し不安だった。

とにかく今日のところは毅然《きぜん》とした態度を貫こうと僕は決心していた。彼女の涙で腰くだけになったような印象は持たれたくなかった。

ところが格好をつけたい時にかぎって、身体はおかしな反応を示す。秋葉がエンジンキーを差し込んで、今まさにそれを捻ろうとした時、僕の腹が音を発したのだ。きゅーるるるるー。周りを走っている車はなく、騒音らしきものも皆無だった。静寂の中、その音はやけに響いて感じられた。

エンジンをかけようとしていた秋葉の手が止まった。

「おなか、すきましたよね」秋葉がいった。やけにまじめくさった口調だった。

「いつもなら晩飯の時間だからな」

「どうします？」

「どうするって……」

この瞬間、僕の頭の中で様々な考えが飛び回った。下心はなかった。僕が最優先して考えたことは、どうすれば格好がつくか、ということだった。

「何か軽いものでも食べようか」

「軽いもの……っていうと？」

「いや、軽いものじゃなくてもいいよ。ふつうの食べ物で」

「でも軽いもののほうがいいんですよね」

「どうして？」

「だって、今しっかり食べちゃうと、晩ご飯が食べられなくなるから」

そういうことか。彼女がなぜ「軽いもの」にこだわるのかわかった。僕が家に帰って、妻の料理を食べるであろう、そうしなければならないであろうと考えているのだ。

「今夜は、外で食べてもいいんだ」

「そうなんですか」

「君から今夜の予定を聞いてなかったから、もしかしたら家の食事に間に合わないかもしれないと思って……。いや、あの、君と二人で食事をするという意味じゃなくて、帰りが少し遅くなるとしたら、一人でもどこかで食べて帰ることになるかもしれないと思って」

告白すれば、僕は秋葉と食事ができることを期待していた。若い女性と退社後に会うのだから、それぐらいは期待するのがふつうじゃないだろうか。

「横浜駅の東口に大きなビルがあって、その中にクラシカルな料理を出すイタリアンのお店があるんです」秋葉はいった。「そこに行ってみますか」

「君がよければ」

彼女は頷いて、今度こそエンジンをかけた。

そのレストランはビルの二十八階にあった。窓際の禁煙席からは、横浜の街を見渡せた。店内は夜景を尊重するように照明が程良くしぼられていた。

僕は少々緊張しながら、新しい職場には慣れたかとか、仕事は面白いか、というようなことを訊いた。そんな質問に、秋葉も最初は硬い顔つきで、どうとでも解釈できるような回答を繰り返していた。下手なことをいって、のちに会社でほかの人間にしゃべられたらまずいと思っているのかもしれなかった。

僕の上着のことは、ここでは話題に上《の》せないでおこうと決めていた。それをすれば、せっかくの食事が台無しになると思ったからだ。彼女がなぜ泣いたのかもすごく気になっていたけれど、我慢することにした。

「サーフィンはいつからやってるの？」

「三年ぐらい前から……かな」

「きっかけは？」

「何となくです。やっている友達に誘われたものですから」

少しずつ会話が滑らかに進むようになった。

「サーフィンねえ、かっこいいな。俺も一度やってみたいと思ってたんだけどさ」

彼女はフォークを動かす手を止めて、じっとこちらを見た。

「それ、さっきもおっしゃいましたよね。一度やってみたいって」

「いったよ」

「でも、嘘ですよね」

「どうして？」

「適当に話を合わせただけじゃないんですか。本当は特にやりたいとは思ってませんよね」

「そんなことないよ」僕は口を尖らせた。「なぜ話を合わせなきゃいけないんだ。機会があればやりたいと本当に思っている。今だって思ってるさ」

「本当に？」

「ああ」

「じゃあ、行きましょうよ。サーフィンに」真っ直ぐに秋葉は僕を見つめてきた。

どうせオーケーするわけがない、と彼女は思ったに違いなかった。事実、僕は困っていた。サーフィンを出来たらいいなと思うけれど、今さらチャレンジするほどの意欲はない。だがそれを正直に表明するのは悔しかった。

「いいよ」僕はいった。「行こうよ」

今度は秋葉の表情に少し変化が見られた。明らかに狼狽《ろうばい》していた。だが引き下がらなかった。

「どうせ誘わないだろうと高をくくってるんでしょうけど、あたし、誘いますよ。口先だけの約束なんてしませんから」

「いいよ。でもこっちだって予定があるから、最低でも二、三日前までにいってくれ」

「本当に誘いますよ。嘘じゃないです」

「俺だって本気だ」

「今、焦ってません？」

「全然。君のほうだろ」

奇妙な口論をしながらも僕は楽しかった。むきになる彼女がかわいかったし、むきになれる自分のことを悪くないと思った。

食事後、秋葉が支払いをしようとした。だが僕は割り勘にしようといった。

「いえ、ここはあたしが」彼女の目は真剣だった。

僕は少し考えてから頷いた。

「わかった。じゃあ、これで上着のことはちゃらにしよう」

はっとしたような顔を見せた後、秋葉はにっこりと微笑んだ。素敵な笑顔だった。

4

横浜駅から電車で帰る間、僕は幸福な思いに浸っていた。ただしこの時はまだ、今夜かぎりの気分だと自分にいい聞かせていた。

それが大きな間違いだったと気づいたのは、その次に会社で秋葉を見かけた時だった。彼女の姿は輝いて見えた。目のレンズの焦点がそこに合わせられたように、ほかのものはぼんやりと、そして彼女の姿だけはくっきりと映った。僕の胸は高鳴っていた。

仕事をしていても、いつの間にか僕は彼女を目の端で捉《とら》え、彼女が発する声には耳が敏感に反応した。それどころか――呆《あき》れることに、驚くことに、ほかの男性社員が彼女に話しかけているのを見て、軽く、いやいやかなり真剣に嫉妬《しっと》していたのである。

で、秋葉のほうはといえば、僕のことなど気にしている素振りはまるでない。じつに見事にいつもの通りだ。そのことがますます僕を苛立たせた。

そんな状態だったから、彼女からのメールを受け取った時には、僕の体温は一気に五度ばかり上昇した。のぼせた頭でメールを読んだ。

『今度の土曜日、湘南《しょうなん》に行きます。渡部さん、行きますか。それとも逃げますか。』

彼女は男を挑発する名人なのかもしれなかった。そして僕はそんな言葉を受け流す名人でも何でもないから、『行くに決まっている。そっちこそ逃げるなよ。』なんて書いちゃったのである。

とにかくこうしてサーフィンに行く約束は成立した。その日から僕の心は揺れ続けた。秋葉と再びデートできるという喜びはもちろんあった。だが、えらいことになったぞ、という焦りの気持ちも小さくなかった。まさかこの歳でサーフィンをすることになるとは夢にも思わなかったからだ。

土曜日の近づくのが嬉しいような不安なような、複雑な思いを抱えた日が続いた。その間も僕は、会社で秋葉の姿を見るのが楽しみだったし、彼女の声を聞いてはわくわくした。

土曜日の昼過ぎに僕は家を出た。会社の仲間たちとゴルフの練習をしに行くことになったから、と妻には話してあった。ゴルフなんてめったにしないけど、ほかに言い訳が思いつかなかった。

秋葉とは横浜駅で待ち合わせていた。駅前で待っていると、例のボルボに乗って彼女が現れた。ボードは積んでいなかった。彼女によれば、鵠沼《くげぬま》海岸にある馴染《なじ》みの店に預けてあるらしい。ほかの海でサーフィンをすることは殆どないのだろう。

サーフィンといえば早朝にするものとばかり思っていたから、こんな時間帯に出発するのは意外だった。

「あのあたりは夕方のほうがいい波が来るんです」僕の疑問に秋葉はさらりと答えた。

空はどんよりと曇っていた。今にも降りだしそうだ。予報によれば、低気圧が近づいているということだった。

「天気、大丈夫かな」

「これぐらい平気ですよ。それとも中止にしたいんですか」

「そんなことといってないだろ。どうしても俺を臆病者にしたいみたいだな」

「無理してないならいいんです」彼女はにやにやしていた。

高速道路に入り、朝比奈《あさひな》インターで出た。その頃から、空は一層暗くなってきた。風も強い。だが天気には触れないでいた。やっぱり怖がっている、と思われそうだったからだ。

サーフボードを積んだ車とすれ違うことが多くなった。朝から波乗りをしていたのではなく、我々と同じように夕方の波を狙ってきた連中だろう。海が荒れているので諦めて引き返しているに違いなかった。

そうこうするうちに、とうとう雨が降り始めた。しかもかなり激しい降り方だ。それでも秋葉はアクセルを踏み続ける。

「今日は中止にしたほうがいいんじゃないかな」僕はいった。「引き揚げてくる連中も多いみたいだし」

「やっぱり逃げたいんだ」予想通りのことを彼女はいった。

僕はむっとしたけれど、それをぐっとこらえた。「うん、逃げたい」

意地悪そうに笑っていた秋葉の顔が、ふっと真顔になった。彼女は速度を緩め、車を路肩に寄せて止めた。

「逃げるんですか」前を向いたまま彼女は訊いてきた。

正直びびっていたし、逃げたかったのだが、彼女のことが心配でもあった。このまま行けば、彼女はどんなに波が荒れていても海に入りそうだった。僕は彼女の腕前を、それほどでもないと踏んでいた。技量を超えたことをやらせて、取り返しのつかないことになるのは、何よりも怖かった。しかしそれをいえば、彼女はますます意地を張るだろう。

「うん、降参」僕は両手を上げた。「引き返そう」

秋葉は僕の顔をじっと見つめ、唇を舐《な》めた。「大人の対応」

「えっ？」

「あたしに無理させちゃいけないと思ってるんでしょ」

そのとおりだが、それを口に出してはいけない。

「そこまで考える余裕がない。とにかく今日は勘弁してほしい。もっとコンディションのいい時にチャレンジする。何しろ俺は初心者なんだ。運動不足で体力にも自信がない」

彼女は僕の顔をしばらく見続けた後、目をそらしてふっと吐息をついた。それから前を向くと、車を動かした。後方確認した後、勢いよくＵターンさせた。

「残念、いい波がありそうだったのに」

ごめん、と僕は彼女の横顔にいった。

雨はますます激しくなってきた。秋葉はワイパーの動きを速くした。

「渡部さんも、日頃から運動したほうがいいですよ」

「そう思ってるんだけど、なかなかチャンスがなくて」僕は頭を掻いた。「今回は誘ってくれてありがとう」

彼女はちょっと虚をつかれた顔になってから、にっこりした。

「ワンゲル、やってたんでしょ？　今は山とか登らないんですか」

「一人で行ってもつまんないしさ」

「じゃあ、今度はあたしが付き合いましょうか」

「マジで？」

「もちろんマジで。あたしは逃げませんから」

「それなら、うんとハードなコースを選んでやろう」

「どうぞ。御自分の体力と相談してくださいね」

来た時と同じコースを辿り、湾岸線に入った。するとそれまでの大雨が、蛇口を締めたようにぴたりと止まった。晴れ間まで出てきた。

「ラッキーでしたね。中止になった途端、晴れてきた」

「雨は関係ないだろ。海は荒れてるよ」

車がベイブリッジを渡った。僕が休憩を提案すると、彼女も同意した。

大黒埠頭《だいこくふとう》のパーキングエリアに秋葉はボルボを止めた。土曜日の夕方なので、駐車場は混んでいたし、レストランもいっぱいだった。

僕たちはハンバーガーと飲み物を買い、埠頭を眺められる広場に上がった。雨はすっかり上がり、空気もひんやりとしていて気持ちがよかった。

あっ、と秋葉が空を指差した。そちらに目を向け、おっと僕も声を漏らした。短い虹がうっすらと出ていた。

「虹を見るなんて何年ぶりかな……」

ハンバーガーを握ったまま、その美しい光景に見とれていた。周囲にいた人々も、歓声を上げて空を見上げている。秋葉もその一人だった。

「いいものを見られた」僕はいった。

彼女は微笑んで頷いた。それから一歩こちらに近づいた。顔つきが真剣なものになっていた。

「あの、渡部さん」彼女はためらいがちに口を開いた。「上着のこと、あの、すみませんでした。……ごめんなさい」絞り出すような声だった。俯いたままもう一度、ごめんなさい、と呟いた。

その瞬間、僕の頭の中は真っ白になった。様々な考え、こだわり、警戒心が吹き飛んで、今こうして彼女といられることが素晴らしいと思えた。

僕は深呼吸を一つしてからいった。

「せっかくだから飲みに行こうか」

秋葉が顔を上げた。その顔に驚きの色も、不快そうな気配もなかった。

せっかくだから、と僕は繰り返した。

秋葉は五秒ほど考えた後、はい、と短く答えた。

大黒埠頭で虹を見た僕たちは、そこからまず東白楽《ひがしはくらく》に向かった。そこに彼女の実家があるからだ。ボルボはふだん、実家の駐車場に入れてあるらしい。

どんな家なのだろうと興味が湧いたが、僕は東白楽の駅前で降ろされることになった。駐車場に車を入れるついでに、部屋で着替えをしたいと秋葉がいったからだ。僕を降ろした後、ボルボは道を曲がり、急な坂道を上っていった。

駅のそばのコンビニで時間を潰《つぶ》していると、秋葉が黒のチューブトップに白のブルゾンを羽織った姿で現れた。チューブトップからは胸の谷間が覗いていて、僕は少しどきどきした。

「実家にはどなたが？」僕は訊いた。

彼女は首を振った。「どなたも」

「えっ、でも、御両親は？」

「母はあたしが子供の頃に亡くなりました。きょうだいはいません」

「お父さんは？」

「父は……」そういってから彼女は唾を飲み込んだ。「父も、いないも同然です。あの家には誰もいないんです」

謎めいた言葉に、僕は戸惑った。何やら複雑な事情があるらしいぞ、と心の警笛が鳴り始めていた。こういう時は、話題を変えるのが一番だ。

「とりあえず、横浜でいいかな」

秋葉は表情を緩め、頷いた。

横浜に行って食事をした後、バーに入った。カウンター席に並んで座り、僕たちはカクテルを何杯か飲んだ。秋葉はカクテルの名前をいくつも知っていた。ただし、中身に関してはあまり詳しくないようだった。知り合いがバーを経営しているから、と彼女はいった。

当たり障りのない会話を少し交わした後、僕は思い切って一歩だけ踏み込むことにした。

「さっき、謝ってくれたよね」

秋葉は目をそらし、カクテルグラスを弄《もてあそ》んだ。

「この前は、謝れないといった。それが出来ればどれほど楽か、とも。あれはどういうことなんだ？」

もしかしたら秋葉は不機嫌になるかもしれないと思った。触れてほしくない話題に違いなかったからだ。しかし僕としては訊かないわけにいかなかった。

秋葉はカクテルグラスを見つめたままだった。帰る、といいだすような気がして、僕は不安になった。

ごめんなさい、と彼女が呟いた。

「えっ？」僕は彼女の横顔を見た。

「ごめんなさい――これは便利な言葉ですよね。この言葉を聞いた相手はたぶん不愉快にはならないし、これを口にしさえすれば、少しの失敗は許してもらえる。昔、あたしが住んでいた家の隣に空き地があって、そこで近所の子供たちがボール遊びをしていました。そのボールがしょっちゅう、うちの家の塀に当たるし、時には塀を越えて庭に入ってくる。そんな時子供たちはインターホンのチャイムを鳴らして、殊勝な声でいうんです。ごめんなさい、ボールを取らせてくださいって。母はボール遊びにはいつも文句ばかりいってるくせに、子供にそういわれると何もいい返せなくなる。もちろん子供たちだって、それをわかっているから、簡単にごめんなさいというんです。本当に申し訳ないと思っているわけじゃない。ごめんなさいって、万能の言葉みたいなものですよね」

「だからその言葉が嫌いなの？」

「簡単には口にしたくないんです。心の奥からこみ上げてくるものがあって、思わず口にせざるをえないような時以外には」秋葉はカクテルを口に含んでから続けた。「少なくとも、いいなさいと命じられて、それから発するような言葉じゃないと思うんです」

彼女のいっている意味はよくわかった。たしかに「ごめんなさい」というのは便利な言葉だ。深く考えず、反射的に口にすることも少なくない。そんなことでは本来の詫びとはいえないだろう。それにしても、彼女がここまでこだわるのはどういうことか。

「こんなに苦しくない……ともいったよね。素直に謝れるなら、こんなに苦しくないって。あれはどういう意味だったのかな。今は何か苦しいの？」

秋葉がかすかに眉をひそめたのがわかった。僕は少しあわてた。

「あ……余計な詮索《せんさく》をする気はないんだ。ちょっと気になっただけ。話したくないならそれでいい。ごめん」

するど彼女はこちらを向き、くすりと笑った。

「渡部さんはすぐにいえるんだ。ごめんって」

「あっ……」僕は口元に手をやっていた。

「それがふつうですよね。わかっているんです。自分がふつうじゃないんだって」それから彼女は手首を返し、腕時計に目を落とした。

僕も時間を確認した。「そろそろ行こうか」

彼女は微笑み、小さく頷いた。

残った酒を飲み干し、僕は立ち上がった。その時、秋葉がいった。

「来年の四月になれば――」

えっ、と僕は彼女の顔を見た。彼女はカクテルグラスを両手で包み、深呼吸をした。

「正確にいうと、三月三十一日。その日が過ぎれば、いろいろとお話しできるかも」

「それって、君の誕生日か何か？」

「あたしの誕生日は七月五日。蟹座」

覚えておこう、と僕は思った。

「その日はね、あたしの人生にとって、最も重要な日なんです。その日が来るのを何年も……」そこまでいってから、小さくかぶりを振った。「変なことしゃべっちゃった。忘れてください」

こんな言い方をされて忘れられる人間などいるはずがない。だが僕が言葉を選んでいるうちに彼女は立ち上がった。

タクシーで横浜に行った後、電車に乗って東京に向かった。彼女は実家ではなく、高円寺に帰るということだった。

週末は実家で過ごすのだろうと思い込んでいたので、少し意外だった。もしかしたら何らかのメッセージじゃないだろうかと気を回した。つまり、僕を部屋に招いてもいいと思っているのかもしれない。

東京に向かう途中、僕はあれこれと想像を巡らせては、緊張の度合いを高めていった。彼女はじっと窓の外を眺めている。

品川《しながわ》駅に着いたところで、送っていくといおうとした。ところが秋葉は電車を降りると、僕に正対していった。

「今夜はごちそうさまでした。おやすみなさい」

僕からは何もいわせない隙のなさだった。おやすみ、と僕は応じるしかなかった。

それでも彼女と別れてから、僕は携帯電話でメールを送った。次のようなものだ。

『今日は楽しかった。気になる話も聞いたけど、とりあえず忘れることにする。また誘いたいけど、だめですか。』

その返信は、東陽町《とうようちょう》にある自宅に戻る直前に受け取った。マンションのエントランスの前で、僕はわくわくしながらメールを開いた。その文面は短かった。

『だめだと思いますか?』

ううむ、と唸りながら携帯電話の電源を切った。秋葉の本心が見えない。しかし僕の心は浮き立っていた。異性に対しての駆け引きを楽しむなんてのは、何年ぶりだろう。

ただし、とエレベータホールに向かいながら僕は僕自身にいい聞かせていた。

浮かれすぎてはいけない。自分は結婚しているし、子供もいる。秋葉に恋愛感情を抱いているのは事実だが、それはあくまでも疑似のままにしておかねばならない。いわばゲームだ。本気になってはいけない。

マンションの五階に我が家はあった。２ＬＤＫで、一昨年の秋に購入した。

自分で鍵をあけて中に入ると、妻の有美子《ゆみこ》がダイニングテーブルに向かって何かしているところだった。彼女は顔を上げ、「遅かったね」といってから、壁の時計を見た。十二時近くになっていた。

「ちょっと飲んできたから」

「だろうと思った。おなかはすいてない？」

「食べてきた」

「何を食べたの？」

「何って……まあ、いろいろ。唐揚げとか、焼き鳥とか」

会社の仲間たちとゴルフの練習をするといって出かけたのだから、食事をした場所もそれにふさわしいものでなければならない。となれば、やっぱり居酒屋ということになる。

それにしても妻というのは、どうして亭主が外で何を食べてきたのかを知りたがるのだろう。新谷も同じようなことをいっていた。どこの家でもそうだろうか。

部屋着に着替えてリビングに戻ると、有美子はまだダイニングテーブルに向かっていた。テーブルの上には卵の中身を抜いた殻が五、六個転がっている。派手な色の布の切れ端も散らばっている。

「何を作ってんの？」僕は訊いた。

有美子は顔を上げ、傍らに置いてあったものを手に取って見せた。卵の殻に赤い布を張り付けてある。片端の丸い部分は殻が剝きだしのままだ。

「これ、何に見える？」

「赤い卵」

「じゃあ、こうすれば？」そういって彼女は小さな赤い円錐《えんすい》状のものを上に載せた。

「おっ」僕は声を漏らした。「サンタに見える」

「正解。かわいいでしょ」

「なんでこんなのを作ってるんだ？」

「クリスマス用の飾りを作るっていうテーマがあるの。その準備」

「でも、まだ九月だぜ」

「クリスマスの飾りつけは、早い家だと十二月に入ったらすぐに始めるのよ。だからその講義は、十月の終わりか十一月の初めにはやっとかなきゃ」

「ふうん」僕は卵の殻を手に取った。先端部分を丸く奇麗に切り取って、中身を出したものらしい。

「割らないでよ」

「わかってるって」僕は殻をテーブルに戻した。

有美子は週に一度、カルチャースクールで講師のバイトをしている。手芸教室みたいなものらしい。バイト代は大したことがないみたいだが、出産して以来、外の社会との繫がりが途絶えがちになっていただけに、今は毎日が楽しそうだ。

有美子と知り合ったのは学生時代で、その後付き合ったり、別れたり、よりを戻したりといったことを何度か繰り返し、九年前の春に結婚した。子供が生まれる四年前までは、証券会社で働いていた。年齢は僕より二つ下だ。

その時に生まれた子供は、襖《ふすま》で仕切られた隣の和室で寝ている。女の子で、名前は園美《そのみ》という。現在は幼稚園に通っている。園美が生まれて以来、僕と有美子は別々に寝るようになった。

僕が冷蔵庫から缶ビールを出してくると、有美子は作業する手を止めた。

「何か作ろうか」

「うん……さっぱりしたものがいいな」

「さっぱりしたものねえ」首を捻りながら彼女はキッチンに消えた。

僕はビールを飲みながら、ニュース番組を眺めた。ビールを三分の一ほど飲んだ時、有美子が皿を持って出てきた。中身は春雨サラダだった。

「味はどう?」僕が一口食べた後、彼女は訊いてきた。

僕がOKサインを出すと、有美子は満足そうに頷き、卵のサンタ作りを再開した。彼女にとって、春雨サラダを作る程度のことは、マニキュアを落とすよりも簡単なことなのだろう。

サラダを食べながら缶ビールを二本飲み、僕は寝室に向かった。有美子に対して、軽く罪悪感を抱いていた。重大な裏切り行為を働いたわけではないが、騙《だま》したのは事実だ。

ベッドに入ってから、僕は自分の気持ちを確認した。

大丈夫、俺は本気になったりしないさ。若い女性と親しくなれて、ちょっと心が弾んだだけだ。その証拠に、自分の家に一歩入れば、いつも通りの夫、いつもと同じ父親に戻れる。秋葉とおかしなことになんかなるものか。
　俺は大丈夫――。

5

　浮気についての定義は人さまざまだ。ある人はこういう。

「配偶者以外の異性と個人的に会ったりしたら、すでに浮気。デートなんて論外。だってそういうことをしたと知ったら、その人の妻や夫は傷つくわけだから。配偶者を傷つけている以上、それは浮気」

　またある人はこう反論する。

「結婚していても、生身の男女であることには変わりがないんだから、ほかの異性に恋愛感情を抱くなというのは無理。妻や夫にばれないようにすることは必要だけど、デートぐらいはいいんじゃないかな。むしろそれぐらいのドキドキ感があったほうが、人生が楽しくて、結果的に夫婦関係もうまくいく。キスぐらいまでは許されると思う。やっぱりセックスするかしないか」

　人によって価値観が違うのだから、定義が違うのは当然のことだ。また、その時に置かれている状況によっても意見は変化する。僕だって、昔は前者と同様の意見の持ち主だった。結婚している人間はデートなんかしちゃいけないと思っていた。

　ところが秋葉と出会ってから、僕の考えは急速に後者側に傾いた。セックスさえしなければ浮気ではない、と考え始めているのだ。無論、そのほうが都合がいいからである。

ある日、知り合いの業者がレストランの招待券をくれた。そのレストランは横浜のホテルに入っていた。横浜と聞いて、僕が小躍りしたのはいうまでもない。付き合ってくれません

『二名様を御招待となっているのだけど、ほかに誘う相手がいませんか？』そんなメールを秋葉に出した。

奥さんと行けばいいじゃないですか――もしそんな意味の返信が来たら、奇麗さっぱり諦めるつもりだった。妻は子供の世話が大変で、なんていう言い訳をする気はなかった。

やがて届いた彼女からの返信は次のようなものだった。

『きちんとしたレストランなら、それなりの服装が必要ですね。』

パソコンの前で、僕は密《ひそ》かに歓声を上げた。

前回のデートから十日が経っていた。僕たちはまたしても横浜に来ていた。巨大な観覧車の見えるレストランで、僕たちは食事をした。料理もワインも旨《うま》かった。黒いワンピースを着た秋葉が、僕には女優に見えた。

ホテルのレストランで食事というのは、極めて微妙なシチュエーションだ。ホテルの中には洒落たバーもある。そしてホテルなのだから、当然泊まることも可能だ。

だが僕は、食事後の思いがけないアバンチュールなど想像しなかったし、期待もしなかった。むしろ、独身女性をあまり遅くまで引き留めてはいけないな、などと考えていた。

食事中の話題は、会社や趣味の話が中心だ。秋葉はうちの会社の仕事の進め方について、彼女なりにいろいろと不満があるらしく、それをさりげなく僕に伝えるようになっていた。僕の口の堅さを少しは信用する気になったのかもしれない。ただし人の悪口は決していわなかった。

趣味というのは、いうまでもなく秋葉の場合はサーフィンであり、僕の場合はワンゲルということになる。ただし、彼女は現在進行形で語れるが、僕の話はもはや過去形でしかない。

「丹沢《たんざわ》に小《お》川谷《がわだに》というところがあってね、十個以上の滝が連なっている。夏になるとよく、ザックを担いで、びしょ濡れになりながら登ったものだよ。そのあたりにいる川魚はめったに人と接触しないから、警戒心も弱くて、ちょっと糸を垂らすだけですぐに釣れた。つるつるの大きな岩があって、そこから降りる時は、滑り台みたいに滑り降りるんだ。そのままドボーンと川に落ちるんだけどね」

こんな話を生き生きと語ると、秋葉はこう尋ねてくる。

「今はそういうこと、しないんですか」

この一言で僕の気持ちは萎《しぼ》んでしまう。薄く笑いながら、忙しいからね、と小声で答えるだけだ。

この十年で、自分がいかに多くのものを失ってきたかを自覚せざるをえない。こうして若い女性と食事をする機会を得ても、現在進行形で語れる瑞々《みずみず》しい話題といったものがまるでない。素敵な体験も、自慢話も、全部遠い過去のことだ。

秋葉が僕の家族のことを訊いてきたのは、メインディッシュが運ばれてきた頃だった。家族といっても妻や子供のことではなく、僕の両親やきょうだいのほうだ。

両親は健在で、埼玉の新座《にいざ》市に住んでいる。きょうだいは、妹が一人。七年ぐらい前に公務員と結婚して、川崎《かわさき》のマンションで子育て中だ。

「ふつうなんだ」秋葉は頷きながらいった。「ふつうの御家族ですね」

「まあ、とりたてて特徴はないよ。平凡といえば平凡。それでいいのかもしれないけど」

「ふつうの家庭で育ったから……ふつうの家庭を作れるのかも」

「どういう意味、それ？」

秋葉は首を振った。

「深い意味なんかないです。渡部さんのことをいったんです」そしてメインディッシュの肉を刻み始めた。

彼女は僕の妻子のことを訊きたいのかな、と考えた。それについては、これまで彼女は一切触れようとしなかった。僕だって、自分から進んで話したりはしない。

僕は彼女の父親のことを訊いた。どんな仕事をしているのか、という簡単な質問だったが、秋葉は一瞬目を伏せた。顔つきが厳しくなったようにも感じられた。地雷を踏んじまったのかな、と僕は身構えた。雲行きが怪しくなるようなら、即刻この話題からは撤退せねばならない。

やがて秋葉が口を開いた。

「父はいろいろな仕事をしていて、毎日飛び回っています。六十歳だけど、とても元気で精力的です」

彼女の言葉にほっとした。険悪なものは感じられなかったからだ。

「東白楽の家に住んでおられるわけ？」

「いえ、あの家にいることは殆どないです。父は部屋をいくつか持っていて、仕事に応じて移動しているんです」

どうやら、かなりやり手の実業家らしい。

「するとは家は大抵無人なんだ」

「そういうことです」

「君はどうして住んでないの？　東白楽からだと、日本橋までそんなに時間はかからないと思うけど」

秋葉は意外そうな顔で僕を見つめてきた。「あんな家に一人で？」

「いや、どんな家か知らないけど……。あ、そうか、大きいんだ」

「大きさは……どうかな」彼女は首を傾げ、ワイングラスに手を伸ばした。

あまり弾む話題ではなさそうだった。僕は別のテーマを探すことにした。

レストランを出た後、最上階のスカイラウンジで少し飲むことにした。夜景を眺めながらビールを飲むうちに、新宿でのことを思い出した。

「最近、あれはやってないの？」僕は訊いた。

「あれ？」

「これだよ」僕はバットを振る格好をしてみせた。

ああ、と秋葉は少し気まずそうな顔をした。

「そんなにしょっちゅうやってるわけじゃないです。あの頃はちょっと運動不足で、ストレスもたまってたから……たまたまです」

「でも女性が一人でバッティングセンターってのはなあ」

「いけませんか」

「いや、いけなくはないけどさ」

「前はボウリングに凝ってた頃もあったんですけど」

「ボウリング？　上手いの？」

「なかなかのものです」彼女は鼻筋の通った顔を、ちょっと上向きにした。

「俺もボウリングなら自信がある。学生時代、かなり投げたからね」

秋葉が上目遣いに僕を見た。「じゃあ、やります？　ボウリング」

「いいよ、いつでも」頷いてビールを飲む。

「逃げませんか。サーフィンの時みたいに」

「逃げないよ。サーフィンだって、結果的にああなっただけで――」話の途中で秋葉が立ち上がるのを見て、僕は言葉を切った。「どうしたの？」

彼女はすました顔で僕を見下ろしてきた。「行くんです」

「どこへ？」

「決まってるじゃないですか。ボウリング場です」

三十分後、僕たちは日《ひ》ノ《の》出町《でちょう》駅のそばにあるボウリング場にいた。秋葉はやる気満々だったし、僕だっていいところを見せなきゃと張り切っていた。

だけど、やる気や張り切りが結果に結びつくとはかぎらない。二人ともかなりひどかった。スコア表にマークが付くのは稀《まれ》で、ミスのオンパレードだ。

「あたしがこんなスコアを出すことなんて、これまで一度もなかったんです。本当です」

「久しぶりだからだろ。俺だって、調子がいまいちだし」

「絶対におかしい。もう一ゲーム、いいですよね」彼女は僕の返事を待たず、スタートボタンを押した。

　しかし三ゲーム目のスコアもひどいものだった。最後の一投もミスに終わった後、彼女はがっくりと項垂《うなだ》れた。

　カウンターで支払いを済ませて戻ってみると、秋葉は壁に据え付けられた鏡の前で、ボールを投げる格好を何度も繰り返していた。よく見るとハイヒールを脱ぎ捨てている。

　新宿のバッティングセンターで彼女を見かけた時のことを思い出した。あの時と同じ表情だ。もしかしたらこれが秋葉の本質なのかもしれないと僕は思った。レストランやバーで見せる気取ったしぐさや言葉、表情は、彼女の本来のものとは別物ではないか。

　ボウリング場を出た後も、彼女は沈んだままだった。

「こんなはずじゃないんです。今日は何かがおかしいんです」

　僕は吹き出しそうになったけれど、それをこらえて、そうかもね、と答えておいた。

　タクシーを拾い、横浜駅に向かうことにした。だが途中で秋葉が、あっと声を出した。

「あたし、実家に用があるんだった」

「じゃあ、送っていくよ」

「いえ、ここで降ります」

「いいよ。大した距離じゃない」

　秋葉は小さく頷き、わかりました、といった。

　東白楽の駅のそばまで行くと、彼女は坂を上っていく道を指示した。かなり急な坂道だった。おまけに道幅はあまり広くない。

それを抜けると突然広い道に出た。私道が合流しているのだ。道の傾斜も少ない。その道を挟んで、塀の高い立派な家が建ち並んでいた。

　一軒の家、というより屋敷と呼んだほうがよさそうな邸宅の前で、秋葉はタクシーを止めた。門柱に仲西と彫られているのが見えた。ひゅーっ、と僕は口でいった。

「すごい家だ」

「見かけだけです」つまらなさそうにいって秋葉は降りようとした。だがその動きが止まった。彼女はそばの駐車場を見ていた。

　見覚えのあるボルボと国産の高級自動車が並んで止まっていた。そして国産車の傍らに、一人の男性が立っていた。車に乗り込もうとしているところのようだった。白髪混じりの頭を奇麗にセットした、いかにも品のよさそうな顔立ちの男性だった。額が広く、鼻筋が真っ直ぐだ。

「お父さん？」

　僕の問いに秋葉は黙って頷いた。その横顔には緊張の色があった。

　秋葉に続いて僕も車から降りた。彼女の父親は少し驚いた様子で、僕たち二人を交互に見つめた。

「家に何か用？」秋葉は父親に訊いた。

　白髪の男性は戸惑った表情のまま、顎を引いた。

「資料を取りに寄ったんだ」

「そう」彼女は頷いてから僕のほうを向いた。「こちら、渡部さん。今働いてる会社の人。横浜で食事をしてきたの」

食事のことまで話すとは思わなかったので、僕は少し驚いた。うろたえながら、はじめまして、と挨拶した。

「秋葉の父です。娘がお世話になっております」

落ち着いた声でそういいながら、彼は僕の観察を始めていた。交際中の女性の父親と顔を合わせたら、必ず浴びることになる、あまり好意的でない種類の視線だった。

「送ってもらったのか」彼は秋葉に訊いた。

「うん」

「そうか」彼は再び僕を見た。「わざわざすみませんでした。どうか気をつけてお帰りください」

失礼します、と僕はいおうとした。だがその前に、「渡部さんに」と秋葉が割り込むように口を挟んできた。

「お茶でもお出ししようと思ってるの。いいでしょう?」

僕はびっくりして秋葉を見た。彼女は真っ直ぐに父親を見つめている。

「あ……そうなのか」秋葉の父親は困惑と非難の混じった目をした。だが次の瞬間には表情を緩めていた。「じゃあ、ゆっくりしていってください」明らかに作り笑いだった。

秋葉がタクシーに戻り、運転手に言い訳をしながら支払いを始めた。僕があわてて財布を取り出した時には、タクシーの後部ドアは閉まっていた。

「いくらだった?」僕は訊いた。

だが彼女は黙って首を振ると、父親のほうを向いた。

「じゃあ、お父さん、おやすみなさい」

父親はわずかに狼狽の色を見せた後、「うん、おやすみ」といった。

「渡部さん、どうぞ」秋葉は、今まであまり見せたことのない優しげな笑みを浮かべ、門に向かって歩きだした。

僕は彼女の父親に会釈すると、彼女の後を追った。彼の視線を感じたけれど、やがて車のドアが閉まる音と、それに続いてエンジンのかかる音が背後から聞こえた。

門の前では秋葉が、父親の車が出ていくのをじっと見つめていた。その目は先程とはうってかわった冷めたものだったので、僕は一瞬どきりとした。だが僕の視線に気づいたのか、こちらを向くと、にっこり微笑んだ。どうぞ、といって門扉を開けた。

屋敷は外から見た以上に立派だった。門から玄関までのアプローチは長く、玄関のドアは大きく、ドアの向こうのエントランスは広かった。しかし中の空気は冷えていて、しばらく誰も生活していないことを窺《うかが》わせた。今まで時間が止まっていたかのようだった。

僕は四十畳ぐらいはありそうなリビングルームに通された。革張りの茶色いソファがコの字に並んでいた。中央には、人力では到底動かせそうにない大理石の巨大なテーブルが置かれていた。彼女に勧められるまま、僕は三人掛けソファの真ん中に腰を下ろした。

家具や調度品は、いずれも高価なものに見えた。壁にかけられている風景画も、おそらく有名な画家の手によるものなのだろう。リビングボードの上に電話の子機が置いてあったが、それさえも庶民が使うものとは別物に見えた。

どこかに消えていた秋葉が戻ってきた。ブランデーの瓶とグラスを載せたトレイを持っている。

「お茶じゃなかったの？」

僕がいうと彼女は少し目を見開いた。「お茶のほうがいいですか」

「いや、俺は何でもいいけど」

秋葉は僕の隣に座り、バカラとおぼしき二つのグラスにブランデーを注いだ。その一つを僕が受け取ると、彼女のほうからグラスをかちんと合わせてきて、そのままブランデーを口に含んだ。

「あのさ」彼女の唇を見て僕はいった。「状況がよくわからないんだけど」

「状況？」

「どうして急にお茶に誘ったわけ？　タクシーに乗っている時は、そんなことといわなかったじゃないか。お父さんがどうかしたの？」

秋葉はしばらくグラスの中を見つめると、顔を上げて微笑んだ。

「父のことなんか気にしないで。あたしが何をしようと、誰を家に入れようと、何もいわない人ですから」

「そういうことを訊いてるんじゃなくて、どうして急に俺を家に入れる気になったのかが知りたいんだけど」

秋葉はグラスを持ったまま立ち上がった。そしてソファの後ろに回り、カーテンを開けた。大きなガラス戸の向こうは庭のようだった。だけど庭は真っ暗で、ガラスに反射した彼女の姿だけがくっきりと見えた。

「大した理由なんかないんです。ただ何となく、この家を見てほしかっただけなんです」

「家を？　それはまあ、立派な家だと思うけど」僕は改めて室内を見回した。「でも、お父さん、あまり面白くなさそうだったけど」

「だから父のことなんか気にしないでください」彼女は振り返った。「父はたぶん、渡部さんが結婚しているってことに気づいたと思います。それでも何もいわないんです。そういう人なんです」

どういうつもりで彼女がそんなことをいうのか、よくわからなかった。

秋葉は目を閉じて大きく深呼吸した。部屋の空気を味わっているように見えた。

「この部屋に入ったの、何か月ぶりかな」

「えっ、そうなの？」

「この家に帰ってきても、二階にある自分の部屋に行くだけです」

「どうして？」

だが彼女は答えず、何かを確かめるように部屋のあちこちに視線を向けた。

「父はこの家を手放したがってるんです。もう誰も住まないし、いい思い出だってないし。でもなかなか買い手がつかなくて、父もそうだけど、不動産屋さんも困ってるみたい」

「立派すぎるんじゃないのかな」

秋葉はグラスを傾け、ブランデーをぐいと飲み干した。口をぬぐいながら僕を見た。

「こんな家、誰も欲しいなんて思うわけないです」

「そうかな」

「だって」彼女は僕の目をじっと見つめてきた。「人殺しのあった家ですよ」

「えっ？」

彼女のいった意味がうまく理解できず、僕は何度もその言葉を頭の中で反芻《はんすう》した。ひとごろし、ひとごろし、ひとごろし――。

秋葉は僕のそばにやってきた。

「ここでこんなふうに」突然大理石のテーブルの上に寝そべり、大の字になった。「倒れてたんです。殺されてたんです。二時間ドラマみたいに。じゃじゃじゃじゃーんのサスペンスドラマみたいに」

ようやく僕は、彼女が酔っているらしいことに気づいた。バッティングセンターで会った夜を思い出した。グラスを置き、腰を上げた。

「俺、帰るよ」

「どうして？」大の字になったまま彼女は訊いた。

「君が酔ってるみたいだから」

歩きだそうとする僕の足に秋葉はしがみついてきた。「行かないで」

彼女は僕のズボンの裾を摑んだまま、テーブルからずり落ちた。ソファとテーブルの隙間で四つん這いになった。

僕は腰を落とし、彼女の肩に手を置いた。「もう休んだほうがいいよ」

「渡部さんは？」

「俺は帰るよ」

「だめ」彼女が抱きついてきた。「こんなところで一人にしないで」

6

マンガで表現するならば、僕の頭からはたくさんの『?』マークが出ていたことだろう。とにかくわけのわからないことが多すぎて、頭の中を整理できなかった。だけど混乱の中でも、はっきりしていることがあった。彼女に抱きつかれて、僕がどきどきしていることだ。

ゆっくりと秋葉の身体を抱きしめた。指先は彼女のしなやかさを感じ取った。彼女の体温が、静かに僕のほうに流れてきた。

なぜ彼女が泣いているのかわからなかった。彼女の涙を見るのは二度目だった。わけがわからなかったが、理由を詮索《せんさく》しようとは思わなかった。何かが彼女を泣かせている——それで十分だった。

僕たちは唇を合わせた。その途端、たった今まで僕の頭に広がっていた様々な迷いが、氷山が壊れるように崩れ始め、やがては融《と》け、流れだした。それは大きなうねりとなって僕の頭の中をごうごうと回っていたが、ついにはどこかの穴に吸い込まれていった。バスタブの栓を抜いたようなものだ。

僕たちの唇が離れた時には、バスタブの中はすっかり空っぽになっていた。そこに何があったのかさえ、もはやわからないほどだった。

「部屋に行きます?」秋葉が訊《き》いてきた。

「行ってもいいの?」

「このところ、掃除してないけど」彼女は立ち上がった。僕の右手を摑《つか》んだままだった。

彼女に手を引かれながら、僕はリビングを出て階段を上がった。天井は吹き抜けになっていた。

二階にはドアがいくつかあった。その中の一つを秋葉は開けた。だがすぐに閉じると、僕を見ていった。「ここでちょっと待ってて」

見られたくないものがあるのだろうと解釈し、僕は頷《うなず》いた。

薄暗い廊下に僕は取り残された。腕時計を見ると、十二時をすでに過ぎていた。今日は平日で、明日も平日だ。こんな時間にこんなところにいるだけで、すでにかなり厄介な状況になりつつある。たとえば有美子には何といえばいいだろう。取引先と横浜で会食、という意味のことをいって、今朝は家を出てきたのだ。

朝帰りは、事態をさらに悪くする。いくら何でもそれはまずい。取引相手にカラオケに誘われたとでもいうのか。二十四時間営業のカラオケに? だめだ。きっとぼろが出る。

そんなことを考えているうちにドアが開いた。

「どうぞ」そういった秋葉は着替えていた。ふわふわした生地で出来たワンピースみたいな服だ。部屋着なのだろう。

お邪魔します、といって僕は部屋に入った。さっと室内を見渡し、少し驚いた。

そこは高校生の部屋だった。しかも十数年前の高校生だ。

広さは八畳ぐらいだろうか。壁紙は白を基調にした細かい花柄だった。ベランダに面したガラス戸の横に勉強机が置いてあり、その上には高校の参考書が並んでいる。小さな書棚に本は少なく、代わりに小さな小物やアクセサリーが多くの場所を占めていた。ベッドの上には犬のぬいぐるみ。

「高校生の時から、殆《ほとん》ど何も変わってないんです。さっきもいいましたけど、ある時期からこの部屋を使わなくなったから」

「ある時期って？」

するとと彼女はじっと僕の目を見つめてきた。何かを探るような気配があった。

「今、話したほうがいいですか」

「話したくないなら、別に構わない」

彼女は目をそらし、少し黙っていた。やがて唇を緩め、僕を見た。

「うん、話したくないです。今夜は」

「じゃあ、訊かないよ」僕は秋葉の肩に手をかけ、自分のほうに引き寄せた。

彼女は抵抗しなかった。そのまま自然に僕たちは抱き合い、再びキスをした。さっきと同じ状態に戻ったわけだ。

唇を重ねながら、こんなことをしていると取り返しのつかないことになる、と考えていた。しかし一方で、わくわくしてもいた。とてつもなく素晴らしい時間の訪れる予感があった。僕は秋葉を抱きたかった。彼女の服を脱がせ、肌に触れ、お互いの心と体を密着させたかった。

僕は彼女をベッドに連れていこうとした。彼女がいった。「電気、消して」

「そうだね」

僕は電気を消した。闇の中で僕たちはもう一度唇の感触を確かめ合った。目が少し慣れてからベッドに移動し、同時に腰掛けた。

「ごめんなさいね」秋葉がいった。

「どうして謝るんだ？」

彼女は答えなかった。

僕たちはゆっくりと身体を横たえていった。

こうして僕たちは、本来ならば越えてはいけない境界線を跳び越えてしまった。越える前はその境界上には大きな壁が立っているのだと思っていた。だけど越えてしまうと、じつはそこには何もなく、壁は自分が作り出した幻覚だったと知るのだ。

だから大したことじゃない、ということをいいたいのではない。むしろその逆だ。たとえ幻覚であろうと、壁が見えていたから、境界を越えることなど想像もしなかったといえるのだ。もはや壁が見えない僕は、今度こそ自分の意思だけで感情をコントロールしなければならない。

この夜のことは一時の気の迷いと割り切ったとする。だけど本当にそれで済むだろうか。境界線の向こう側に、目眩《めまい》がしそうなほど甘美な世界があると知っていて、これから永遠に踏み越えずにいられるだろうか。境界線の上には壁などなく、ひょいと一跨《ひとまた》ぎすればいいだけのことと知ってしまった今となっては、それは非現実的なほど不可能に思えた。

カーテンの隙間から朝の日差しが漏れていた。少しだけ微睡《まどろ》んだようだ。目が覚めた時、彼女の細い肩は僕の右腕の中にあった。彼女の目は開いていて、じっと僕を見つめていた。

「帰る？」彼女が訊いてきた。

僕はベッドの脇に置いてあった腕時計を手に取った。六時前だった。

「一緒に出社するわけにはいかないだろ」

「それも面白いけど、まあ、無理ね」彼女は上体を起こした。白い背中が見えた。朝日を受けて、陶器のように光っていた。

服を着ながら、僕は大慌てで思考を巡らせていた。とにかく有美子への言い訳を考える必要があった。携帯電話の電源は切ってあるが、おそらく彼女からのメールと留守電がたっぷりたまっていることだろう。

身なりを整えた後も、僕は自分の身体におかしな痕跡が残っていないかどうかを入念にチェックした。秋葉の勉強机の上に小さな鏡があったので、それを使って自分の顔や首筋といったところも調べた。まさかとは思ったが、口紅やキスマークがついていたら洒落《しゃれ》にならない。

リビングでは秋葉がコーヒーを入れて待っていた。僕はソファに座り、コーヒーカップを手にしながらも、気分は落ち着かなかった。腕時計を何度も見た。

「大丈夫」秋葉が僕の膝に手を置いてきた。「それを飲んだら、すぐに帰っていいから」

僕の心理を見抜いた上での発言だ。図星だけに反抗したくなる。

「別に、急いでるわけじゃない」

秋葉はくすくす笑った。

「無理しないで。皮肉ったわけじゃないし」

僕はコーヒーを飲んだ。香りの少ないコーヒーだった。たぶん長い間放置されていた豆を使ったのだろう。

「君はこれからどうするの？」

「あたしはここから会社に行きます」

「そう」

秋葉に見送られ、僕は仲西邸を後にした。外はすっかり朝の光に包まれていた。東白楽駅までの道を僕は歩きだした。急な下り坂だ。

途中で立ち止まり、携帯電話をチェックした。案の定、有美子からのメールが届いていた。しかも三件。どれも同じ内容だ。時間が後になるにつれて、緊迫感が違ってくる。一体どうしたの？　何かあったの？　これを見たら連絡してください——読むうちに胸が痛んだ。彼女はおそらく浮気など想像もしていない。事故があったのではないかと心配しているのだ。もしかしたら今もまだ眠らずに、僕からの連絡を待っているかもしれなかった。

考えをまとめてから電話をかけた。すぐに繋《つな》がった。はい、という有美子の声が聞こえた。それだけで、彼女の緊張を感じた。

「俺だけど」

「どうしたの？」彼女は訊いてきた。何かよからぬことがあったのだ、と決めつけているようだった。

「それがさあ、ちょっとお粗末なことになっちゃってさあ」

取引先と何軒もはしごをしているうちに、相手が眠り込んでしまった。何とかタクシーに乗せたが、とても一人では帰れそうにない。それで仕方なく家まで送り届けることにしたが、自宅は何と横須《よこす》賀《か》だった。どうにかこうにか家まで送って、今ようやく帰路につくところだ——そういう話をした。

「何それ、前もそんなことをいってなかった？」

「えっ、そうだっけ」

「上着を酔っぱらった女の子に汚されたとか」

「ああ」いわれて初めて思い出した。今僕が口にした言い訳は、以前秋葉を送っていった時のシチュエーションではないか。「そういえばそうだ」

「あなたって、よくそういうことになっちゃうわねえ。お人好しすぎるんじゃない？　この前だって、新谷さんたちに押しつけられたんでしょ？」

「まあでも、今回は取引先の人だし……」

「とにかく何もなかったのならよかった。でも、それなら電話の一本ぐらいしてよね。心配するじゃない」

「眠ってると思ったんだよ。でも、ごめん。これからは気をつけるよ」

驚いたことに有美子は僕の言葉を全く疑わなかった。電話を切ってから僕はほっとため息をつき、再び歩きだした。

歩きながら気づいた。有美子には疑う理由がないのだ。僕はこれまでただの一度も浮気をしたことはなかった。この手の嘘をついたこともなかった。彼女の思考回路の中には、夫の朝帰りには気をつけねば、という警報機が組み込まれていないのだ。

しかし、だからといってこれからもうまくいくというわけではない。なぜなら僕は、その最初の嘘をついてしまったからだ。今回の経験は、有美子の記憶に組み込まれていくだろう。それがいずれ女性特有の直感力を刺激することになる。

嘘をつくのはこれっきりにしよう、と僕は思った。それが発覚した時のことを考えただけで、ぞっとした。

とはいえ、正直にいうと、自戒ばかりしていたのでは決してない。夜明けの街を歩きながら、秋葉との夢のような一夜を何度も頭の中で再生していた。もし誰かが僕を観察していたなら、さぞかしだらしない顔をしていたことだろう。

知り合いの女性がこんなことをいっていた。

「一度きりなら浮気、継続性を感じさせた場合は不倫」

たしかに、ドラマや小説では、そんなふうに使い分けられているような気がする。で、僕もそれに則《のっと》って言葉を使うとすれば、秋葉とのことを浮気に留めておけば、さほど問題はないのかもしれない。一夜かぎりの間違い、ノリでやっちゃった、酔った勢い――まあ、いろいろと表現方法はある。

会社に行く前まではそのつもりだった。秋葉と顔を合わせても、いつものように何事もなかったように挨拶し、以前のように大して仕事上の繋がりがない関係に戻る気でいた。

しかし、秋葉を目にした瞬間に、それは不可能だと思い知った。僕の気持ちは高鳴り、体温は上昇し、めくるめく思いは忽《たちま》ち復活した。

週末、僕たちはお台場のレストランで食事をし、その後、予約しておいたホテルで一夜を過ごした。有美子には出張だと偽った。よくある手だ。

罪悪感はもちろんあった。有美子には何の落ち度もない。妻として、母として、じつによくやってくれている。そんな彼女を裏切るなんて、自分は何てひどい人間だろうとさえ思った。まさに不倫だ。人倫にはずれること、人道に背くことだ。

　それでも秋葉と一緒にいると、僕は幸せな気分になった。僕は彼女のことが好きだった。いつの間にか、彼女への思いは、僕自身が制御しきれないぐらいに大きくなっていた。会っているだけでも楽しかったのに、今では食事をしたり、酒を飲んだり、さらにはセックスだって出来る仲になれた。少し前までは夢想もしなかった時間を一度得てしまうと、もはや手放すことなど考えられなかった。

　土曜日の朝、ホテルのベッドで秋葉の髪を撫《な》でながら、僕は覚悟を決めていた。絶対に誰にも知られないように注意するしかない。嘘や演技といった、これまでどちらかといえば不得手だったことにも慣れるしかない。

「何、考えてるの？」秋葉が僕の胸を触ってきた。

「いや、別に……」僕は言葉を濁した。

　彼女は吐息をついた。「逃げたいんでしょ？」

「そう思う？」

「違うの？」

　僕は秋葉の目を見つめた。

「君がこういう関係は嫌だというなら、俺には何もいえないけど」

彼女は口紅のとれた唇で微笑んだ。

「あたしだって、自分の行動には責任を持っているつもり。覚悟も」

僕は頷き、彼女にキスをして抱きしめた。

方針なんて何もなかった。これから自分たちがどうなるのか、まるでわからなかった。

不倫する奴なんて馬鹿だと思っていた。快楽だけを求めて、せっかく手に入れた幸せな家庭を壊すなんて、大馬鹿野郎だ——。

その考えには今も変わりはない。僕は僕自身のことを馬鹿だと思う。

でも、一つだけ間違っていたことがある。不倫は快楽だけを求めているのではない、ということだ。元々はそうだったかもしれないが、ひとたび始まってしまえば、そんな生ぬるいことはいっていられない。

これは地獄だ。甘い地獄なのだ。そこからどんなに逃れようと思っても、自分の中にいる悪魔がそれを許さない。

7

何度かデートを重ねるうちに、僕と秋葉の間には、あるパターンが確立されていった。会うのは基本的に木曜日だ。その日はどちらも会社を早く出られることが多いからだ。待ち合わせの場所は、新宿にある大きなスポーツ用品店。それには特に理由はない。何度目かのデートの時にそこを待ち合わせの場所に決めたところ、何となく定着してしまった。

　会った後は、どちらかが提案でもしないかぎりは、伊勢丹《いせたん》のそばにある居酒屋で食事をする。秋葉は日本酒が好きだが、僕はもっぱらビールを飲む。彼女はバッティングセンターの時の醜態があるからか、飲み過ぎることはない。

　居酒屋を出た後は、二人で電車に乗る。行き先は高円寺。つまり彼女のマンション。秋葉の部屋は1DKだ。ダイニングテーブルはなく、板張りの上にふかふかの絨毯《じゅうたん》を敷き、そこにガラステーブルと丸くて平たいクッションを二つ置いている。寝室はダイニングルームに比べるとやけに狭く、セミダブルのベッドと引き出しのいっぱいついたチェストが置かれていた。

　彼女の部屋に入ると、僕は平たいクッションに腰を下ろし、テレビのスイッチを入れる。特に見たい番組があるわけではなく、何の物音もしないのは寂しいというだけのことだ。

　部屋着に替えた秋葉は、缶ビールとちょっとした肴《さかな》を出してくれる。グラスは使わず、それぞれが缶を持って乾杯する。今日も一日お疲れ様でした、というのが決まり文句だ。

　やっぱり後ろめたさがあるので、完全にくつろげるということはないのだけれど、秋葉の部屋で足を投げ出していると、恋人と一緒にいることによって得られる幸福感、という久しく忘れていた感覚が湧き起こってくる。そんな感覚は、有美子と結婚する一年ほど前に味わったきりだった。まるで生まれて初めて恋人が出来た高校生か大学生のように、秋葉の身体に触れたくて仕方がない。もう何年も有美子とはしていない本気のキスだって、数えきれないぐらい交わしてしまう。もちろんセックスもだ。

僕が秋葉の部屋にいるのは、せいぜい二時間というところだが、その間にセックスを複数回するというのは珍しいことではなかった。その事実に僕自身が驚いていた。そんなにセックスをしたくなる日が来るとは、少なくとも半年前には想像もしなかった。自分は男としてもう枯れつつあるとまで思っていた。

こんなに燃える気持ちが自分の中にまだ残っていたのか、と驚き、それを知ったことを喜ばしくも思った。知らないまま一生を終えてしまったかもしれないと想像すると、ぞっとした。

だが男というのはどこまでも身勝手だ。自分自身を再発見したような気分になっていながらも、現在の家庭は断固として守りたいのだ。だから秋葉と蜜月の時間を過ごしていても、僕の目はしょっちゅう時計に向く。

「そろそろ？」頃合いを見計らったように秋葉が訊いてくる。この言葉は僕を助ける。

「うん、そうだな」僕は頷くだけでいい。

秋葉は決して僕を引き留めたりしない。寂しそうな顔もしない。何のわだかまりも持っていない顔で、玄関で僕を見送る。

「電車の中で眠っちゃだめだよ」それが彼女の決まり文句だ。

おやすみといって僕は頷く。おやすみと応じて彼女はドアを閉める。それが木曜のデートの締めくくりだ。

さて電車の中では甘い思いに浸ってばかりはいられない。ケータイをチェックし、自分の身なりを確かめる。秋葉の移り香がないかどうかも確認しなければならない。そして頭の中でストーリーを組み立てる。

今夜は誰と飲みに行ったことにしようか、夕食には何を食べ、どこで飲んで、どんな会話が交わされたことにしようか。僕はあれこれと考えを巡らせる。無口になるのはよくないだろうけれど、余計なことまでしゃべりすぎるのはもっとまずい。

　自宅のマンションのエレベータに乗っている時が、一番緊張する。有美子は必ず起きて待っている。どんな顔をして僕を迎えてくれるだろうか。彼女は僕の不倫に気づいていて、帰宅するなり詰問されるんじゃないか、という不安が頭をよぎる。

「お帰りなさい。ずいぶん飲んだの？」

　しかし有美子はこの夜も、ふだんと変わりない表情を見せた。以前から酒の付き合いで遅くなることはしばしばあったから、週に一度程度なら怪しまれることはないはずだった。

　大して飲んでないよ、と答えながら僕は上着を脱ぎ、ダイニングチェアに腰掛ける。そそくさと寝室に逃げ込むようなことはしない。有美子の顔を見るのは辛《つら》いけど、話す時にはちゃんと目を合わせるようにする。そして、電車の中で練っておいた作り話を、ぽつりぽつりと始める。有美子は浮気亭主のためにお茶を入れてくれる。それを飲むのは本当に心苦しいのだけど、うまそうに飲まねばならない。飲んだ後は、今夜一緒にいた取引先の部長の酒癖が悪かったことを愚痴る。有美子は苦笑しながら、寝る準備を始める。彼女のそんな顔を横目で窺《うかが》い、僕はようやく安《あん》堵《ど》する。

　和室で眠っている園美の寝顔を確認して、僕は寝室に向かう。この時にもっとも恐れるのは、いつもは娘と寝るはずの有美子が、一緒についてくることだ。それはつまりセックスを誘ってきているわけだ。妻の求めの何が恐ろしいのだと世の女性陣から叱られそうだが、秋葉を抱いた後でシャワーさえも浴びていない身体を有美子の前にさらすのは不安だった。情事の痕跡を発見されそうな気がするのだ。またそんな身体で妻を抱くのは後ろめたかった。それに何より、体力的に無理だ。

　でもいつも通りに有美子は和室に消えてくれて僕はほっとする。洗面所で歯を磨き、寝室でパジャマに着替えてベッドに横たわった時には、全身で大きく吐息をつく。

　秋葉とのラブアフェアが始まってからの木曜日は、大体こんな調子で過ぎていく。幸せな時間よりも、神経を尖《とが》らせている時間のほうが圧倒的に長い。嘘と芝居を繰り返すことだけで、僕の精神はくたくたになってしまう。

　そんなに苦しくて大変なら、不倫なんてやめりゃいいじゃん——そう、全くそのとおり。自分でもよくわかっている。だけどベッドに入り、明かりを消して闇を見つめながら秋葉と過ごした時間を振り返る時、僕は至福の境地に陥ってしまう。その魔力に一度魅せられたなら、どんな苦しみさえも何でもないことのように思えるのだ。

　有美子が突然実家に帰らなきゃいけなくなったといいだしたのは、十一月に入って間もなくのことだった。高校時代の恩師が亡くなり、その葬儀に出るためだという。彼女の実家は新潟の長《なが》岡《おか》だ。上京したのは、大学に入ってからだった。

「園美も連れていこうと思うんだけど。お爺ちゃんやお婆ちゃんも会いたがってるし」有美子は申し訳なさそうにいった。

　いいよ、と僕は答える。さらに確認する。

「泊まってくるんだろ」

「うん。その夜はたぶん同窓会みたいになっちゃうと思うし。あなたには迷惑をかけちゃうけど」

「平気だよ、二日ぐらい」

僕の胸は様々な企《たくら》みと期待で膨らんでいた。有美子によれば葬儀は土曜日に行われるらしい。一泊してくるということは、土曜と日曜、彼女は帰らないわけだ。

「日曜日は何時頃に帰れる？」

有美子は少し考えてから答えた。

「たぶんお爺ちゃんやお婆ちゃんは夕食も一緒にっていうに決まってるから、七時ぐらいの新幹線に乗るのが精一杯ね。帰りは九時ぐらいかな」

「じゃあ、指定を買っておかなきゃな。日曜日は混むから。俺が今日、買ってきてやるよ」

「本当？　そうしてくれると助かる」

「任せとけ」

僕は善良な夫を演じる。じつのところは、指定席切符を買うことによって、彼女たちのスケジュールを決定してしまいたいのだった。

会社に行く途中、僕は秋葉にメールを打った。次の土日に泊まりで旅行に行かないか、という内容だ。数分後に返信。ＯＫ、どこに行くの——。それはこれから決めるけど何か希望は、と尋ねるメール。温泉がいいな、露天風呂に浸《つ》かりたい、という返事。

昼休み、僕は会社のパソコンを使って温泉宿を検索する。こんな機会はめったにないと思うから、宿選びで失敗はしたくない。

紅葉のシーズンが始まっているので、土日ともなればどこも予約がいっぱいだった。結局見つかったのは、一人分の料金が四万円近くもする宿だ。ぎょっとしたが、次の瞬間には腹を決めていた。僕はインターネット上で予約の手続きを終えた。

その宿のことを僕はネットで初めて知ったのだけど、秋葉は名前を聞くなり目を見開いた。そんなに高いところ大丈夫なの、と訊いてきた。

「奮発したんだよ。めったにないことだから」

僕たちは会社の廊下に設置されている自販機の前にいた。小声でやりとりしていた。

秋葉はミルクティーの入った紙コップに目を落とした。

「そうね。これが最初で最後になるかもしれないしね」

こんなことを愛人からいわれた時、不倫オヤジは何と答えればいいのだろう。ビギナーの僕にはわからない。黙ってインスタントコーヒーを飲むしかなかった。

土曜日の朝、僕は車で有美子と園美を東京駅まで送ることにした。留守中の僕の食事を有美子は心配してくれるが、大丈夫だと強調する。僕は改札口まで一緒に行った。どうしてパパは一緒じゃないの、と園美が訊く。有美子は困り顔だが、僕はもっと心が痛い。

園美は黒いトレーナーを着て、水色の帽子をかぶっていた。改札口を通った後も、僕に向かって手を振ってきた。僕は笑顔で振り返した。

二人の姿が見えなくなると、ダッシュして車に戻った。急いでエンジンをかけ、自宅に向かう。

家に着くと大急ぎで旅行の準備をした。といっても一泊だから大したことはしなくていい。一番気を遣ったのは、車内の掃除と片づけだった。今回の旅行は僕の車で行くことになっていたからだ。

ＲＶ車ではあるけれど、車内の様子はすっかりファミリー仕様になっていた。特に園美の気配を濃厚に漂わせるものが多い。キティちゃん柄のクッションとか、ぬいぐるみとかだ。それらは紙袋に詰めて、荷台に移した。

支度を終えると高円寺に向かった。駅のそばに車を止め、ケータイで秋葉に連絡した。彼女を待つ間、心臓がやたらドキドキした。

やがて秋葉が現れた。黒いニットのワンピースの上に、やはり黒のレザージャケットを羽織っていた。よく似合っていたし、いつも以上にスタイルがよく見えた。いい女だ、と心の底から思った。

車に乗り込み、彼女は笑いかけてきた。「お待たせ」

その笑顔に僕はまた心の痺《しび》れを感じる。会うたびに僕は少しずつ恋をしている。薄い膜を何枚も重ねていくようなものだ。この恋の向こうに何があるのか、段々と見えなくなっていく。

高速に乗ると、僕は有頂天でぶっ飛ばした。行き先は伊豆《いず》半島の先端だ。

「何か音楽をかけてもいい？」湾岸線に入ったところで彼女が訊いてきた。

「いいよ、そのへんにＣＤケースがあるはずだ。最近の曲はないけど……」

足元に置いてあったケースの蓋《ふた》を秋葉が開けた。一枚を抜き取った。

「ふうん、『スーパープリンセスあかねちゃん』……か」

「あっ、それは……」それは園美がよく聞いている曲だった。大好きなアニメの主題歌なのだ。

「お嬢さん、『あかねちゃん』のファンなのね」そういって秋葉はCDをケースに戻す。その口調に嫌味めいた響きはない。そのことが余計に僕を焦らせる。

「そんなものが入ってたとはなあ……うっかりしてた。ごめん」

「どうして謝るの？　別にいいじゃない」

何とも答えようがなく、僕は真っ直ぐ前を見つめたまま車を走らせる。秋葉はサザンの曲をかけた。

午後四時頃、旅館に到着した。フロントで宿泊票に名前を書く時、少し迷った。ネットで予約した時に本名を使ったから、ここで偽名は使えない。しかし住所まで本当のことを書いてしまうと、後で何か面倒なことになるんじゃないかと思った。こうした旅館では、後から何かの案内状を送ってきたりする。

すると秋葉が僕の内心に気づいたように耳元で囁《ささや》いた。

「日本橋の住所を書けば？」

彼女の提案の意味はすぐにわかった。会社の住所のことだ。僕は頷いて、それを記した。でたらめの住所を書くより、ずっと楽だ。

で、問題は宿泊者の氏名だ。僕のほうは本名を書く。もう一つの欄には、ちょっと考えてから片仮名でアキ、と記入した。秋葉は隣でくすくす笑った。

手続きを終えると、僕たちは仲居さんに案内されて部屋に向かった。すべての部屋が離れになっていた。おまけに各部屋に露天風呂と檜《ひのき》風呂がついているのだ。

部屋に入ると仲居さんがあれこれと説明してくれた。中でも僕をどきりとさせたのは、浴衣のサイズを決める時だった。

「御主人様はLサイズでよろしいですね。ええと、奥様は失礼ですが身長は？」

一六五センチです、と答える秋葉は、まるで狼狽《ろうばい》を見せなかった。横で聞いている僕だけが、どぎまぎしていた。

「夫婦に見えたみたいだね」仲居さんがいなくなってから僕はいった。

「そりゃそうでしょ、ふつう」秋葉はにっこり笑った。寂しげな笑みだった。

僕は彼女の隣に移動し、細い身体をそっと横から抱いた。彼女が目を閉じたので、僕は唇を重ねた。

身体が二つあればいいのに、と思った。今の家庭は守らねばならない。だけど秋葉が奥様と呼ばれる世界にも強烈に惹《ひ》かれた。偽名なんか使わず、住所も本当のことを書いて、堂々とこんな宿に泊まれる日が来たならどんなに素敵だろうと思った。

この夜の僕は夢見心地の極みだった。温泉に入った後、部屋で御馳走《ごちそう》を食べた。浴衣姿の秋葉の顔は、酒を飲む前からピンク色だった。

「今回は、どういう御旅行なんですか」

仲居さんの質問に、僕は次のように答えた。

「妻が温泉に行きたいといったものですから」

秋葉は俯《うつむ》いていた。

夕食の後、二人で露天風呂に入った。空には三日月が出ていた。邪魔にならない程度に灯《とも》された明かりを受けて、秋葉の肌は白く光っていた。

8

　秋葉との仲が深くなるにつれ、会社に行くのが楽しくて仕方がなくなった。かつては憂鬱《ゆううつ》だった月曜の朝でさえ、僕の気力は充実している。いや、月曜の朝だからこそ張り切っているというべきかもしれない。土日は秋葉に会えないからだ。メールも電話もしないと取り決めている。二日間、僕は良き夫、良き父親になる。

「最近、がんばって家庭サービスしてくれるね。心を入れ替えたの？」

　日曜日に園美を遊園地に連れていった帰り、有美子からいわれた台詞《せりふ》だ。

「そんな言い方はないだろ。仕事が少し楽になったから、園美とも遊んでやらなきゃと思っただけだよ。忙しくなると、こういうことはなかなかしてやれなくなるからさ」

「理由はそれだけ？」

「それだけだよ。ほかに何があるんだ」

「ううん。何だか急に家庭的になったから、反省するきっかけでもあったのかなと思っただけ」

「反省なんかしてないよ。その必要もない」車のアクセルを踏みながら、僕はわざと憎まれ口を叩いてみせた。内心では、有美子に何か感付かれたのかとびくびくしていた。家庭サービスも、やりすぎると不自然になってしまう。難しいものだ。

　とにかく僕の生活は充実していた。会社に行き、秋葉の顔を見ると、途端に気分が高揚した。

土日に家庭サービスした疲れなど、いっぺんに吹っ飛んでしまう。

そんなふうに絶好調の僕に、小さな試練が訪れた。木曜日だった。残業の予定はなく、いつも通りに秋葉と二人きりになる時が近づいていた。

終業時刻から少しして、僕のケータイが鳴りだした。有美子からだった。仕事中にごめんなさい、と彼女はまず謝った。

「どうかしたのか」

「それがねえ、園美が熱を出しちゃったの。この時間じゃ、どこの病院も診てくれないし、だからといって救急車を呼ぶほどではないし……」

彼女が何をいいたいのかはわかった。僕に早く帰ってきてほしいのだろう。今朝、家を出る時、今夜も少し遅くなるだろうという意味のことを告げていた。

園美のことは心配だった。あまりに症状が重いようなら、車で救急病院に運ぶことも考えねばならない。

一方で秋葉のことがある。彼女はすでに会社を出ている。いつものように新宿のスポーツ用品店に向かっているに違いなかった。彼女は地下鉄を使うから、今はケータイで連絡を取ることもできない。

「ねえ、やっぱり今夜は早く帰れないの？」有美子が懇願というより、やや責める口調で尋ねてきた。

「いや、大丈夫だ」僕は答えていた。「何とかする。すぐに帰るよ。薬局で何か買っていったほうがいいかな」

「そうねえ……。さっき小児用の解熱剤を飲ませたから、あんまりいろいろと飲ませないほうがいいかもしれない」

「そうだな。じゃあ、真っ直ぐ帰るよ」

会社を出て、駅に向かう途中で秋葉にアクセスを試みた。だがやはり彼女のケータイには繋がらない。仕方なく、メールを送ることにした。

『娘が熱を出したので、至急帰らねばならない。悪いけど、今夜は行けません。ごめんなさい。また連絡します。』

送信してから、娘が熱を出したことまで説明する必要はなかったなと後悔した。急用が出来た、で十分だったような気がした。家庭の気配は、出来るかぎり秋葉には感じさせたくなかった。

帰宅すると園美が和室で寝かされていた。眠ってはいるが、その顔は赤く、苦しそうだ。三十八度ぐらいある、と有美子がいった。

「ほかに症状は？」

「夕方、吐いたのよ。それから下痢もしてる」

救急病院に電話をかけると、すぐに診てくれるという。ぐったりしている園美を抱え、僕たちはマンションを出た。

病院では、研修医と思える若い医師が診てくれた。風邪のウイルスで消化器がやられたのだろう、という見解だった。素人臭い説明だが、深刻な病気ではないと判明し、ほっとした。

家に帰ると、有美子はリンゴを下ろし金ですり下ろし、園美に食べさせた。再び横になった園美には笑顔が戻っていた。

「パパ、ありがとう」布団の傍らから顔を覗《のぞ》き込んだ僕に、園美は弱々しくいった。父親が自分のために早く帰ってきてくれたのだ、と理解しているようだ。

いいんだよ、と僕は笑いかけた。デートをキャンセルしてよかったと思った。この娘の笑顔が何ものにも代えられない宝物であることは事実なのだ。たとえ何を失っても、これだけは手放したくないと思った。

園美が眠ると、有美子は冷蔵庫からビールを出してきた。

「飲む予定が流れちゃってかわいそうだから」彼女はグラスにビールを注《つ》いだ。

ダイニングテーブルの隅に、例の卵の殻で作ったサンタクロースが並んでいた。数えてみると七個ある。全部、有美子が作ったという。

「幼稚園のおかあさんの一人に見せたら、ぜひ一つ欲しいとかいわれちゃって。で、安請け合いしたら、くれっていう人が次々に現れて。あと十個作らないと」

「十個も？」

「だって、あの人にはあげて、この人にはあげないってわけにはいかないでしょ」

「大変だな」

僕はビールを飲みながら、何が不満なんだ、と自分自身に問いかけていた。有美子は妻としても母としても優秀だ。園美は理屈なくかわいい。この生活のどこが悪い？　これ以上の何を求めるのか？

それでも僕は寝室で一人になると、すぐにメールをチェックした。秋葉のことが気になって仕方がなかった。デートを突然キャンセルされて、彼女はどんな思いでいるだろう。しかもキャンセルの理由は、僕の家庭の事情だ。

彼女からのメールはなかった。留守番電話にも何も入っていない。僕は途端に焦りを覚えた。秋葉は怒っているのかもしれないと思った。

彼女の声が聞きたかった。怒っているのだとしたら、一刻も早く釈明したかった。どうしようもない状況だったということを説明し、理解してほしかった。

僕は部屋の明かりを消し、ケータイを持ったままでベッドにもぐりこんだ。この家から秋葉に電話をかけたことは一度もない。だが、このままでは眠れそうになかった。

布団を肩の上まで引っ張り、洞穴に入ったような格好でケータイのボタンを押した。僕の心臓はどっきどっきと波打った。

電話は繋がらなかった。電源が切られているようだ。留守番電話サービスに切り替わったので、詫《わ》びの言葉を吹き込もうとした。どのように説明すればわかってもらえるか、大急ぎで頭の中を整理しようとした。

だが第一声を発しようとする直前、僕はある気配を察知した。僕がケータイを切るのと、ドアが開くのがほぼ同時だった。

「もう眠った？」有美子の声がした。僕は布団の中で寝返りをうった。

パジャマ姿の有美子が立っていた。

「どうした？」僕は訊いた。

彼女は何もいわずにベッドにもぐりこんできた。僕はあわててケータイをベッドの反対側に落とした。

「園美は？」

「よく眠ってる。大丈夫、後で戻るから」

この言葉で、有美子がどういう目的でやってきたのかを悟った。どうしてよりによって娘が熱を出した夜にと思うが、彼女には彼女なりの事情があるのだろう。

「今夜はごめんなさいね。あたしが一人で何とかできればよかったんだけど」

「まあ、大したことにならなくてよかったよ」

「飲みに行けなくて残念だったね」有美子は僕の腋《わき》の下にもぐりこんできた。これはいつものサイン、二人がラブラブだった頃からの手順だ。彼女にこうされると、次に僕がどうすべきかは決まっている。

二か月、いや三か月ぶりかな——記憶を辿《たど》り、計算しようとしてやめた。そんなことを考えたら、勃起《ぼっき》するものもしなくなりそうだった。

翌日、会社に出てみると、秋葉の姿がなかった。ホワイトボードを見ると、休みになっていた。

なぜ休んでいるのか、秋葉と一緒に仕事をしている社員に訊きたかったが、口実が思いつかなかった。僕と秋葉とは仕事上の繋がりが殆どない。

やっぱり昨日のことで傷ついているのか、と考えざるをえなかった。男は結局愛人よりも家族を大事にする——そんなふうに思い、落胆したかもしれない。

仕事の合間にケータイをかけてみるが、まるで繋がらなかった。メールを書くが返事はない。落ち着かないままに時間が過ぎていった。

終業時刻間際になって、僕は家に電話をかけてみた。有美子は家にいた。園美の具合を訊くと、幼稚園は休ませたが、今は元気になって遊んでいるという。

「それを聞いて安心したよ。じつは、今夜ちょっと遅くなりそうなんだ。昨夜、ドタキャンしちゃったから、その埋め合わせをする必要があってさ」

「あらそうなの。取引先の人って、何としてでもあなたを飲みに誘いたいみたいね」有美子は嫌味のこもった言い方をする。

「とにかく今日は断りにくい。そういうことだからよろしく」

「わかった。飲みすぎないようにね」

電話を切ってから吐息をついた。有美子の機嫌は悪くないようだった。昨夜のセックスが効いているのかもしれない。これからも時々はしたほうがいいんだろうなと思った。

有美子とは、いつものセックスをした。いつもの手順、いつもの触り方、いつもの舐《な》め方、いつもの体位、いつものタイミングで行った。有美子はいつもと同じような表情で、いつもの声を出し、いつものリアクションを見せた。ベテランドライバーが運転しているようなものだ。何も考えなくても、手足は動いてくれる。後始末の手順も同じ。ティッシュの使用量も、セックスに要した時間もいつも通り。たぶん僕の射精量もそうだったに違いない。

ここ何年も、僕にとってセックスとはそういうものだった。ときめきはなく、ムラムラすることもない。ただ外的な刺激に反応しているだけだ。

有美子には本当に申し訳ないと思うが、僕はもうそれにはには耐えられそうにない。以前ならともかく、秋葉とのセックスを知ってしまった今では、後戻りは考えられなかった。秋葉が特別なのではない。セックスにはやはり恋愛感情が必要なのだ。セックスは男と女がするものなのだ。そして僕たち夫婦は——たぶん世の中の夫婦の大多数も同様だと思うが、もはや男と女ではない。

会社を出ると地下鉄に乗り、秋葉のマンションに向かった。電車の中で僕は、では秋葉とならば永遠に男と女で居続けられるのかと自問した。いつまでもときめきをもってセックスできるだろうか。

わからなかった。自分が秋葉のことを飽きる日が来るとは、今は想像もできなかった。

秋葉のマンションに着くと、一階のインターホンを鳴らした。しかし反応はない。買い物にでも出ているのかもしれないと思い、近くのコンビニで三十分ほど時間を潰《つぶ》してから、再びマンションに戻った。だがやはり彼女は帰っていなかった。

まさか自殺してるんじゃないだろうな——不吉な想像が頭をかすめたが、そんな馬鹿なことがあるはずがない、と考え直した。

秋葉の立ち寄り先を考えてみた。心当たりが一つだけある。僕はマンションを出て、駅に向かった。

JRの快速で横浜まで出て、そこからタクシーに乗った。時計の針は八時半になろうとしていた。

タクシーの中でもケータイをかけたが、依然として繋がらないままだった。僕は留守電にメッセージを残すことにした。

「えーと、連絡がないので心配しています。どこにいますか。連絡ください。今、東白楽に向かっているところです。とりあえず行ってみます」

ケータイを切り、吐息をついた。ケータイは握ったままだった。

「お客さん、誰か探してるの？」タクシーの運転手が訊いてきた。

「えっ？　いや、まあ……」

「さっきからずっとケータイをいじってるし、今の会話が耳に入っちゃったもんだから。それに何より、車に乗る時からちょっと様子がおかしかったし」

「あっ、そうかな」思わず顔を触っていた。「知り合いと連絡がとれなくてね」

「ふうん。女の人？」

「ええ、まあ」

「そりゃあ心配だ」ルームミラーに映った顔が笑っていた。

いやな運転手だな、と思った。人の話を盗み聞きした上に、あれこれと詮索してくる。恋人に逃げられた男が焦っている、とでも想像しているのかもしれない。

東白楽駅に近づいた。僕の指示で、車は急な坂道を上がった。やがて秋葉の実家が見えてきた。

「ここでいいです」

「はーい」運転手はブレーキを踏んだ。料金を告げてから、外を見ていった。「お客さんの知り合い、この近くなの？」

「そうですけど」

「ふうん。俺も昔、この近くに住んでたんだよ。あの家のこと、知ってるかい？」そういって彼が指したのは、まさしく秋葉の家だった。

「あの家が何か」

「殺人事件があったんだよ」

「えっ……」

「もう十年以上前になるかなあ。強盗殺人だっけな。あれ結局、犯人が捕まらなかったんじゃないかな」釣り銭を渡しながら運転手はいった。

車を降りた後、僕はゆっくりと屋敷に近づいていった。家の窓に、仄《ほの》かに明かりが灯っていた。

人殺しのあった家ですよ――秋葉の言葉が蘇《よみがえ》った。あの話は嘘ではなかったということか。

おそるおそるインターホンのボタンを押した。しかし応答はない。僕は門をくぐり、玄関扉に近づいた。扉のノブを摑んで引くと、あっさりと開いた。

ごめんください、といってみた。だがやはり返事はない。

足元に目を落とし、はっとした。そこに脱いであるのは、秋葉のパンプスに違いなかった。

秋葉、と呼んでみた。返事がないので、もう一度大きな声で呼んだ。「あきはっ」

僕は靴を脱ぎ、家に上がり込んだ。リビングのドアの隙間から明かりが漏れている。僕はためらいもなくドアを開けていた。

絨毯を敷いた床の上で、秋葉が倒れていた。

9

僕は彼女の名前を叫びながら駆け寄った。おかげで大理石で出来たセンターテーブルの角に、思い切り脛《すね》をぶつけてしまった。あまりの痛みに身をよじらせながら、僕は秋葉の肩に手をかけた。何度も名前を呼び、身体を揺すった。揺すりながら、こんなことをしても遅い、と自分にいい聞かせていた。秋葉は死んでしまった。自殺したのだ。僕が彼女よりも家庭を優先したから、絶望して命を絶ったのだ——。

だが次の瞬間、僕は秋葉からあわてて手を離していた。彼女が「ぐわっ」という声を出したからだ。その後、もにょもにょと何かいい、ごろりと寝返りをうった。

彼女の鼾《いびき》が僕の耳に届いた。周りの状況も見えてきた。

安堵と、幾分拍子抜けした気分が僕を包んだ。全身の力が抜け、その場に座り込んだ。その途端、さっきぶつけた脛の痛みが改めて襲ってきた。僕は顔を歪《ゆが》めて脛を擦り、そのついでに空いたほうの手で秋葉の身体を揺すった。

「起きろよ、秋葉。風邪をひくぜ」

秋葉の身体がもぞもぞと動いた。顔をこちらに向け、ゆっくりと瞼《まぶた》を開いた。ぼんやりとした目で僕をしばらく眺めた後、のろのろと上体を起こした。乱れた髪を、さらにくしゃくしゃとかきまわした。

「今、何時？」かすれた声で訊いてきた。

僕は時計を見た。「九時ぐらい」

「朝の？」

「夜だよ」

「ふうーん」秋葉は顔をこすり、うつろな目で宙を眺めていたが、不意に何かに気づいたようにこちらを見た。「なんであなたがここにいるの？」

「君を探してたんだよ。何度連絡してもケータイは繋がらないし、メールに返事はないし、マンションに行っても一向に帰ってくる気配はないしで、思い切ってここまで来たら、君はこんなところで倒れてる。心臓が止まるかと思ったよ」

おまけに脛は痛いし。

「ケータイ？　あれ、どこへやっちゃったんだろ」秋葉はきょろきょろとあたりを見回す。

彼女のハンドバッグが、窓際の植木鉢の上に載っていた。蓋が開いて、中身が床に散らばっている。その中にケータイもあった。

秋葉は四つん這《ば》いで移動し、ケータイを取り上げた。

「最悪。バッテリー、切れちゃってるよ」

「一体、何があったんだ」

「別に何も。渡部さんこそ、あたしに何の用があったの？　急用？」秋葉はきょとんとした顔で僕を見上げてきた。

「用っていうか……どうしたんだろうと思って。会社は休んでるし」

「いくら派遣社員だって、休暇をとる権利ぐらいはあるでしょ」

「そういう意味じゃなくて、昨日のことを怒ってるんじゃないかと思ったんだ」

「昨日のこと？　何よそれ」彼女は眉をひそめ、首を傾げた。とぼけているのかどうか、僕にはわからなかった。

「だから、昨日のデートだよ。俺がドタキャンしちゃっただろ」

「ああ」秋葉は口を開けて頷いた。「あれのことか。だって、仕方がないじゃない。園美ちゃんが熱を出したんでしょ」

「うん……」

秋葉の口から娘の名前が出ると、何となく居心地が悪くなる。園美という名は敢《あ》えて教えたわけではなく、何かの会話の時、僕がうっかり口を滑らせたのだ。たった一度のことだが、こういうことを女は忘れない。忘れないで、しばしば口にする。その名を出すことで、男の心がちくちくと痛むことを知っているかのようだ。

「園美ちゃんの具合はどうなの？」

「よくなった」

「そう。それならいいけど」前髪をかきあげ、秋葉は改めて僕を見上げる。「渡部さん、こんなところにいていいの？　家に帰ったほうがいいんじゃないの？」

「大丈夫だ。それより、何度も訊くけど、君はどうしたんだ。どうしてこんなところで寝てたんだ」

「どうしてって、別に理由なんかないわよ。ここはあたしの家なんだから、一人でお酒を飲むことだってあるし、そのまま眠り込んだとしても、誰にも迷惑はかけてないでしょ」彼女はちょっと不快そうに口元を曲げた。「ねえ、もしかして、デートをキャンセルされたことで、あたしが傷ついたとでも思ってるわけ？」

　そのとおりなので僕は黙っていた。

「えらく繊細な女だと思われちゃった。秋葉は肩をすくめ、外国人女優のように両手を広げた。ねえ、あたしがそんなに非常識な女だと思う？　じゃあ、少しは傷ついたふりでもすればよかったかな。恋人とデートに出かけるような男なら、最初から好きになったりしない」

　厳しい口調に、僕は返す言葉がなく、ただ俯いた。不倫は相手を傷つけ、同時に自分も傷つけるのだと今さらながら思い知った。

「だけど、ちょっと嬉しいかな」彼女がいった。

　僕が顔を上げると、秋葉はにっこり笑った。

「心配してくれたわけだよね、あたしのことを。それでわざわざこんなところまで来てくれたんでしょ」

　僕は頭を掻き、照れ隠しにテーブルの上を見た。ブランデーのボトルとグラスが載っている。

「相当飲んだのかい？」

「どうかな。よくわかんない」

「いつから飲んでるんだ？」

「えーと」秋葉は首を傾げた。「お昼頃かな」

「昼？　ねえ、君は一体いつからここにいるんだ？」

「いつからって……」そういってから彼女は、睨《にら》むような目をした。「どうしてそんなに根掘り葉掘り訊くわけ？　昨夜のことは気にしてないといってるでしょ。だったらもういいじゃない」

「でも気になる。だってさ、君は前にこういったんだ。この家に帰ってきても、二階の部屋に行くだけで、この居間に入ることなんて殆どないって。それなのに君は、ここで昼間から酒を飲み、酔いつぶれて眠ってしまった。どういうことだろうと疑問に思うのがふつうじゃないか」

　僕の話の途中から、秋葉は小さく頷き始めていた。その顔はあまり愉快そうではなかった。触れられたくない話題なのかもしれない。

「あんな話、しなきゃよかったな」

「どの話？　お父さんはこの家を手放したいけど、買い手がつかないって話かい？」

　秋葉は黙り込んでいる。その困惑した様子を見ながら、僕はついさっきタクシーの運転手から聞いた話を思い出していた。

「ここへ来る途中、変な話を聞いたんだ」

　怪訝《けげん》そうに顔を上げた秋葉に、タクシーでのやりとりを話した。彼女は表情を曇らせたが、驚きはしなかった。

「そう。そんな話を聞いたの。当時このあたりに住んでた人なら、覚えていて当然かもね」

「前に君から聞いた時には、てっきり悪い冗談だと思ったんだけど」

　僕は大理石のセンターテーブルを見つめた。秋葉がその上で大の字になった姿が蘇った。

　秋葉はテーブルに近づくと、その端に腰掛けた。

「詳しい話、聞きたい？」

　真剣な目は、僕の背筋を一瞬冷やした。彼女にそんな目をさせるような内容なのかと思うと、つい怖《お》じ気づきそうになる。

余計なことは聞かないほうがいいんじゃないか――男のずるさが顔を覗かせる。関心は大いにあるが、下手に足を突っ込むとヤバいかも、なんて考えている。

ところが僕の口は勝手に動いていた。「君が嫌でなければ」

「本当？ 聞いたら、引いちゃうと思うけど」

「引かないよ」僕は強がった。「君を苦しめているものがあるのだとすれば、そのことは知っておきたい」この気持ちは嘘ではない。

秋葉はテーブルに尻を載せたまま、バカラのグラスに手を伸ばした。そこにはまだ少しだけブランデーが残っていた。

「もう飲まないほうがいいよ」

「飲みながら話したいの。だめ？」

「……じゃあ、少しだけにしておけよ」

秋葉はグラスを傾けた。細い喉《のど》が動いた。吐息をついた後、目を遠くに向けた。

「あたしが高校生の時。春休みで、平日だったけどあたしは家にいたの。二階の部屋でクラリネットの練習をしてた」

「クラリネット？」

「吹奏楽部だったから」

「へえ」初耳だった。

「その日、あたしのほかには、父と父の秘書だった女性、それから叔母さん。この三人がいたの。叔母さんは母の妹で、母が死んだ後、時々家事を手伝いに来てくれてた。あたしが二階から下りてくると、そこのドアが開いてた。今みたいに」秋葉はこの部屋のドアを指した。「人の気配がまるでなくて、そのことが不気味だった。後でわかったことだけど、叔母さんは買い物に出ていて、父は大学に行ってた」

「大学？」

「父は大学で経営学の客員教授もしているの。いわなかったかな」

「いろいろな仕事をなさっているとは聞いたよ」

「いろいろな仕事をしているのよ。教授もそのひとつ」

すごいね、と僕は呟いた。でかい屋敷に住めるはずだ。

秋葉が深呼吸をした。いよいよ核心部分なのだと予感した。

「あたしはドアのところに立って、部屋の中を見たの。誰もいないように見えた。だってソファには誰も座ってなかったし、立っている人もいなかった。でも部屋の中に一歩足を踏み入れた瞬間、いつもと様子が違っていることに気づいた。何が違うのか、すぐにはわからなかった。何秒間か、立ち止まって考え込んでいたほどよ。で、ようやくテーブルに目が向いたの。おかしなことだと思うだろうけど、それまでソファは見ていたけど、テーブルは見ていなかったのね」秋葉はテーブルのつるつるとした表面を指先で擦った。「それを見た瞬間、頭の中が真っ白になった」

「……それって？」僕は唾を飲み込んだ。

秋葉はゆっくりと瞬きを一度した。

「大きな人形が置いてある……そんなふうに見えたの。でも人形じゃないってことは頭ではわかってた。ただ、あたしの中の何かが、事実を受け入れるのを拒絶してた。あたしは立ち尽くしてた。……うん、そう、立ち尽くしてたとしかいいようがない。声を出せなかったし、足も動かなかった。目をそらすことさえできなかった。その人形から。人形みたいに見えるものから」

「以前その話をした時、大の字になってたって……」

「うん」秋葉は僕を見て頷いた。「大の字。このテーブルの上で」

「誰だったの？」

僕の心臓は跳ねっぱなしだった。腋の下を汗が流れる。

「引き算でしょ」

「引き算？」

「家の中にはあたしのほかに三人いた。でも叔母さんと父は出かけてた。となれば、残るのは一人」

先程の彼女の話を反芻《はんすう》した。

「お父さんの秘書だった人？」

「ピンポーン」秋葉は頷いた。「ホンジョウさんだった」

「ホンジョウさん……という名前なんだ」

「ブックの本に条件の条。で、名前はレイコさん。奇麗の麗よ。実際、奇麗な人だった。今のあたしより少し歳上だったけど、今のあたしよりも若々しかった。背が高くて、才能も豊か。英会話もぺらぺら。彼女を連れ歩いている父は、いつも誇らしげだった。みんなから羨《うらや》ましがられるのが快感だったみたい」

「その人がこのテーブルで？」

「そう。殺されてたの。胸にナイフが刺さってた。でも血とかは殆ど出てないの。白いブラウスはあまり汚れてなかった」

「ナイフを抜かないと血はあまり出ない、という話を聞いたことがある」

「ほぼ即死だったそうよ」秋葉はいった。「ナイフは心臓に達してたんだって。それって、めったにないことだって警察の人がいってた。心臓を突き刺すのは、水の入ったビニール袋を吊《つる》して、それを刺すようなものだから、案外難しいんだって。ぶるんぶるんと動いちゃうでしょ。相手がじっとしていたのならともかく、咄嗟《とっさ》に抵抗するだろうから、神業に近いなんてこともいってた」

　考えたこともないことだったが、イメージは湧いた。

「それで君はどうしたんだ？」

「何もしなかった。ていうか、出来なかった。気がついた時、あたしはベッドに寝かされてたの。死体を見た途端、気を失ったらしいのよね。その頃、あたしは虚弱体質で、しょっちゅう貧血を起こしてた」

　その状況じゃあ、虚弱体質でなくても血の気はひくだろうなと僕は思った。

「寝かされてたってことは、君の後で誰かが発見したんだね」

「叔母さんが帰ってきて、あたしたちを見つけたらしいの。あたしと本条さんを」

「叔母さんもびっくりしただろうな」

「気を失いそうだったって、後からいってた。でもそこで自分まで気絶しちゃいけないと思って、とりあえず父に連絡してくれたの。父は急いで帰ってくると、あたしを部屋まで運んで、それから警察に通報したのよ。叔母さんは気が動転してて、警察に知らせなきゃいけないってことをすっかり忘れてたんだって」

　ありそうなことだと思い、僕は頷いた。人間というのは、いざという時、とんでもないことをしでかすものだが、肝心なことを失念したりもする。

「強盗の仕業だったの？」

「結局、それしか考えられないってことになったの。盗まれたのは本条さんのバッグだけで、家にあったものは無事だった。庭に面したガラス戸が開いてたから、犯人はそこから逃げたんだろうって。指紋とかは残ってなくて、目撃者も見つからなかった。唯一の手がかりはナイフだけど、大量に売られてるものだから、どうしようもなかった」

「じゃあ、犯人は捕まらなかったのかい」

「うん」彼女は頷いた。「平日の昼間って、住宅街にとっては魔の時間帯なのよね。歩いている人は少ないし、家に人がいないことも多いでしょ。そのうえうちなんか、高い塀で囲まれてるから、一度侵入してしまえば外から見つかるおそれは全然ない。強盗にとっては狙い目だったというわけ。たぶん犯人はガラス戸から侵入して、室内を物色しているところを本条さんに見つかりそうになったから、持っていたナイフで刺して、そのまま逃げたんだろうってことだった。でもわかったのはそこまで。しばらくは大勢の刑事さんが来たし、あたしも、気が狂いそうになるほど同じことを何度もしゃべらされたんだけど、結局何もわからなかった。そのうちに刑事さんが来ることもなくなって、何となく事件は終わっちゃった。終わったわけではないんだろうけど」

一気に話した後、秋葉は長いため息をついた。

「お話はこれでおしまい。サスペンス劇場でした」

秋葉のジョークに笑う余裕なんてなかった。僕は改めて室内を見回した。十数年前、この場所でそんな凄惨《せいさん》な事件が起きたのだ。そう思うと室温が少し下がったような気がした。

「君がこの部屋に入りたがらない理由がわかったよ」

「でもね、あたしよりも父のほうが数倍ショックだったと思う」

「自宅でそんな事件が起きたわけだからね。おまけに優秀な秘書を失った」

秋葉は首を振った。

「優秀な秘書を失ったことより、最愛の人を亡くしたことでショックを受けたと思う」

その言葉の意味がわからず僕は彼女を見た。彼女は続けた。

「恋人だったのよ。本条麗子さんは父の恋人でもあったの」

10

マリンタワーの下半分ほどが緑色に光っていた。半分から上は赤色だ。クリスマスツリーをイメージしているらしいが、僕にはそう見えなかった。

一方、氷《ひ》川丸《かわまる》のイルミネーションはクリスマスそのものだ。中央のマストの周りに、ツリーの形に無数の電球を並べてある。

僕たちは山下《やました》公園に来ていた。晩飯の後、秋葉が夜の散歩がしたいといったからだ。晩飯といっても、東白楽駅のそばにあるラーメン屋でラーメンと餃子《ギョーザ》を食べただけだった。それとビールを一本。今夜のように、殺人事件の話を聞かされた後では、洒落た店でワイングラスを傾けるような気分にはなれない。

予期せぬ時に思いがけない形で死体が目の前に現れたらどれほどの衝撃を受けるものなのか、僕にはまるで想像できない。自宅のリビングテーブルで女性が大の字、胸にナイフ、しかも父親の恋人――頭がくらくらする。

「どうして黙ってるの？」秋葉が訊いてきた。

「別に理由はないよ。何というか……適当な話題が思いつかないだけだ」

「あたしのことを心配して、こんなところまで飛んできちゃって、一体自分は何をしてるんだろうとか考えてるんじゃないの」

「そんなことは考えてない。君に何も起きてなくてよかったよ。昔のことも聞けてよかった。君にそんな体験があったなら、もっと早く知っておきたかった」

「どうして？」

「だって……」一瞬躊躇《ちゅうちょ》してから僕はいった。「好きな相手のことは何でも知っておきたいじゃないか。何の力にもなれないかもしれないけど、知ることで、いろいろと配慮できることもあるし」

秋葉は僕の目をじっと見つめた後、コートの前を合わせた。風が彼女の髪を乱した。

「そろそろ引き返そうか」僕は提案してみた。

「もう帰らなきゃだめ？」

秋葉の問いに、ちょっと意外な気がした。帰るのを拒んだことなど、これまでに一度もなかった。

「いや、まだ構わないけど」時計を見た。十一時になろうとしていた。「寒いからさ」

「じゃあ、一軒だけ付き合ってくれない？　知り合いがバーを経営してるといったでしょ。この近くなの」

僕は彼女を見返して頷いた。「いいよ。どういう店？」

「すっごく汚い店。覚悟してて」そういって秋葉は歩きだした。

その店は中華街のすぐそばにあった。古いビルの入り口から短い階段を上がると、右側に木製の扉がある。扉には『蝶の巣』と書いた小さな札がぶら下がっていた。

中は薄暗く、あまり広くもなかった。奥に十人ほどが座れるカウンターがある。手前に円形のテーブルが三つ。壁には古いポスターが貼られ、棚には骨董《こっとう》品と思われる小物が並んでいた。

客はテーブル席に二組。どちらもカップルだ。カウンターには中年の女性が一人。そしてカウンターの内側には白髪頭のバーテンがいた。

僕たちが入っていくと、バーテンは秋葉を見て頷いた。顔見知りのようだ。

秋葉は慣れた様子でカウンター席につく。

「あたしはいつものやつ」バーテンにそういってからこちらを向いた。「渡部さんは？」

「君のいつものやつって、どういうもの？」

「ラムベースで飲みやすいカクテル。男の人にはどうかな」

「じゃあ、ビールでいいよ。ギネスはあるかな」

ございます、とバーテンが低い声で答えた。

「いつものやつ、なんていうほど来ないくせに」横に座っていた女性がいった。女性は五十歳前後に見えた。化粧がやや濃いが、下品というほどではない。いろいろな色を使ったカーディガンを羽織っていた。

「来てるわよ。そっちが知らないだけでしょ」

秋葉が切り返したので、僕はびっくりした。

「彼氏の前だからって、格好をつけることはないでしょ」相手の女性はこういうと、僕を見てにっこり笑った。「こんばんは。初めまして」

僕が途方に暮れて返事に困っていると、秋葉がふっと唇を緩めた。

「あたしの叔母さん。死んだ母の妹」

「あっ……」

それを聞いて、ますます動揺した。秋葉の叔母さんってことは、さっき聞いた殺人事件に登場する人物の一人だ。

「我が儘《まま》娘がお世話になっております」

女性が名刺を出してきた。『BAR蝶の巣　浜崎妙子』とあった。僕もあわてて名刺を出した。

「会社の方だったの？　ねえ、こんな偏屈娘に会社勤めなんてできるのかしら」叔母さんが尋ねてくる。

「大丈夫です。ちゃんとやってくれているようです」

「それならいいけど。じゃあ、恋人としてはどう？」

「えっ」

「叔母さん、やめてよ」秋葉が睨む目になった。

叔母さんは立ち上がり、僕のすぐ横に移動してきた。

「ねえ渡部さん、無理はしないでね。男と女の間に無理は禁物。お互いが出来る範囲で、相手のことを想っていればいいの。出来そうもないことをやろうとしたり、あわてて結果を求めたりしたら、必ず破《は》綻《たん》がきちゃうんだから。何もかも自然に、流れのままに、ね」

彼女の目を見て僕は息を呑んだ。口調は酔っていたが、その目はしっかりと僕を見据えていたのだ。僕は気づいた。叔母さんは僕が既婚者だと知っている。

僕は黙って頷き、ビールを口にした。どんなふうに応じればいいのかわからなかった。

「もういいよ、叔母さん。あっちへ行ってて」秋葉が口を挟んできた。

「何よ。もうちょっと話をさせてよ」

「ただ酔っ払って、くだまいてるだけじゃないの。渡部さんに迷惑でしょ」

「わかったわよ。邪魔して悪かったわね。じゃあ渡部さん、またね」叔母さんはブランデーの残りを飲み干すと、奥のドアに消えた。

「あれ、どういう意味だろう？」小声で訊いた。

「何が？」

「俺が独身じゃないってことに気づいてるみたいだった」

かもね、と何でもないことのように秋葉は答えた。

「大丈夫。あの人はそんなことで文句をいったりしないから」

「そうかな」複雑な思いで、僕は黒ビールを飲んだ。

秋葉によれば、『蝶の巣』は叔母さんの友人が始めた店らしい。ところが十年ほど前にその人はクモ膜下出血で亡くなり、それ以後は叔母さんが引き継いだということだった。その数年前から叔母さんは店を手伝うようになっていたから、引き継ぎは比較的スムーズにいったのだという。

「昔はね、接客業なんて全然向かないタイプだったのよ。それが今や、マダム・カラフル。環境は人を変えるんだって思い知った」

「マダム・カラフル？」

「あたしがつけた渾名《あだな》。でもね、あの変なファッションも、本人の苦心の賜《たまもの》なの。こういう店をやっていくからには、まず見かけから変えなきゃいけないと思ったんじゃないかな」

僕は再び例の殺人事件を思い出していた。あの話に登場してくる叔母さんがマダム・カラフルと同一人物だというのは考えにくかったが、今の秋葉の話を聞けば納得できる。

「彼女は若い時に離婚してて、収入が安定していなかったの。それで、うちの家政婦さんみたいなことをしていたわけだけど、さっき話した事件の後、うちには来なくなった。その代わり、この店を手伝うようになったの」秋葉は静かにいった。「あの事件はいろいろな人の人生を変えたのよ」

そのようだね、と僕は呟《つぶや》いた。風邪をひいた老人のように力のない、かすれた声になってしまった。

それから間もなく僕たちは店を出た。再び山下公園のそばまで戻ったけれど、もちろんマリンタワーのライトアップも氷川丸のイルミネーションも消えていた。

「君にはいろいろと無理をさせてるんだろうな」僕はいった。「叔母さんがいったように、男と女の間に無理は禁物だと思う」

「叔母さんのいうことなんか気にしなくていいよ。それにあたしは無理なんてしてないから。自分のやりたいようにやってるだけ」

「そうは思えない。どう考えたって、君の立場は辛いはずだ。昨日みたいなこともあるし。でも信じてほしい。熱を出したのが園美ではなくて君のほうだったら、俺はどんな用があっても君のところに行くよ」

　すると秋葉は悲しげな目をして笑い、かぶりを振った。

「お願いだから、出来ないことはいわないで」

「出来なくない。俺は本気でいってるんだ」

「じゃあ訊くけど、あたしがクリスマスイブの夜に熱を出したらどうする？」

　秋葉の言葉に僕はたじろいだ。思いがけない質問だった。もちろんそれでも駆けつけるさ——自信たっぷりにそう答えるべきだった。

「泣きそうな顔しないでよ」秋葉の表情が苦笑に変わった。「そんなふうに困りたくないでしょ。だから出来ないことはいわないほうがいいの」

　僕は首を振った。「出来ないことはない」

「もういいよ」

「いや、よくない。いい加減なことをいったと思われたくない」

「そんなこと思わないから大丈夫。もういいから帰りましょう。遅くなっちゃったし」

「イブの夜は君と過ごす。約束する」

「もういい」秋葉はうんざりしたように手を振った。「仮定の話だから、そんなに真剣にならなくていい。クリスマスに風邪をひく予定なんてないし、もし熱が出たってあなたにはいわない。だからそんなことでムキにならないで」

「ムキになってるんじゃない。仮定の話をしているのでもない」僕は彼女に近づき、両手で肩を掴んだ。彼女の目を見つめて続けた。「今年のクリスマスイブは君と一緒にいる。君が熱を出さなくてもそうする」

　秋葉の瞳《ひとみ》が広がったように見えた。

「本気でいってるの？」

「本気だ」

「もし冗談なら、とんでもなく悪質だよ。でも許してあげるから、冗談なら冗談だと今すぐにいって」

　秋葉の肩を掴む手に力を込めた。僕はいった。

「冗談なんかじゃない。君に嫌な思いをさせたくない。クリスマスイブは一番好きな相手と一緒にいるのが当然だろ？　俺は秋葉と過ごすよ。絶対にそうする」

　もし僕の言動を傍《はた》から見ている者がいて、さらにその人物が妻帯者なら、僕のことを気が狂ったと思うに違いない。出来ない約束はしないこと――それは不倫のセオリーだ。

　僕の中に潜む別の人格が、必死になって僕の暴挙を止めようとしていた。秋葉は今なら冗談で済ますといってくれている。それに乗っかって、ここは謝っておいたほうが得策だ。お願いだからそうしてくれ――。

しかし僕の暴走は、僕自身にも止められなかった。

「二十四日、空けておいてくれ」御丁寧にも念押しした。

「あたしは二十三日でもいいんだよ」

「天皇誕生日なんて関係ない。イブの話をしているんだ」

秋葉は大きなため息をついた。ゆっくりと目を閉じ、そして開いた。その目は僕を見つめていた。

「そんなことをいわれたら期待しちゃうじゃない」

「それでいいんだ。期待に応《こた》えてみせる」僕は秋葉の身体を抱きしめた。

11

バブル景気で世の中が浮かれていた頃、男は女性にもてるため、ただひたすら金を使いまくっていた。デートのたびに一流ブランド品をプレゼントし、高級レストランの食事を奢《おご》り、無理して買った外車で彼女の住むおしゃれなマンションまで送った。時には一人の女性に対して、複数の間抜け男たちがそれらを分担するなんてこともあった。送り迎え担当のアッシー、食事担当のメッシー、プレゼント担当のミツグ君なんていうふうに陰で囁《ささや》かれていることに、本人たちはもちろん気づいていない。そして彼女は本命の彼氏と豪華ホテルでベッドイン、というわけだ。

恋のインフレはクリスマスイブの夜に最高潮を迎える。その夜のために男たちはレストランを予約し、ホテルの部屋を確保し、ティファニーに走るのだ。ホテルはどこも満室だった。レストランは客の足元を見て、クリスマス用ディナーに馬鹿高い価格をつけた。ティファニーには行列が出来て、オープンハートを買い損ねた男たちは彼女から振られることを覚悟しなければならなかった。

そんな馬鹿男たちの中に僕もいた。似合わないソフトスーツを着て、薔薇《ばら》の花束を抱え、二十歳過ぎの若造が足を踏み入れるにはあまりに重厚なホテルのラウンジで彼女を待った。そうしなければ彼女に逃げられると思い込んでいたし、実際そうなっていたと思う。男性の献身合戦に女性は慣れっこになり、彼女たちの要求はエスカレートし続けた。千本ノックのように次から次と僕たちを襲った。それに対応できない者は落伍者《らくごしゃ》だった。

でも楽しかった。恋のインフレも我が儘《まま》の千本ノックも僕たち男性陣にとって甘いものではなかったけれど、困難が多ければ多いほど、それを乗り越えた後で手に入れられるものの価値が高いような気がした。だから、クリスマスを誰と過ごせるかもはっきりしないうちからホテルの部屋を確保したり、住宅積立金を解約してまでティファニーのネックレスを買ったりもしたのだ。

今僕は、あの頃と同様の思いに駆られている。当時のように必要以上に金をかけようとは思わないけれど、秋葉とどの店で過ごそうかと考えるだけでもわくわくする。幸い、あの頃ほど店の予約はとりにくくない。

ただし、若かった僕に様々な障壁があったように、今の僕の前にも大きな壁がそびえ立っている。自分にはクリスマスを一緒に過ごさねばならない家庭がある、ということだ。

刻一刻とイブの夜は近づいていた。僕は焦った。今さら秋葉に、やっぱり会えないとはいえない。どうすればいいか、必死で考えた。得られた結論は、自分一人ではどうすることもできない、ということだった。

「おまえ、正気か？」

新谷は僕が予想した通りの反応を示した。芋焼酎《いもじょうちゅう》のお湯割が入ったグラスを置き、大きくため息をついた。

「浮気をしているという話まではいい。別に驚くようなことじゃない。俺だって、そういうことが全然ないわけじゃない」

「えっ、そうなのか。初耳だな。でも以前、俺たちは世間から見ればおやじで、もう男じゃないといってたぜ」

新谷は顔をしかめた。

「道徳を重んじるかぎり、俺たちはもう男ではない。男に戻るのは道徳を捨てる時だ。だから不倫というんだよ」

新谷の口から、キャラクターには全く不似合いな道徳という言葉が出てきたので、僕は少々面食らった。同時に落ち込んだ。こんな男でも道徳を気にしているのだ。

「よくないことだってことはわかってるんだ」僕は生ビールのジョッキを握りしめた。

「今さら落ち込んでどうするんだ。俺はおまえに不倫なんかやめろという気はない。おまえだって馬鹿じゃない。やめられるものならとうにやめていただろう。やめようやめようと思いながらもずるずる続いてしまう、不倫とはそういうものだ」

「よくわかってるな」

「だけど、クリスマスイブに会う約束をしたことだけは賛成できんぞ。おまえ、それだけはやっちゃだめだって」

「わかってるよ。わかってるけど……」

「約束せざるをえなかったというのか。どんな事情があるのか知らんが、やめておけ。単なる火遊びじゃ済まなくなる。覚悟してるわけじゃないんだろ？」

「覚悟って？」

「有美子さんと離婚する覚悟だよ」

僕は小さく頭を振った。「考えたこともなかった……」

「それでいいんだ。考えるべきことじゃない。それは絶対にないという前提で不倫は行われるべきなんだ」そこまでいってから新谷は怪訝《けげん》そうに僕を見た。「おまえ、何をぼんやりしている？」

「えっ、いや、離婚なんて考えたことはなかったんだけど」

「俺の話を聞いているうちに急に考える気になった、なんていいだすなよ。いいか、渡部。今すぐに不倫をやめろとはいわない。だけどこれだけは絶対に守れ。決して有美子さんにばれるな。ばれるようなことをするな。それがルールだ」

「そんなことはわかってる」

「いいや、わかってない。わかってないから、イブの夜に愛人と会おうなんて馬鹿なことを考えるんだ。目を覚ませ、渡部。正気に戻れ」

僕は深呼吸をしてビールを飲んだ。

「わかった、もう頼まない。面倒なことをいって悪かった」

「断念するんだな」

「いや、おまえには頼まないといっただけだ」

「渡部……」新谷は困り果てたように眉の両端を下げた。

「約束したんだ。今さら嘘だったなんていえない。イブの夜に寂しい思いをさせたくないし」

「そういうのは仕方ないんだ。女房持ちの男と恋愛するかぎりは、それは覚悟しなきゃいけない。彼女だってわかってるさ」

「知ってるよ。彼女もそういってた」

「それなら――」

「だけど自分が納得できない。彼女はある事情から、家庭というものを失っている。そんな彼女を置いて、自分だけが家族といるわけにはいかない」僕は伝票を引き寄せた。新谷の分はおごるつもりだった。「忙しいのに呼び出してすまなかったな」

「待てよ、渡部。もう一杯飲め」新谷は自分の額をとんとんと叩いた。「もし有美子さんにばれたらどうする気だ」

「ばれないようにする」

「もちろんそうだ。だけど万一ということも考えておかなきゃならない。基本的には、どんなに証拠を突きつけられても否定するしかないんだけど、場合によってはそれが無理なこともある。その時にどうするかだ。間違っても、勢いで離婚なんていいだすなよ。そんなことしても誰も幸せになれないんだからな」

「俺からいいださなくても、あいつからいいだすかもしれないじゃないか」

だが新谷は一度強く首を振った。「いいださない」

「どうして？」

「女は利口だからだ」彼は芋焼酎のお湯割をごくりと飲んだ。「今もいっただろ。誰も幸せにならない。有美子さんだって幸せになれない。そんな道を選ぶはずがない」

新谷は女性店員を呼び止め、お湯割のおかわりを注文した。僕は生ビールを頼んだ。

「じゃあどうしろっていうんだ」

「そんなことは決まっている」新谷はテーブルを叩いた。「もし有美子さんにばれたら、とにかく謝れ。謝って、二度としませんと誓うんだ。土下座しろ。旦那の浮気が発覚した時、女房がまず求めるのは謝罪だ。それから誓いだ。怒りにまかせて生活基盤を手放すような無謀なことを女はしない。今から土下座の練習をしておけ」

「まあ、もしそうなったら、とりあえずは謝らなきゃいけないとは思うけどさ」

「おまえ、まだわかってないな」新谷は僕の鼻を指差した。「謝るっていうのは、その時だけのことじゃないんだぞ。土下座は贖罪《しょくざい》のスタートにすぎないんだ。で、それが終わる日は来ない。一生、謝罪の日が続くんだ。女房に頭は上がらず、家でも肩身の狭い思いをすることになる。どちらかが死ぬまでそれは続く」

昔から弁のたつ新谷の話は、こういう時でも説得力と迫力に満ちていた。

「どうだ、地獄だろ？　その地獄に耐えられるか。そこまでの覚悟があるのか」

「想像したくないことだけど、肝に銘じておくよ。不倫が何もかも失う危険性を孕《はら》んでいることは、最初からわかっていたことだし」

新谷は太いため息をつき、頭を掻《か》いた。

「おまえがそこまで惚《ほ》れるんだから、よっぽどいい女なんだろうな。一度顔が見てみたい」

「見てるさ」僕はいった。「バッティングセンターで」


びっくりするぐらいの好天気だった。レースのカーテンを通過した陽光が室内の温度を上げていた。いつもはホットミルクを飲む園美が、今朝は冷たい牛乳が飲みたいといった。

「今夜は何時ぐらいになりそう？」僕の前にコーヒーを置きながら有美子が訊《き》いてきた。

「七時ぐらいかな。残業がなければ、だけど」

「イブに残業させるの？　会社も気が利かないわねえ」

「俺たちの仕事は、いつ何が起きるかわからないからな」

「でも、何もなければ七時には帰れるのね」

「うん、たぶん」

「プレゼント、忘れないでよ。それからシャンパンもね」幼稚園に行く支度をしている園美を見て、有美子は声を落としていった。

「わかってるって」僕は片目をつぶった。

今夜は家で食事をするということは、一週間も前から有美子にいってあった。昨年は三人で外食に出たのだが、今年はそんな約束はできない。二人へのプレゼントとシャンパンは、一昨日のうちに買っておいた。今は会社のロッカーに入っている。すべて新谷のアドバイスによるものだ。

朝食を終えると鞄を抱えて玄関に向かった。靴を履いていると、そばに紙袋が置いてあるのが目に留まった。

「何だ、これ」僕は訊いた。

有美子が紙袋の中に手を入れた。出してきたのは例の卵の殻で作ったサンタクロースだった。

「今日の夕方、幼稚園でちょっとしたパーティがあるの。その時に持っていってあげようと思って」

「そういえば、前にそんなことをいってたな」

「結局、全部で十五個。苦労しちゃった」

「園美に肩を揉《も》んでもらえよ」そういいながら僕はケータイを出し、舌打ちした。「あっ、やばいな」

「どうしたの？」

「バッテリーが切れかかってるんだ。昨日、充電するのを忘れたからなあ」

「充電器、持っていく？」

「いや、いいよ。会社に忘れてきたらまずいから。コンビニで買うよ」

何気ない会話だ。しかしこのやりとりの中に重大な意味が隠されていることに有美子は気づいていないはずだった。

いつものように有美子に見送られ、僕は家を出た。その服装もいつもと同じだ。何もかも同じでなければならない。ほんの些《さ》細《さい》なことでも違っていてはいけない。既婚男性にとってイブは特別な日ではない。おしゃれをする必要はないのだ。

　会社に行くと、まず秋葉を探した。彼女はパソコンの前に座り、何かの雑誌を読んでいた。机の上にインスタントコーヒーの紙コップが載っていた。

　彼女の周りに誰もいないことを確かめて、僕は自分の席から電話をかけた。彼女のそばの電話が鳴った。

「はい、電気一課です」秋葉の声が聞こえた。

「俺だよ」僕は少しだけ首を後ろに捻った。パソコンの陰から彼女がこちらを見るのがわかった。「今夜、大丈夫だね？」

「あたしは大丈夫だけど……そっちは平気なの？」

「何とかなりそうだ。場所と時間は前に話した通り。今日はケータイの電源を切ってるから、連絡がある場合はパソコンのほうにメールしてくれ」

「どうして電源を切ってるの？　まさか、強引にばっくれる気じゃないでしょうね」

「ばっくれる？」

「今夜遅くなるってこと、奥さんにはいってあるの？　何もいわないままで、ケータイの電源を切っておけばいいとでも思ってるんじゃないでしょうね。そんなことしたら、後がすごく面倒だよ」

「そんなことしない。心配するな。じゃあ、今夜よろしく」

　電話を切った後、そっと秋葉の様子を窺《うかが》った。彼女はこちらを見て、釈然としない表情で首を傾げている。僕はにっこり笑って頷《うなず》いた。

それから数時間、まるで落ち着かなかった。僕は一本の電話を待ち続けていた。図面を見ている間も、打ち合わせをしている間も、机の電話が気になって仕方がなかった。

午後四時を過ぎて間もなく、その電話はかかってきた。有美子からだった。

「ケータイの充電器、買ってないの？　全然繫《つな》がらないんだけど」

「買ったんだけど、うまく充電できないんだ。何か用？」

「それがね……」少し沈黙してから彼女はいった。「さっき、新谷さんから電話があったのよ。あなたに連絡しようとしたみたいだけど、やっぱり繫がらなかったみたいで」

「新谷が何だって？」

「あなた、野田先生って知ってる？」

「野田先生？　ああ、知ってるよ。ゼミでお世話になった先生だ。もちろん今は退職されてるけど」

「その先生が亡くなったって」

「えっ」僕は精一杯の演技を続けた。

夜の七時、僕は予定通りに家のテーブルについていた。犬のぬいぐるみを園美に、プラチナのネックレスを有美子にプレゼントした。テーブルにはクリスマスケーキとシャンパンが載っていた。

「全くついてないよ。こんな日にお通夜なんてさ。でも俺が行かないわけにはいかないからなあ」シャンパンを飲みながら僕はうんざりしたような声を出す。

「何時の新幹線に乗るの？」有美子が訊いた。

「八時過ぎので間に合うはずだ。新大阪には十一時に着く。そこからタクシーで斎場に向かうよ。みんなは先に行ってるはずだから」

「大変ね」

「悪いな。一緒にいられなくて」

「仕方ないわね。それに、とりあえず家族サービスはしてくれたからよかった」有美子は園美に目を移した。園美はソファで犬のぬいぐるみと遊んでいた。

その三十分後、僕はタクシーに乗り込んでいた。行き先は東京駅ではなく汐留《しおどめ》だ。高層ビルの最上階にあるレストランを予約してある。

僕の横には旅行バッグがあった。中には喪服が入っている。今夜は通夜の手伝い、明日は葬儀会場で受付をする、と有美子には説明してあった。

実際に野田先生が亡くなったのは二年前だ。だがその時は不手際があって、僕には連絡が来なかった。だから僕自身、先生が亡くなったことを知ったのはつい最近なのだ。そのことを有美子には話していなかった。それが幸いしたわけだ。

八時ジャスト、僕はレストランに到着した。店を囲むように張り巡らされたガラスの向こうに東京の夜景が広がっていた。ボーイに案内されて窓際の席に行くと、黒いワンピースを着た秋葉が座っていた。僕を見上げた彼女の瞳は、少し潤んでいるようだった。

「来ないかと思った」彼女はいった。

「まさか。どうして？」

「だって」彼女はふっと吐息をついた。「元々無理なことだから」

「無理じゃないよ。約束は守っただろ」

「うれしい。でも……」彼女は俯《うつむ》いた。

「なんだ?」

秋葉は僕を見つめ、手を伸ばしてきた。彼女の指先が、テーブルに置いた僕の手に触れた。

「うれしいけど……こわい」

「何いってるんだ」

僕はボーイを呼び、シャンパンを二つ注文した。

12

楽しい時間はあっという間に過ぎてしまう。

その時間が輝きに満ちていればいるほど、そしてそれを得るために払った犠牲が大きければ大きいほど、一瞬の後に僕の手から離れてしまう。

イブの夜を僕たちはホテルで過ごした。秋葉はこれまでのどんな時よりも美しく、かわいく、さらには妖艶《ようえん》だった。僕たちは裸で抱き合い、セックスをしては見つめ合い、恥ずかしくなるに違いないような愛の言葉を交わし、気持ちが高まってくるとまたセックスをした。

眠ってしまうのが惜しくて、僕は彼女に腕枕《うでまくら》をしてあげた状態でも、がんばって目を開けていた。

「眠くなったら眠っていいからね」本心とまるで違う言葉をかけた。

大丈夫、と秋葉はいった。だけどその数分後、彼女は寝息をたて始めた。デジタル時計の表示は午前二時を過ぎていた。

秋葉の髪の匂いを感じながら僕は目を閉じる。夢のような時間を振り返りながらも、頭の隅で考えていることがある。明日は、大阪の葬儀会場で僕は受付をすることになっている。そのために有給休暇をとったのだ。受付が終わったら家に帰る——僕の家にだ。

僕の家族が待つ家だ。秋葉ではない女性と、彼女が産んだ僕の子供がいる。僕の本来の居場所だ。何も知らない彼女たちは、クリスマスイブをどんなふうに過ごしただろうか。それを考えると心は痛む。秋葉と別れないかぎり、この痛みから解放されることはない。秋葉との幸せな瞬間を手に入れる以上、僕が甘受しなければならないものの一つだ。

欲望、迷い、怯《おび》え、勇気——様々な思いや感情が僕の中を通過していった。僕の頭は高速道路のジャンクションのようだった。それらが完全にシャッフルされて何が何だかわけがわからなくなる頃、僕にもようやく眠気が訪れてきた。

翌朝、目が覚めた僕の横に秋葉の姿はなかった。シャワーでも浴びているのだろうかと思ったが、物音がまるでしない。おかしいなと思って起き上がり、窓のカーテンを開けた。クリスマスの東京は、いつもの朝と変わらず煤《すす》けて見えた。昨夜の見事な夜景を構成していた街と同一だとは、とても思えない。

テーブルの上にメモが置いてあった。秋葉の字だった。

『おはよう　よく眠れた？　会社があるので先に出ます　ごちそうさま　楽しかった』

メモを手にしたまま室内を見回した。秋葉のバッグがなくなっていた。一応クローゼットも確かめた。そこには僕のコートだけがあった。

メールをチェックすると新谷から入っていた。

『喪服を着てパチンコ屋に行け。煙草の臭いを十分につけておけ。ネクタイの皺も忘れるな。喪服のまま家に帰れ。最後にもう一つ、昨夜の幸せな記憶は封印しろ。』

文面を読んで感心した。考えもしなかったことばかりだった。

いわれたとおりに喪服を着て、ホテルをチェックアウトした後、新橋《しんばし》のパチンコ屋に入った。パチンコをするのなんて十年ぶりぐらいだった。なるべく煙草の煙が充満してそうなところを選び、適当に玉を弾《はじ》いた。

一時間ほどそうした後、有楽町《ゆうらくちょう》に出て一人で映画を観た。秋葉と観るつもりだった映画だ。ラブコメディだったが、ちっとも面白くなかった。おまけに周りはカップルだらけで居心地も悪かった。

その後、東京駅まで歩き、折詰の寿司《すし》を買ってからタクシーに乗った。まだ五時にもなっていなかった。

家のドアを開ける時、嫌な予感が胸をかすめた。しかしこれはいつものことなのだ。秋葉とのことが有美子にばれてるんじゃないか、ばれてたらどうしよう、ばれてはいなくても何か重大なミスをして怪しまれているんじゃないか、様々な不安を抱えたまま僕はドアを開く。

靴を脱いでいると奥から有美子が現れた。彼女の顔をまともには見られない。どんな表情をしているのか、確認するのが怖い。この不安感も、不倫と引き替えに背負わねばならないものだ。

「案外早かったのね。夜になるのかと思ってた」

有美子の声はいつもと変わらなかった。僕はようやく顔を上げ、彼女を見る。

「飲みに誘われたけど断った。さすがに疲れたからさ」

「お疲れ様。大変だったね。早く着替えてきなさいよ。すごく煙草臭い」

「そりゃそうだろう。周りですぱすぱ吸ってたからな」

「ああいう場所だと、そうなのよねえ」

「園美は？」

「寝てる。朝からお友達の家に行ってて、きっと疲れたのね。でもそろそろ起こさないと」

「これ、おみやげ。新幹線の中で食事をし損ねて、腹ぺこなんだ」

折詰を見て、有美子はにっこり笑った。「じゃあ、お茶を入れるね」

彼女の笑顔は僕の心を鎖から解放した。

寝室に行くと、床に紙袋が落ちていた。見覚えがあった。卵のサンタクロースが入っていたはずだ。幼稚園でのクリスマスパーティは、無事に終わったらしい。

着替えてからリビングに行った。目を覚ましたばかりと思える園美が、ぼんやりとソファに座っていた。しかし僕を見ると、その目が大きく開かれた。

「おかえりなさーい」

「ただいま」僕は園美の横に座る。

娘とじゃれあいながら妻がお茶を入れてくれるのを待つ。幸せで平和な家族の時間。これを失うことなどできはしない。そんなことはわかっている。だけど一方で僕はこうしている間も、昨夜とは別の心の痛みを覚える。昨夜は妻子を裏切っていることで痛んだ。今は秋葉のことを思い、辛《つら》くなっている。

　ホテルのテーブルに残されていたメモが頭によぎる。彼女はわかっていたのだ。僕が今日、なるべく早く家に帰ったほうがいいことを。

　こんなことを続けていてはいけない。そんな切迫した思いだけが膨らんでいく。


　翌日の夜、僕は新谷に呼び出された。じつは僕からも連絡を取ろうとしていたところだった。もちろん感謝の意を表明するためだ。すべて無事に済んだことを知ると新谷は大きく深呼吸し、生ビールを飲んだ。

「安心した。だけどこれっきりだからな。こんなアクロバットみたいな手は、そう何度も使えない」

「助かったよ」

　僕はホテルに残されたメモのことを話した。秋葉は僕のことを気遣って、黙って先に帰ったのだろう、という推測もいってみた。

「たぶんそうだよ」新谷はいった。「だけどな、いっておくけど、おまえに苦労させないためだけじゃないぞ。おまえに下手な嘘をつかせないための配慮、という部分が一番大きいんだ」

「同じことじゃないのか」

「全然違う。なぜおまえに下手な嘘をつかせたくないか。そんな嘘はすぐにばれるからだ。奥さんに二人の関係がばれて困るのは、彼女も同じだからだ。彼女はおまえとの関係を壊したくないし、奥さんから責められるのも困るから、そういうメモを残して先に帰ったんだ。共犯者の意図をくみ取ってやれ」

　新谷の言葉には説得力があった。ただ、共犯者という表現には抵抗を覚えた。

「それにしても、彼女はいろいろと我慢してるわけだろ」僕はおそるおそるいってみた。

「当たり前だ」新谷はびしっという。「何度もいわせるな。不倫なんだから、それぐらいの我慢は当然だ。大晦日《おおみそか》も正月も一緒にはいられない。男が女房や子供と楽しく過ごしている様子を想像して苛々《いらいら》する。それが正しい愛人の姿なんだ。それが辛いのならやめればいい。おまえがそんなことを心配がる必要はないし、気に病んだって仕方がないんだ」

　彼のいうことはいちいちもっともだった。もし二人が逆の立場なら、僕も彼と同じことを口にしていたに違いない。

　新谷は周りを少し気にする素振りを見せてから小声でいった。

「前もいったけど、有美子さんと別れるなんてこと、絶対に考えるなよ」

　僕が唇を舐《な》めていると、彼は苛立ったようにテーブルを叩いた。

「渡部、それは一時の気の迷いなんだ。有美子さんと恋愛していた頃のことを思い出せ。彼女のことを好きだったんだろ。この女しかいないと思ったから結婚したんだろ。結局は同じことだ。今おまえが夢中になっている女だって、おまえにとって特別な存在というわけじゃない。そんなものは最初からいないんだ。世界中のどこにもいない。赤い糸なんてものはないんだ」

「赤い糸？」

「よくいうじゃないか。運命の相手とは赤い糸で結ばれているって。おまえ、こんなふうに思ってないか？　今度の女性こそ運命の女性だ、結婚した相手を間違えた――」

僕が黙っていると新谷はげんなりした顔で舌打ちした。

「いいことを教えてやる。赤い糸なんてのは、二人で紡いでいくものなんだ。別れずにどちらかの死を看取《みと》った場合のみ、それは完成する。赤い糸で結ばれてたってことになる」

現実主義者にしては珍しくロマンチックなことをいうので僕が驚いて見つめていると、それをどう解釈したか、彼は大きく頷いた。

「わかるだろ。すべては結果論にすぎないんだ。よっぽど苦労しているのならともかく、そうでないなら、相手なんか誰だって同じだ。有美子さんで十分じゃないか。納得しろ。おまえは有美子さんと赤い糸を紡いでいけ。そのほうが絶対に後悔しない」

気合いの籠《こも》った言葉に、僕は何もいい返せずにいた。いい返せるわけがない。彼が力説している内容は、離婚はよくない、というごく当たり前のことなのだ。

しかし彼と別れた後、僕が真っ先に考えたのは、秋葉は年末年始をどのように過ごすのだろう、ということだった。

僕は歩きながらメールをチェックした。秋葉から入っていた。

『あなたにはいわなかったけど、明日から会社を休んでバンクーバーへ旅行に出ます。向こうに友達がいるので。帰ってくるのは四日です。じゃあよいお年を。あきは』

ケータイを手にしたまま、しばらく立ち尽くしていた。

正月のことなど心配する必要はなかった、彼女は優雅に海外旅行ときている――と呑気《のんき》に笑うほど、僕だって能天気な男じゃない。

ケータイをしまいながら、複雑な気持ちを抱いたまま歩きだす。正直にいえば、僕は助かったと思っている。秋葉が連絡のつかないところに行ってくれたおかげで、あれこれと気に病む必要はなくなったのだ。彼女を一人きりにしているという罪悪感に苛《さいな》まれることもない。

でも本当にこれでいいのだろうか。秋葉に助けられてばかりでいいのだろうか。

13

大晦日や正月なんて、ただの退屈な休日だ。

家でテレビを見て、園美の相手をし、正月料理を食べながら酒を飲み、眠くなったら横になる。その繰り返しだ。一月三日になって、ようやく僕は外に出た。有美子と園美を連れてファミリーレストランに行ったのだ。そこでまた昼間からビールを飲む。帰りに近所の神社に寄った。おみくじを引いたところ、大吉だった。

波風の立たない日が、音もなく過ぎていった。何の意味もない数日間だったように思う。しかしもちろん意味はある。過ごしたことに意味がある。僕たち妻帯者は、正月はこういう過ごし方をしなければならないのだ。

四日には車を運転して、一人で川崎に住んでいる妹の家へ行った。園美が乗っていた三輪車を届けるという、くだらない用事があったからだ。園美は今、補助輪付きの自転車がお気に入りだ。妹の娘は、最近二歳になったばかりだった。

新年の挨拶を交わした後、妹の手抜き料理を馳走《ちそう》になった。明らかにスーパーで買ってきたものを皿に盛りつけただけ、というのもあって、びっくりした。それでも公務員の旦那は、うれしそうに箸《はし》を運んでいる。彼は結婚前より確実に十キロは太った。幸せ太りではなく、手抜き料理ばかり食べさせられているからだろう。そういえば妹もずいぶん太目になった。ウエストのくびれがまるでない。

「兄ちゃん、少し痩《や》せたんじゃない？」

妹にいわれ、びっくりした。彼女は僕に対して、全く正反対の印象を抱いたらしい。

おまえらが太りすぎなんだよ、といいたいのをこらえ、「そうかな」と首を捻った。

「働きすぎなんじゃないの。それとも遊びすぎとか」

「馬鹿いうな。そんな暇ないよ。仕事と家庭サービスでくたくたなんだ」

「わかります、わかります」妹の旦那が頷いた。「男は疲れますもんねえ。僕も育児をずいぶん手伝ってるんですよ。仕事も早めに切り上げて」

「あなたはただ娘に早く会いたいだけでしょ」

「それだけじゃないよ。家族を大事にするのが男の役目だと思っているんだ。そうですよね、義兄さん」

まあね、と僕は曖昧《あいまい》に答えておいた。今はこの手の質問が一番辛い。

妹のマンションを出た後、秋葉のケータイにかけてみた。もう帰ってるのではないかと思ったからだ。しかし電話は繋がらなかった。

このまま帰宅するのが惜しくて、東京とは反対の方向に車を走らせた。深い考えなどなかった。秋葉は東白楽の家に帰るのではないかという気がしたのだ。連絡がついた時、そばにいたほうが早く会えると思った。

とはいえすぐに東白楽に向かうわけにもいかず、結局横浜までずるずると運転を続けた。高速道路を下りる頃には、何となく方針が決まりかけていた。

中華街のそばに車を止め、記憶を蘇《よみがえ》らせながら歩いた。

バー『蝶の巣』にはすぐに辿《たど》り着けた。もしかするとまだ正月休み中かなと思ったが、幸いなことにドアは簡単に開いた。カウンターには背広を着た男性客がいた。テーブルには一組のカップル。

マダム・カラフルは隅のテーブルで、一人で飲んでいた。紫色のセーターを着ている。

「こんばんは」僕は彼女の前に立っていった。「覚えておられますか」

彼女は顔を上げ、少し考え込んでから目を見開いた。

「あなた、たしか、秋葉の……」

「ええ」僕は頷いた。「渡部です。あけましておめでとうございます」

「あ……おめでとうございます」

彼女の顔に一瞬狼狽《ろうばい》の色が走ったような気がした。

「御一緒させていただいてもいいですか」マダム・カラフルの向かいの椅子を指し、僕は訊いてみた。

「それはいいけど」彼女は入り口のほうを見た。連れがいるかどうかを確認したようだ。

「一人なんです。秋葉はまだ帰ってこなくて」

「どこかに行ってるの？」

「年末からカナダに行ったそうです。今日、帰ってくるという話だったんですけど連絡がつかなくて、それでちょっとこちらに寄ってみたというわけです」

白髪頭のバーテンが近寄ってきた。僕はメニューを見て、グァバジュースを注文した。

「ここにいてもあの子には会えないと思うわよ」マダムはちらりとカウンターのほうへ目をやった。

つられて僕もそちらを見たが、特に変わったことはない。男が一人、こちらに背を向けて酒を飲んでいるだけだ。茶色の背広を着た、ずんぐりとした体形の男だ。顔はもちろんわからない。

「彼女が来ると思ったわけではないです。近くまで来たものですから」

「そう。それなら、ごゆっくり」マダムは腰を浮かしかけた。

あの、と僕はあわてて話しかけた。

「僕について、彼女から何か聞いておられますか」

マダムは首を振った。

「あの子は自分のことについて、私には何も話さないわ。私にかぎらず、誰にも話さないんじゃないかしら。あなたにはどうなのか知らないけど」

「僕にはある程度話してくれます。全部なのかどうかはわかりませんが」

「相手のことを知りたがるのは考えものよ。全部知ったって、いいことなんか殆《ほとん》どないんだから」

「全部知ろうとは思いません。ただ、彼女が僕とのことをどう思っているのかは気になっています。あなたはおわかりだと思いますが、僕にはじつは——」

そこまでで言葉を切ったのは、マダム・カラフルが僕を制するように右の掌を向けてきたからだ。彼女は眉をひそめ、下唇を突き出した。

「そんなもの話してくれなくたって、見ればわかる。だってあなた、ふだんは指輪をしてるでしょ。秋葉と会う時には外してるみたいだけど、指についた跡は消せないし、そういうものを女は見逃さないの」

僕は自分の左手を見た。たしかに秋葉と会う時以外は指輪をつけている。外せば、その部分だけがほんの少し白い。日に焼けてないからだ。

「何度もいうようだけど、あの子からは何も聞いてないの。あの夜、あの子があなたをここへ連れてきた時、初めてあなたのことを知ったのよ。その後も何の話もしてない」

「そうなんですか……」

どうもマダム・カラフルの様子はおかしかった。前に会った時には僕と話をしたくて仕方がないという感じだったのに、今日は僕のことを疎ましく思っているようにさえ感じられる。あまり酔っていないせいかな、と思った。

「申し訳ないけど、あなたにメリットがある話なんて何もできないの。悪いことといわないから、さっさと家に帰って、お正月最後の家庭サービスをすることね。そのほうがよっぽど意味があるわよ」マダム・カラフルは立ち上がり、スタッフオンリーと書かれたドアの向こうに消えた。

明らかに彼女は僕を敬遠していた。カウンターを見ると、白髪頭のバーテンも僕のことを無視しているようだ。首を捻りながら僕はグァバジュースを飲んだ。

料金を支払い、早々に店を出た。もう一度秋葉のケータイにかけてみたが、やはり繋がらない。

中華街の駐車場に向かって歩き始めた時だった。ちょっと、という声が後ろから聞こえた。自分にかけられた言葉だとは思わなかったので、僕はそのまま歩き続けた。すると追いかけてくる足音がした。

「ちょっとすみません」男の声だった。今度は少し大きかった。

僕は足を止めて振り返った。薄いベージュ色のコートを羽織った初老の男性が近づいてくるところだった。はだけたコートの内側から、茶色の背広が見えた。ネクタイの色も茶色だった。

「僕ですか」

「そう。あなたです」

男は四角い顔で、えらが張っていた。眉が太く、九州出身なのかな、と思わせる顔立ちだ。おまけにゴルファーのように日焼けしている。年齢は五十半ばというところか。

「少し時間をいただけますか」彼は訊いてきた。

「何かの勧誘ですか。そういうものには――」

彼が服の内ポケットから出してきたものを見て、僕は言葉を切った。警察手帳だった。

僕の反応に満足したようだ。彼はにやりと笑った。

「神奈川県警の者です。あなたと話がしたいんですが、構いませんか。それほどお時間はとらせません」

「どういう用件ですか。僕は東京の人間ですよ」

「そうなんですか。でもあなたのお住まいは関係がない」手帳をしまい、彼は声をひそめていった。「仲西秋葉さんのことでお話があるんです」

思いがけない名前が出て、僕は狼狽した。その直後、この男について思い出すことがあった。

「あなたは『蝶の巣』にいた……」

カウンター席に座っていた男性客だ。僕とマダム・カラフルのやりとりを聞いていたらしい。

「店にいたのは私のほうが先です。そこへあなたが入ってきて、浜崎さんと話を始めた。それが耳に入ってきたというわけです。決して盗み聞きしたわけじゃない。自然に聞こえてきたのです」

マダム・カラフルの本名が浜崎妙子だということを思い出した。

「あなたが警察の人だということを浜崎さんは知っているんですか」

「もちろん御存じです。私はある意味、あの店の常連ですから」

マダムがカウンターのほうを気にしていたことを思い出した。彼女はこの男を意識していたのだ。

「三十分程度、お時間をください。十五分でも結構」

秋葉の名前を出されては、このまま帰るわけにはいかない。じゃあ三十分だけ、と僕は彼にいった。

正月明けだったので、空いている店は少なかった。ようやく見つけたのは、セルフサービス方式の喫茶店だった。店内は混んでいた。

相手の男は芦原《あしはら》と名乗った。神奈川県警捜査一課の刑事だった。殺人を扱う部署だということぐらいは、テレビドラマを見ていればわかる。

名刺を求められたので、仕方なく差し出した。

「さっきの店にはよく行かれるんですか」僕の名刺を見ながら芦原刑事は訊いてきた。

「二度目です」

「前回はどなたかに案内されて？」窺うような目で見つめてくる。これが刑事の目というやつかなと思った。

「仲西さんに連れていってもらいました」

その名前を僕の口から聞けたことに彼は満足したようだ。にやっと笑った。

「仲西秋葉さんですね」

「そうです」

「失礼ですが、あなたと仲西秋葉さんとはどういう御関係ですか」

僕は息を吸い込んでから口を開いた。

「職場が同じなんです。彼女は派遣社員ですが、昨年の夏からうちの部署に来ました」

「なるほど、会社の同僚というわけですか。それ以外には？」

「といいますと？」

僕が訊くと芦原刑事は意味ありげな笑みを浮かべたまま首を振った。

「渡部さん、回りくどい手順を踏んだって、いいことなんか何ひとつありませんよ。あなたがここではっきりしたことをおっしゃらないなら、私は自分の手で調べるだけです。そんなことを望んでおられるわけですか」

粘着質な物言いに、不快感が胸に広がった。同時に、この男のいうとおりだとも思った。『蝶の巣』でのやりとりを聞かれている以上、おおよそのことはばれている。鈍感な人間ならともかく、この男は刑事なのだ。

僕は吐息をついた。

「交際しています。これでいいですか」

「別にあなたを責めているわけじゃないので、そんな顔をしないでください。私はあなたのことを取り調べようとは思っていません。あなたと彼女の関係を周囲の人にはもちろんのこと、ほかの人に漏らしたりもしません。信用してください」

「だったら、先に用件をいってください。どういう事件についての捜査なんですか」

少し強い口調でいってみた。そんなものに効果があったわけではないだろうが、芦原刑事は頷いた。

「そうですな。こちらも遠回りをする意味はない。約十五年前、東白楽の仲西邸で起きた事件については御存じですか」

僕が答える前に、「御存じなんですね」と彼はいった。顔が強張っていたからだろう。

「彼女から聞いたことがあります」

「それなら話が早い。一応もう一度整理しておきますと」芦原刑事は懐から取り出した眼鏡をかけ、手帳を開いた。老眼らしい。「事件が起きたのは三月三十一日です。仲西さんの秘書本条麗子さんが何者かによって殺されたという事件です。強盗殺人として捜査が行われましたが、まだ犯人は捕まっておりません」

「それも聞いています」僕はコーヒーカップを手にした。口元に近づけながら、三月三十一日という日付に引っかかっていた。

芦原刑事はコーヒーには手をつけずに話を続けた。

「で、その事件が今年時効を迎えます」

「そうなんですか」

事件が起きたのが十五年前なら、そういうことになる。

「そこで、何とかそれを阻止しようとがんばっているわけです」

「よくニュースなんかで見ますよね。時効間際になって、また改めて大々的に捜査するっていう話を。十五年も経ってからあわてたって、もう遅いような気もするんですけど」

芦原刑事は心外そうな顔で首を振った。

「ああいう報道のされ方をすると、あたかもそれまでは放っておいたかのように思われますが、実際には継続的に捜査を行っている人間はいるんです。私のようにね。まあ、捜査員を急に増やすというのは、時効を迎えるのをただ指をくわえて見ていただけではない、というマスコミ向けのポーズではありますが」

「十五年間、捜査を続けておられるんですか」僕は驚いて相手の顔を見返した。

芦原刑事は少し薄くなった頭を掻いた。

「いや、ずっと続けてきたのかと訊かれると辛いですな。途中、異動もありましたし、当然のことながらほかの事件をいくつも担当しましたから。ただ、数年前からまた今の部署に戻りましてね、それで東白楽の事件も改めて追いかけることに」

「だから『蝶の巣』に？」

「浜崎さんは数少ない証人の一人ですからね。それに、あそこに行けば時々仲西秋葉さんとも会える。まあそれ以外に、息抜きというバー本来の使い方もしていますよ。あの店はなかなか落ち着きますので」

「それで僕に何の用ですか。いうまでもないと思いますが、十五年前は僕と秋葉さんは何の関係もなかったんですが」

芦原刑事は苦笑した。

「それはわかっています。あなたにお尋ねしたいのは、仲西秋葉さんが事件のことをどのようにあなたに話したのか、ということです」

「どのように、といいますと？」

「彼女があなたに話した内容を、できるだけ詳しくお聞かせ願いたいのです。もちろん、事件に関することだけで結構です。お二人のプライベートなことに関心はありません」

刑事は冗談をいったつもりかもしれないが、ちっとも笑えなかった。

「なぜそんなことを話さなきゃいけないんですか。警察が全部知っていることでしょう？」

「だからそれを確認したいのです。我々の知らない話があるかもしれない」

「だったら、本人から直接聞き出せばいいじゃないですか」

「本人からは何度も話を聞いていますよ。事件発生当時なんかは特にね。でもそれがあなたに話した内容と同じかどうかはわからない」

「どうしてですか」

「親しい人間には話せても刑事には話せない、ということが往々にしてあるからです」

「彼女が嘘をついているというんですか」

いやいや、と芦原刑事は顔の前で手を振った。

「それほど積極的なものじゃありません。刑事の前ではどんな人でも、無意識のうちに隠したり、ある部分をぼかすということがあるものなんです。しかも事件当時彼女はまだ高校生だった。混乱して、その時にはうまく話せなかった事柄も多いのではないかと思われます。十五年経ち、当時のことを全く知らないあなたに話す時には、これまで話せなかったことも打ち明けた、ということもありうるのではないかと期待しているわけです」

刑事のいっていることはわからないでもなかったが、その物言いに胡散臭《うさんくさ》さが漂っていた。腹に何かを隠している気配がある。

「彼女から聞いた話を、僕自身が正確に覚えてるわけではありませんよ」

「それでも結構です」刑事は再び手帳を開き、メモを取る準備を始めた。

仕方なく、秋葉から聞かされた話を、出来るだけ詳しく話すことにした。話しながら東白楽の屋敷を思い出した。あの広く豪華なリビングルームで殺人が行われたというのは、自分で話しながらも現実感がまるでなかった。

警察の捜査がかなり念入りに行われたようだが結局犯人は捕まらなかった、というところまで話した後、僕は少し迷ってからこう付け足した。

「殺された本条さんという女性は、お父さんの恋人だった、と彼女はいいました」

もしかしたらこれは警察には話してないことかもしれないと僕は思った。

しかし刑事の表情は変わらなかった。

「秋葉さんから聞いたのは以上ですか」

「そうです。何か新しい発見がありましたか」

「さあ、それはどうですか。あるような、ないような」刑事はカップに残っていたコーヒーを飲み干した。「ところで秋葉さんと海には行かれましたか」

「海？」

「ええ。あの方は泳ぐのが好きだったはずですが」

警察はそんなことまで調べるのかと感心した。

「泳ぎには行ってません。付き合いだしたのが秋ですから。彼女はサーフィンに凝っていて、一緒に行こうとしたことはあります。天候が悪くて、結局中止にしましたが」

「サーフィンですか。あの人らしい。当時はスキューバのスクールに通っておられましたよ。ブルジョアは違いますな」

その話は聞いたことがなかった。僕はまだまだ秋葉について何も知らないのだ。この刑事のほうがよく知っている。

芦原刑事は腰を上げた。

「三十分経ちました。お忙しいところ、申し訳ありませんでした」

刑事と別れた後、駐車場まで戻って車に乗った。だが少し走ったところで、ひとつの疑問が湧いてきた。僕は高速とは違う方向にハンドルを切った。

山下公園のそばに車を止め、僕は外に出た。夜の港を見ながら、もう一度秋葉から事件について聞いた時のことを回想した。

死体を見た途端、気を失った――秋葉はたしかにそういったのだ。問題はその後だ。

「その頃、あたしは虚弱体質で、しょっちゅう貧血を起こしてた」

それを聞いた時には何とも思わなかった。だが先程の刑事の話が引っかかる。

スキューバ？　泳ぐのが好き？　虚弱体質の女の子が？

さらにもう一つ、思い出したことがあった。事件が起きた三月三十一日という日付のことだ。出会ったばかりの頃、秋葉がいっていた。来年の三月三十一日が過ぎれば、いろいろと話せる、と。

それはまさに、時効成立の日だ。

14

年明け最初の出勤日というのは、何となく緊張するものだ。パソコンのメールを開いたらトラブルの報告がずらりと連なっているんじゃないかとか、どこからか苦情の電話がかかってくるんじゃないかといった不吉な予感が胸をかすめるからなのだが、今年にかぎっては、もう一つ別の不安があった。果たして秋葉が出勤してくるんだろうか、というものだった。昨夜はとうとう彼女に連絡がつかなかったからだ。

ところが出勤してみると、秋葉はいつもの席の近くで、昨年の暮れと同様、仲のいい女子社員たちと談笑しているところだった。顔色はよく、表情も明るい。

僕は皆に均等に挨拶しながら彼女たちに近づいていった。あけましておめでとう、と声をかけてみた。

　おめでとうございまーす、と女子社員たちは応じてくれた。その中に秋葉もいた。

「君たち、お正月休みはどうしてたの？　どこかに行ったの？」

「あたしたちはどこにも。でも、仲西さんはカナダだそうですよ」一人がいった。

「へえ」僕は秋葉を見つめた。「それはすごい」

「バンクーバーに友達がいるんです」彼女は平静な顔で答えた。

「いつ帰ってきたの？」

「昨日です。昨日の昼間に到着しました」

「昨日の昼？」思わず聞き直してしまった。

「渡部さんはどちらかに？　奥様の実家とか」

「いや」僕は首を振っていた。「家でごろごろしていただけだよ」

「じゃあ、あたしと一緒だあ」秋葉の隣にいた女子社員が笑った。

「でも、それが一番いいですよ」秋葉がいった。「家庭のある方は、お正月休みぐらい、最初から最後まで御家族と一緒にいるべきだと思います」

　彼女の言葉に、僕はどきりとした。彼女は僕の視線を避けるように横を向き、そのまま自分の席に向かった。その背中を見送った後、僕も女子社員たちから離れた。

　席についた後、秋葉の言葉を反芻《はんすう》した。彼女は昨日の昼間に帰ってきた。でも連絡がつかなかった。彼女はわざとケータイの電源を切り、僕からのメールも無視し続けたのだ。無論、僕が最後の最後まで家族サービスに集中できるように、という彼女なりの配慮に違いなかった。

情けないな、と心の中で呟《つぶや》いた。

パソコンには予想通り、トラブルの報告がいくつか入っていた。しかしいずれも僕が今すぐに駆けつけねばならないというものではなく、今日のところは席に座っていられそうだった。ずらりと並んだメールの最後に、秋葉からのものが入っていた。僕は周りに誰もいないことを確認してから、そっと開いてみた。

『新年おめでとうございます。渡部さんにとって素晴らしい年になることを祈っています。今年もヨロシク。仲西秋葉』

僕は斜め後ろを振り返った。彼女の顔はパソコンのモニターで隠れて見えなかった。それでも僕は幸せな気持ちになった。

午後になって、一枚のメモが回ってきた。今夜、即席の新年会をするから、参加希望者は名前を書いてくれ、というものだった。すでに十名の名前が書き込まれていた。その中には秋葉の名前もあった。

幸い残業を要する急な仕事も入らず、僕は若手社員たちと店に向かった。途中から課長が追ってきたのにはちょっとがっかりした。

茅場町にあるいつもの居酒屋が会場だった。秋葉の歓迎会をした時と同じ店だ。あの時と違い、彼女はすっかり周りの雰囲気にとけ込んでいた。彼女はそばにいる者と楽しそうに会話し、自分のペースで酒を飲んでいた。

里村という男性社員が彼女の右隣にいた。テニスと歌舞伎鑑賞が趣味という、ちょっと変わった男だ。

その里村がしきりに秋葉に話しかけていた。何の話をしているのかはわからない。でも受け答えしている秋葉の表情は、それなりに楽しそうだ。

田口真穂という女子社員がビール瓶を持って笑いかけてきた。

「渡部さんにお願いがあるんですけど」僕のコップにビールを注ぎながら彼女はいった。何かを企《たくら》んでいる顔になっていた。

「何だい」

「じつはね、この後のことなんです。あたしたち、カラオケに行こうと思ってるんです。若手社員だけで」

「ふうん。いいね」

だから僕にも付き合えということかなと思った。秋葉の歌を聞くのも悪くない。バッティングセンターで会った夜のことを思い出した。

ところが田口真穂の頼みは、そんな僕の思惑とはまるで違うものだった。

「それで問題なのは、あの方なんですよね」彼女はテーブルの下で人差し指をある方向に向けた。そこには課長がいた。赤ら顔で、今年の我が部署の目標は、なんていうふうに怪気炎をあげている。相手をさせられているのは、入社二年目の若手だ。

「課長がどうかしたのか」

「だって、あたしたちがカラオケに行くって聞いたら、絶対についてくると思うんです。前にも同じようなことがあったでしょ」

「そういえばそうだな」

課長は五十そこそこで、当然のことながら新しい曲など何ひとつ知らない。部下たちには、最新ヒット曲をどんどん歌っていいぞというが、本当に誰かが歌いだすと途端に不機嫌になるのだ。

「課長をどうにかしろっていうのか、俺に」

むっとして訊くと田口真穂は顔の前で手を合わせた。

「尾崎《おざき》さんが課長を銀座《ぎんざ》に誘うっていってくださったんです。でも二人じゃきついから、渡部さんも一緒ならいいって」

尾崎というのは隣の係の責任者だ。僕より二つ上だ。部下思いの人物だから、若手が困っているのを見ていられなかったらしい。

この状況で断るわけにはいかず、「わかった、いいよ」と答えた。たしかに田口真穂は最初に、若手社員だけで、といった。四十前の主任はお呼びでないのだ。

彼女はうれしそうに目を細め、さらにビールを注《つ》いできた。僕は吐息をついて秋葉のほうを見た。里村がまだ熱心に話しかけている。

「里村さん、がんばってますよねー。仲西さんの契約が三月で切れちゃうから、それまでに何とかしようと焦ってるみたい」

田口真穂の言葉に、僕はビールを吹きだしそうになった。

「それどういうこと？」

僕が訊くと彼女は一瞬しまったという顔を見せたものの、「ここだけの話ですよ」と声をひそめた。話したくてたまらなかったネタらしい。

「里村さん、仲西さんにラブなんです。十一月に、見本市の手伝いを二人でやったことがあったの覚えてます？　あれ以来、里村さんは夢中みたい。まだコクってないらしいけど、仲西さんもまんざらじゃないと思うんですよね」

「へえ……」

ほかの男性社員が秋葉に恋愛感情を抱くことなど、これまで考えなかった。だが僕が惚れるのだから、ほかの男が彼女に魅力を感じたって不思議ではない。

秋葉のほうもまんざらではないという話は、僕を落ち着かせなくなった。まさか彼女が、と思いつつ、そうはいってもこっちは女房持ちだし、と気弱になる。

居酒屋での一次会が終わると、予定通り若手社員とオヤジ組に分かれ、それぞれの店に向かった。

課長がお気に入りの店は銀座のはずれにあった。クラブというよりカラオケスナックだった。二人のホステスが僕たちの席についたが、いずれも僕とさほど歳が違わないように見えた。ホステスたちに乗せられて、課長がマイクを握りだした時には閉口した。だみ声で歌う『昴』だとか、『遠くで汽笛を聞きながら』とかに拍手しながら、自分は一体何をしてるんだろうと思った。

トイレに立つふりをし、店の外に出てケータイをかけた。もちろん秋葉にだ。しかし繋がらなかった。切っているのか、電波が届かないのかはわからない。いずれにせよ彼女はほかの若い者たちと、今頃はカラオケで盛り上がっているに違いなかった。代わる代わる流行の曲を歌い、サビの部分では合唱しているかもしれなかった。
秋葉とカラオケに行った時のことを思い出した。彼女はひどく酔っ払い、おしまいには送っていかねばならなくなった。今夜はどうだろう。あの夜みたいに彼女は酔っ払わないだろうか。誰かに送ってもらわねばならない、なんてことにならないだろうか。送っていくとすれば里村だろうか。

席に戻ると課長が、渡部はどこだと喚《わめ》いていた。あわてて取り繕ったが、機嫌は直らない。ついには、何か歌えといわれてしまった。

「サザンでもいいですか」
「おっ、サザンか。いいねえ」課長は手を叩いた。中高年の武器、サザン。おっさんが若者と共有できる唯一の音楽、サザン。偉大だ。

何気なく入れた曲は、『ＬＯＶＥ　ＡＦＦＡＩＲ～秘密のデート』だった。本当に何も意識していなかったのに、歌っているうちに、これが不倫を仄《ほの》めかしている歌だと気づいた。御丁寧なことに舞台まで僕の馴染《なじ》みの場所だった。

課長は呑気に手拍子を取っている。ネクタイをだらしなく緩め、隣のホステスに身体をすり寄せていた。

世間から見れば俺たちはおやじ、男ですらない――新谷の言葉が不意に蘇った。そうなのだ。俺たちはおやじ。その証拠に、今夜カラオケボックスには行けない。秋葉と一緒には歌えない。もう若手じゃない。別のグループに入れられている。

そんなことを考えながら僕は熱唱を続けた。

翌朝、会社に出てみると秋葉と里村が親密になっていた——。

そんなはずはないと思うが、そのように見えて仕方がなかった。少なくとも里村を見ていると、何かと理由をつけては彼女に接触しようとしているように感じられる。忌々しいことに田口真穂あたりはそれに気づいていて、応援というか、けしかけているようにさえ思える。

「昨日はどうだった？」昼休み、その田口真穂に尋ねてみた。

「楽しかったですよお。渡部さんのおかげです。本当にありがとうございました」能天気に彼女は答えた。丸い顔に丸い目、それらを見ているだけで腹が立ってくる。

彼女によればカラオケボックスには三時間ほどいたらしい。全員かなり酔っ払い、男性社員が手分けして、女子たちを送り届けたということだった。

「里村はどうだったのかな。うまくいったのかな」

僕の言葉の意味を田口真穂は敏感にくみ取ったようだ。悪戯《いたずら》っ子の顔になった。

「もちろん里村さんが仲西さんを送っていきましたよ。みんな、わかってるんじゃないかな。歌っている時も、ずっと隣にいたし」

「彼女のほうはどうなんだ」

「どうなのかなあ。里村さんの気持ちには気づいてると思いますよ。その上でタクシーで送ってもらったんだから、嫌な気はしてないんじゃないですか」田口真穂は周囲を見回してから口元を手で隠して囁いた。「チューぐらいはしちゃったかも」

もちろん悪気はないのだろうが、田口真穂の言葉はいちいち僕の神経を逆撫《さかな》でする。何がチューだ。そういった時の尖《とが》った唇さえも憎々しい。

　メールで秋葉に、今夜は会えないかと問うてみた。間もなく返事があり、今夜は用があるから無理ということだった。

　仕事中、僕はちらちらと秋葉の様子を窺った。ところがそのたびに里村と楽しげに話している光景などが目に入ってきて、余計に苛々する始末だ。

　終業時刻少し前に、その里村が僕のところにやってきた。愛想笑いをしている。

「横浜にあるダイヤホテルのイルミネーション、渡部さんが手がけられたんでしたよね」

「そうだけど」

「その時のプレゼン用の資料ってありますか。あれと同じ仕様でやってほしいという要望があって、これからクライアントのところへ行くんですけど」

「これから？　大変だな」机の引き出しからファイルを取り出して彼に渡した。

「僕はいいんですけど、仲西さんには悪いなと思って」

「仲西君？　彼女も行くの？　どうして？」

「向こうの担当者が女性で、こっちも女性連れのほうが雰囲気がいいんです。その人との打ち合わせには、以前にも仲西さんに付き合ってもらったことがあって、感触がよかったし」

「へえ……」

　単なるデータ整理だけが秋葉の仕事だと思っていたが、半年近くが経ち、いろいろな仕事を任されるようになったらしい。考えてみれば僕は、彼女の会社でのことを何ひとつ知らなかった。

　僕のファイルを手に、里村は自分の席に戻っていった。その後ろ姿は浮き浮きして見えた。まるでスキップしているようだった。当然、こちらの気持ちは穏やかじゃない。こっちの誘いを断って、あんなやつと出かけるのか――仕事と知りながらも苛々する。

僕が秋葉と二人で会えたのは、その二日後だった。彼女は二日連続で、定時後に里村と打ち合わせに出かけたからだ。

「毎日忙しそうだね」顔を合わせるなり僕はいった。

「頼まれるんだもん。仕方ないわよ」秋葉の口調はどこか素っ気ない。

銀座の地下にあるイタリアンレストランにいた。僕としては奮発したつもりだ。

「カナダはどうだった？」

「楽しかったわよ。久しぶりにサイクリングなんてしちゃった」

会話はどこかぎくしゃくしたものとなった。本来なら、彼女が突然カナダに行ったことや、帰国後も連絡がとれなかったことについて、僕から質問すべきところだ。でも僕にはそれが出来なかった。

「里村がさ」蛸《たこ》のマリネを口に運びながら僕はいった。「君に惚れてるって噂だぜ」

秋葉は黙ってマリネを食べている。やがてこちらを見て、「おいしい」と目を細めた。

「あのさ」

「知ってるよ」彼女はいった。「誘われたもん」

「誘われた？」どきりとした。「何に？」

まさかホテルではあるまいな――。

「歌舞伎」

「歌舞伎？　ああ……」僕は頷いた。「あいつらしいな。それで、どうしたんだ」

「断った」

「あ、そう」

ほっとしたのも束の間、彼女は続けていった。

「その日は友達の結婚式があるの。歌舞伎には興味があったんだけど」

僕は彼女の顔を見つめた。

「それがなきゃ、行ってたのか」

「悪い？」今度は彼女が僕を見た。冷徹といっていい目の色だった。

「だってさ――」

「あたしが」彼女はフォークを置いた。「あなたの日常に口出ししたことある？　あたしといる時間以外の生活について、何か文句をつけた？」

世の中の不倫男たちに問いたい。こういう時、どう答えればいいのか。僕の場合は何も答えられず、俯いて黙々と食事を再開するしかなかった。

本当はいろいろと確かめたいことがあったのだ。東白楽で起きた強盗殺人事件。芦原刑事から聞いた、不可解な事実。あの刑事は時効を目前にして、何を明らかにしようとしているのか。それについて秋葉は本当に無関係なのか。

でも今の僕はそれどころじゃない。十五年前の事件なんかどうでもいい。せっかく手に入れた宝物が、指の間からするりとこぼれ落ちそうなのだ。

15

簡単な報告書を仕上げるのに、やけに時間がかかった。途中でぼんやりしていることが多いからだ。といっても何も考えていないわけではなく、むしろ頭の中には悶々《もんもん》とした思いがびっしりと詰まっている。問題なのは、それが仕事と全く関係ない内容であり、しかも悩んだところで仕方のないことだという点だ。

報告書を書く手を止めては、僕は秋葉のほうをちらちらと窺う。里村が彼女のそばに椅子を移動させ、しきりに何やら話しかけている。書類のようなものを手にしているから、一応仕事上の打ち合わせか何かなのだろう。しかし本当にそれほど念入りに話し合わねばならないようなことなのか、と疑いたくなる。

二人に近づいて、どんな話をしているのか盗み聞きしてやろうかとも思うが、近づく理由が思いつかなかった。

恋愛中に嫉妬《しっと》するという経験は、これまでになかったわけじゃない。むしろ誰かに恋をするたびに、何らかの形でそういう思いを抱いた。ただし、そんなことははるか昔のことだ。まさかこの歳で、再び味わうことになるとは思わなかった。

ものすごく能率の上がらない一日だったが、定時頃になって、ようやく報告書らしきものが仕上がった。読み直す気にはなれず、パソコンの電源を落としていると、加島という僕よりも五歳下の男が近づいてきた。

「渡部さん、今度の土曜日、大丈夫ですよね」

「土曜日……ああ、そうか。結婚式だったな。もちろん大丈夫だ」

「それで、前にもお願いしたと思うんですけど、スピーチのほうもいいですよね」

「まあいいけど、大したことは話せないぜ」

「どんな話でもいいです。気の張る人間はいないですから。何しろ、出席者の中で一番偉いのは課長です」

僕は笑って頷いた。当日の課長の御満悦ぶりが、今からでも目に浮かんだ。

加島はほかの社員にも声をかけて回っている。今が最も幸せで楽しい時なのだと彼の後ろ姿を眺めながら思った。僕の時もそうだった。

結婚なんて、大抵の人間が一度はするものだ。周りの人間にとっては他人の結婚なんて大事件でも何でもない。ところが本人はそう思っていない。皆から注目される存在になったと勘違いしている。もちろん注目はされるが、それは結婚式とパーティの間だけだ。それが終われば、スターの座からも降りることになる。

そして結婚式後は元の場所に戻るだけなのかというと、じつはそうではない。結婚した男女は、誰それの夫あるいは誰それの妻というレッテルを顔の真ん中に貼って生きていくことになる。それによって、今まで自分たちが手にしてきたワクワクするようなチャンスは、殆どすべて失われることになる。そのことを痛感するまでには、少しばかり時間がかかる。新婚、という言葉が似合っているうちはたぶん問題ない。だがその言葉はすぐに似合わなくなる。似合ってないと最初に感じるのは、ほかならぬ自分たちだ。

結婚と結婚式は違うんだよ、と僕は加島の背中に向かって心で呟く。結婚式は楽しい。僕でさえそう思う。結婚式は一日で終わる。失敗したって笑い話で済む。でも結婚生活はずっと続く。結婚を失敗するわけにはいかない。

複雑な思いを胸に帰路についた。我が家のマンションのそばで立ち止まり、建物を見上げた。今ではうちの部屋の窓をすぐに見つけられる。その窓には明かりが灯《とも》っていた。暖かい光だ。しかしその光が重荷のように感じられることも時々ある。

家に帰ると有美子は夕食の支度をしているところだった。園美はテレビの前に座ってアニメ番組を観賞中だ。

寝室に行き、着替えを始めた。カーテンのレールには、下着やら靴下やらを留めたハンガーが何本もかかっていた。昼間のうちに乾かなかった洗濯物らしい。その中に女性用の肌着もあった。俗称はババシャツとかいうものだ。

以前何かの飲み会で、会社の女の子たちが話していたことがある。ババシャツを持っているけど、デートの時に着ていくことは絶対にありえない、とか。その中の一人はこんなこともいっていた。

「あたしの友達で、あまりに寒いからデートに着ていったっていう子がいるの。まさか今夜はホテルに誘われたりしないだろうとたかをくくってたのね。ところがその時にかぎって誘われて、その子はどうしたと思う？　ホテルに行く前にどこかのトイレに入って、ババシャツを脱いでゴミ箱に捨てたそうよ。すっごく高級なババシャツでもったいなかったけど、あれだけは絶対に見られたくなかったんだって」

話を聞いていた女の子たちは、その子の気持ちはわかると頷いていた。

恋愛中はそうなんだよな、と彼女たちの話を思い出しながら僕はババシャツを眺めていた。自分の格好悪い部分を、相手にだけは見せたくないのだ。見せないまま、何とかゴールインまでこぎつけようとする。逆にいえば、そこまで辿り着ければこっちのもの、ということだ。

結婚してから僕は有美子のいろいろなものを見ることになった。食べ物の好き嫌いはないといっていたくせに、じつは椎茸《しいたけ》とピーマンが大嫌いだった。デートの時は無理して呑み込んでいたのだという。冷え性で、冬場はスカートの時もパンツの時も、その下に何やらいっぱい穿《は》いている。もちろん恋愛中に、そんなダルマみたいな格好をした彼女を見たことは一度もなかった。家の中ではめったに化粧をしない。左の眉毛が殆どないということを僕は結婚してから知った。

もちろんそれはお互い様だ。僕だって結婚するまでは、彼女の前で放屁《ほうひ》したことなんてなかった。

自分の長所をアピールし合うのが恋愛なら、短所をさらけ出し合うのが結婚だ。もう相手を失う心配がないから、恋愛中みたいに、必死で相手を振り向かせようと努力することもない。

それでもみんな結婚に憧《あこが》れる。結婚する前の僕だってそうだった。相手の愛を得るための努力があまりにきついので、安心したくて結婚したのだ。安心を得る引き替えとして多くのものを失うことに、その時は気づかなかった。

加島の結婚式会場は原宿《はらじゅく》にある教会だった。控え室には、すでに知った顔が揃っていた。その中には秋葉の姿もあった。加島の結婚相手は隣の職場の女子社員だ。その彼女から招待されたようだ。秋葉は黒のパンツルックだった。

そして忌々しいことに、またしても里村がいる。彼は当然のような顔で秋葉の隣に座っていた。

やがて係の女性から指示され、我々はチャペルに入っていった。通路には真っ赤な絨毯《じゅうたん》が敷かれていた。

オルガンの演奏が流れる中、式は進行していった。僕は新郎新婦が真面目な顔をして俄《にわか》クリスチャンを演じている姿になんか、ちっとも興味がなかった。気になっているのは秋葉のことだけだ。

彼女はこの結婚式をどんな思いで見ているのだろう。このムードに呑まれ、結婚への憧れを強めたりはしないだろうか。不倫などという明日の保証のない生活に、嫌気がさしてしまわないだろうか、等々。

式は滞りなく進行し、新郎新婦がバージンロードを通ってチャペルを出ていくというお決まりのクライマックスとなった。僕たちは立ち上がり、二人を見送った。その時、秋葉の顔がはっきりと見えた。その瞬間、僕は衝撃を受けた。

秋葉の顔には涙の跡があったのだ。

まさか、そんな馬鹿な、と思った。

このありきたりな儀式のどこに、彼女の涙を誘うような感動があったというのだ。牧師の退屈な話に感銘を受けたのか。新郎新婦の誓いのキスが涙を誘ったのか。特にドラマチックな結ばれ方をしたわけでもない二人だぞ。合コンで知り合って、そのまま何となくゴールインした二人だぞ。
一瞬、秋葉がこちらを見た。それから彼女はあわてたように顔をそむけた。
どきりとした。
あなたにはわからないわよ——秋葉がそう訴えたように感じたからだ。

16

不倫をしている男にとって、冬は辛《つら》い季節だ。クリスマスイブが終わったと思えば、すぐに大《おお》晦日《みそか》と正月がやってくる。愛する彼女とは一緒にいてやれない。秋葉がカナダへ行ってくれたおかげで僕は助かったわけだけど、後ろめたさは消えなかった。

そして一息ついたかと思えば、今度はバレンタインデーが近づいてきている。

ここ何年も、バレンタインデーを特別な日だと感じたことはなかった。園美が生まれてからは特にそうだ。有美子だって、この日に何かをしてくれるわけではない。僕が甘いものを好きではないと知っているから、チョコレートだってくれない。そのことについて何とも思わない。

しかし今年はそうはいかない。無視できる日ではない。

二月十四日は土曜日だった。よりによって土曜日かよ、とカレンダーを見てげんなりしてしまった。せめて平日であれば何とかなったかもしれないのだが。

僕を焦らせるのは例によって里村のバカだ。彼が同僚におかしなことを相談しているのを、僕は偶然耳にしてしまった。

バレンタインデーに、まだ付き合っていない女性をデートに誘うのは変だろうか、というものだった。

別にいいんじゃないか、と相手の男は答えた。

「一応、女のほうから告白する日ってことになってるけど、逆でも構わないだろ」

「そうか。そうだよな。バレンタインデーに男のほうから告白したっていいよな」里村は妙に勇気づけられた顔でいった。

「ただし、その女性に彼氏がいないという前提だぜ。彼氏がいるなら、絶対にバレンタインデーはデートだろうから」

いるんだよ、仲西秋葉には恋人が――と僕は横から口を挟みたかった。

ところが里村は自信たっぷりで頷《うなず》いた。

「その点は大丈夫だ。本人に確認済みだ。バレンタインデーの予定を訊《き》いてみたところ、特に何も約束は入ってないということだった。つまりデートする相手はいないってことさ」

このやりとりを聞き、暗い気分になってしまった。

いつの間にか、バレンタインデーは恋人のいる男にとっても重要な日になっていた。その位置づけはクリスマスイブと同等だ。男は何が何でも時間を都合して、彼女とデートしなければならないムードなのだ。

逆にいえば、恋人のいない者はさっさと家に帰るしかない。女房持ちは特にそうだ。

この日が恋人たちにとっては特別な日であることを世の妻たちも知っている。亭主が真っ直ぐに帰ってこなければ、たちまち勘を働かせることだろう。そう考えると、この日を過剰にイベント化させたのは女性陣の計略ではないかとさえ思えてくる。亭主の浮気チェックの日を、クリスマスイブのほかにもう一日作ったというわけだ。

さすがに今度は無理だ、と僕も諦《あきら》めていた。イブのようなアクロバットは不可能だ。

二月に入って最初の木曜日、僕は秋葉と汐留で食事をした。夜景を見ているうちに、ここがクリスマスイブの夜に食事をした店だったことに気がついた。そのことを口に出すべきかどうか迷った。やぶへびになりそうな気がした。

「最近、何だか無口ね」ワイングラスを持ったまま秋葉がいった。その目は僕を軽く睨《にら》んでいるようだった。

「そうかな」

「食事とか会話とかっていう面倒な手続きは省いて、すぐにセックスに持ち込めればいいのにって考えてるの？」

「そんなわけないだろ。なんでそんなことというんだよ」

「だって、男の人は大抵そうなるっていうもの。それが本音だって」

「そういう男もいるかもしれないけど、俺はそうじゃないよ」

「じゃあ、どうしてそんな難しい顔で黙り込んでるの？」

「なんでもない。ちょっと考え事をしていただけだ」

秋葉の指摘は正しいのかもしれなかった。このところ僕は彼女との会話を苦手にしている。でもそれは早くセックスに持ち込みたいからじゃない。結婚とかバレンタインデーとか、避けねばならない話題が増えてきたのだ。地雷を踏まないように歩こうとするあまり、足が出なくなっている。

「バレンタインデーだけど」僕が黙っていると彼女のほうから切り出した。

えっ、と僕は顔を上げる。心臓が飛び跳ねた。

「みんなとスノボーに行くことになったの」

「スノボー？　みんなって？」

「職場の仲間よ。独身の若手グループ。田口さんから誘われちゃったの。場所は湯沢《ゆざわ》だって」

「ふうん……」

おそらく里村も参加するのだろう。もしかすると彼と秋葉の仲を取り持つために田口真穂が考え出したことかもしれない。

「だから、心配しないでいいよ。バレンタインデーのこと」

僕は驚いて秋葉の顔を見た。

「気にしてたんでしょ。クリスマスイブの時みたいに、何とかできないかって」

僕は吐息をついた。すべてお見通しというわけだ。

「何とかしようと思ってたんだけど……」

僕がいうと秋葉は顔を横に振った。

「あなたの悪い癖。その場の雰囲気で重大なことを口にしちゃう。でも、それでいつも苦労するでしょ。大丈夫。そういうわけであたしはスノボーに行くから」彼女はフォアグラ大根を口に運んだ。

食事の後は、いつものように彼女を部屋まで送った。そしていつものように上がり込み、彼女が上着を脱ぐのを待って抱き寄せる。キス。さらに髪を撫《な》でる。

何もかもいつもの通りなら、この後はセックスになだれ込む。しかし今夜は違った。キスの後、秋葉は僕の顔を見あげて訊いてきた。

「失うものは多いの？」

何のことかわからず首を傾げていると、彼女は続けていった。

「結婚すると失うものが多いの？」

「どうしてそんなことを訊くんだ」

「この間の結婚式で、何人かの人がいってたから。その中にはあなたもいた」

そういう会話を交わしたことを思い出した。少し酔っていたせいもある。

「多いね」彼女を抱いたままで僕は答えた。

「あなたは何を失ったの？」

「いろいろと」

「それじゃわからない」

「君もいつか――」僕は彼女の目を見つめて続けた。「結婚すればわかる」

秋葉は目を見張り、僕の顔をしげしげと眺めた。それからにっこり笑った。

「じゃあ、早く結婚しないと」

そうだね、と答えようとしたが、うまく声が出なかった。

秋葉は僕の腕の中からするりと離れた。

「おやすみなさい。送ってくれてありがとう」

このムードではセックスに話を持っていくのは不可能だった。おやすみ、と僕も答えて彼女の部屋を後にした。

やはり秋葉の中で結婚というキーワードが大きくなっているのだなと実感した。元々彼女は結婚しない相手とは付き合わないと宣言していたのだ。僕のような妻子持ちと交際しているのは、おそらくかなり不本意なことなのだろう。

別れるべきなんだろうな、と当たり前のことを考えた。秋葉を愛しているなら、これ以上縛るべきではない。そう、僕は彼女を縛っている。今のままでは彼女は前にも後ろにも行けない。

家に帰ると有美子が電話をしているところだった。話し方などから、どうやら相手は実家の母親らしいと察せられた。

「面倒なことをいってきたのよ」電話の後で有美子がいった。「おかあさん、膝の手術をするんだって。それで入院しなきゃいけないわけだけど、その間のお父さんの世話をどうするか、揉《も》めてるみたい。だからといって、あたしにいわれても困るわよ」

「お義姉さんは？」

「その日、旅行に出る予定があるんだって」

「いつなんだ」

「十四と十五よ。土日でしょ」

それを聞いて、あるアイデアが閃《ひらめ》いた。有美子の実家は長岡なのだ。

上越《じょうえつ》新幹線は混んでいた。スキーやスノーボードを持ち込んでいる若者の姿が多い。指定席を取っておかなかったら座れなかったところだ。

「悪いわね。あなたまで付き合わせちゃって」有美子が申し訳なさそうにいった。僕たちは三人がけのシートを確保していた。真ん中に園美が座っている。

「いいよ。特に予定はなかったし」そういって僕は窓の外に目を向ける。空は晴れ渡っていた。しかし山々をいくつか越えれば、それは灰色に変わっていくのだろう。日本海側は雪の予報が出ていた。

有美子と園美だけを実家に帰らせられれば最高だったが、それを僕がいいだすわけにはいかなかった。何か魂胆があると勘繰られるのがおちだ。だが有美子がいいだす気配もなかった。となれば、提案すべきことは一つしかない。僕も同行するのだ。

長岡駅には昼過ぎに着いた。そこから有美子の実家へはタクシーで二十分ほどだ。

年老いた義父への挨拶を済ませれば、僕の役目はほぼ終わりだ。有美子は早速エプロン姿に着替えているし、義父はそもそも娘の亭主なんぞに用はない。孫娘と会えることだけを楽しみにしていたに違いないのだ。

遅めの昼食をとった後、僕は隙を見て秋葉にメールを送った。次のような内容だ。

『今夜、ナイターゲレンデで会おう。俺はブルーのウェアで赤い帽子をかぶっておく。よろしく。』

その後、台所で洗い物をしている有美子のところへ行った。

「夕方、ちょっと出かけてもいいかな」

「スキー？」

「うん。雪を見ていたら、やっぱりむずむずしてきた」

ナイターで滑りに行くかもしれない、ということは話してあった。

「構わないけど、怪我なんかしないでよ」

「わかってるよ」

スキーウェアに着替え、午後五時に家を出た。タクシーの中でメールをチェックしたが、秋葉からの返信はなかった。もしかすると僕のメールを見ていないのかもしれない。それならそれで面白いかもしれないと思った。

長岡駅まで行くと、上りの新幹線に飛び乗った。越後《えちご》湯沢駅までは約三十分だ。そこからはまたタクシーに乗る。道路の両側には分厚い雪の壁が出来ていた。

スキー場に着くと、レンタルスキーを借りてゲレンデに出た。粉雪が舞っていた。ナイター照明の光を反射して、きらきらと輝いていた。

　動いているリフトは一本だけだ。滑走できるゲレンデもかぎられている。僕はリフトを降りたところで待つことにした。

　バレンタインデーだけにカップルが多い。目を凝らして次々と降りてくるスノーボーダーを観察したが、秋葉らしき姿は見当たらなかった。

　聞き覚えのある声できゃあきゃあと騒ぎながら降りてくる女性スノーボーダーがいた。田口真穂に違いなかった。ゴーグルのせいで顔はわからないが、でかい声で話す内容から確信した。一緒にいる連中が誰なのかも大体見当がついた。しかし向こうは、ここに会社の人間がいるとは夢にも思っていないはずだ。

里村らしき姿もあった。だが秋葉はいない。僕は少し不安になった。彼女は僕のメールには気づかず、ゲレンデには出ていないのかもしれない。

もうしばらく待ってみたが、やはり秋葉は現れなかった。間違いない。彼女はホテルにいるのだ。

とりあえず下りようと思い、滑り始めた時だった。ウェアのポケットに入れてあるケータイが鳴りだした。僕は急ブレーキをかけて止まり、ケータイを取り出した。秋葉の番号が表示されていた。

「もしもし、俺だけど」

「そんなところにいちゃだめ」秋葉の声が聞こえた。

「えっ、どういうこと？」

「リフトの反対側に滑って。ゴンドラの鉄塔が並んでいるあたりまで」

僕は周囲を見回した。秋葉はどこかにいて、僕のことを見ているのだ。

「君はどこにいるんだ」

「だから、ゴンドラの鉄塔のそばよ」

僕は片手でケータイを耳に当てたまま、いわれた通りに滑ってみた。リフトから遠ざかると、照明の光があまり届かなくなる。暗くて雪面の状態がよくわからない。

ゴンドラの鉄塔の横に、小さな人影が立っていた。

僕はスピードを緩め、近づいていった。ケータイをポケットに戻した。

秋葉は白いウェアを着ていた。フードをすっぽりとかぶっている。

「馬鹿ね」彼女はいった。「あんなところに立ってたら、あたしが近づけないじゃない」

「どうして？」

そう訊いてから僕は気づいた。秋葉はスキーもスノーボードもつけていなかった。彼女の後ろには点々と足跡がついている。彼女は歩いて上ってきたのだ。

「なんでリフトを使わないんだ」

「だって」彼女は笑った。「あたしは来てないことになってるんだもの」

「えっ？」

「断ったのよ。今回のスノボー旅行は。だから、会社の人たちに見つかったらまずいの」

「でも、ここにいるじゃないか」

「それは……メールを見たから」

「何だって……。じゃあ、メールを見た時、君はどこに？」

秋葉は、ふっと息を吐いた。「自分の部屋」

僕は大きくのけぞり、雪面に尻餅をついた。

「東京にいて……あれを見てから、こっちに向かったのか」

「急いだから疲れちゃった」秋葉も僕の隣に腰を下ろした。

「ちょっと待ってくれ。よくわからない。ええと、どうしてスノボー旅行をパスしたんだ。何か用があったんじゃないのか」

彼女はかぶりを振った。

「そんなのない。元々参加する気なんかなかったの。里村さんからプロポーズされそうだったし」

「でも俺には、行くって……」

「そういうことにしたほうがいいでしょ」秋葉は俯《うつむ》き、手袋をはめた手で雪に絵を描き始めた。

僕は吐息をついた。

「スノボーに行ったことにして、この土日は部屋にいるつもりだったのか」

「別にどうってことないよ」

「だけど、そんなの辛いじゃないか」

「二日ぐらい、どうってことないよ。もっと長い間、籠《こも》ってたことあるもん」

「長い間？」

僕が訊くと彼女は膝を抱え、その腕の中に顔をうずめた。

はっとした。何かが頭の中で弾《はじ》けた。

「年末にカナダに行ってたというのも嘘だったのか」

秋葉は答えない。僕は彼女の肩に手を置いた。

「どうなんだ？」

彼女の肩は震えていた。やがて細い声が聞こえた。

「あなたを苦しませたくないから……」

僕は首を振った。かけるべき言葉が何ひとつ思いつかなかった。僕は彼女の身体を抱きしめた。

「でも幸せ」秋葉はいった。「今夜会えるなんて、夢にも思わなかった」

輝く雪が僕たちに降り注いでいた。僕は雪面に目を落とした。彼女が描いていたのはハートマークだった。ハートには矢が刺さっていた。

17

秘密の共有は心の絆《きずな》を強くする。

昼休みに田口真穂や里村たちがはしゃいだ様子でスノボー旅行のことを話す横で、僕と秋葉は時折視線を空中で絡ませる。あの旅行の裏側で、どんなドラマが展開されていたのかを知っているのは当の僕たちだけだ。

「ナイターも滑ったのかい」僕はわざと訊いてみる。

「滑りましたよお」田口真穂は跳ねるようにしゃべる。「すっごい寒かったんですけど、粉雪が降ってて、それがキラキラ光って、ロマンチックでしたあ」

「そうなのか。恋人と一緒だったら最高だったのにね」

「そうなんですよお。今度は絶対にカップルで行かなきゃあ」

僕は腹の中でほくそ笑む。田口真穂の望む至福の時間を、僕と秋葉はすでに過ごしてきたというわけだ。

だけど僕の気持ちが完全に晴れているかと訊かれれば、首を振るしかない。秋葉との心の繋《つな》がりを実感すればするほど、もう今のような関係は続けていられないと思ってしまう。

夜のゲレンデでノックアウトされた僕だったが、その後は有美子の実家に戻った。本当は秋葉を連れて、どこかの宿に潜り込みたかった。彼女と離れたくなかったのだ。

だがそんな僕にブレーキをかけてくれたのは、やはり秋葉だった。

「あたしだって離れたくない。このままずっと一緒にいたい。どこかへ行ってしまいたい。でもそんなことをしたら取り返しがつかなくなる。あたしたちの逃げ場所なんてどこにもないし、あなたは家に帰らなきゃいけないし、週が明ければあたしもあなたも会社に行かなきゃならない。今までと同じように会うには、何も変えてはいけないの。今夜、あなたは奥さんのところに戻って。お願いだから」

これまで何度、彼女の意志の強さと冷静な判断力に助けられてきたことだろう。彼女の言葉で僕はようやく自分の愚かさに気づき、後戻りの出来ない状況に自らを追い込むことから回避できたのだった。

しかしいつまでも彼女に甘えてばかりはいられない。

ではどうするのだ。僕に何が出来るのだ。

この日は残業があり、少し遅くなった。家に帰ると、ドアを開けた途端にカレーの匂いがした。いつものカレーだ。園美の好みに合わせた甘口で、僕にはハヤシライスとしか思えない味だ。

リビングでは有美子が電話で誰かと話しているところだった。和室の襖《ふすま》が閉まっているから、園美は寝ているのだろう。

「……そうなのよ。うちの幼稚園なんかもそうよ。なんだかんだで、やっぱり私立を目指したほうがいいっていわれるんだから」

電話の相手は学生時代の友人らしい。同じぐらいの子供がいて、しょっちゅう子育ての愚痴だとかをいい合っているのだ。今の話題はたぶん進路のことだろう。園美はもう一年幼稚園に通うが、その後は私立の小学校に入れようと有美子は考えている。

僕がソファに座り、新聞を読み始めて五分ほど経ってから、彼女はようやく電話を切った。

「お帰りなさい。食事にする？」

「うん」

有美子はキッチンに入っていく。コンロに火をつける音がした。カレーを温め直すつもりなのだろう。

日本に夫婦が何組いるのか具体的な数字は知らないけれど、どういう分類をしても、僕たちはおそらく「標準的」というカテゴリに入るだろう。生活に困っているわけではないが、裕福というほどでもない。貯金も借金もほどほどにある。亭主の職業はサラリーマン。会社は一部上場で、倒産の心配はとりあえずない。

そんなふうに標準的であることに、有美子はとても満足しているように見えた。昨日や今日と変わらない明日が必ず来ると信じている。劇的な変化、予想外の出来事など、何ひとつ望んでいない。

そういう妻に、僕は物足りなさを感じているのかもしれなかった。変わらない平凡な毎日が大切だということはわかっているのだが、これから先の人生がいかに長いかを考える時、ふと目の前が暗くなってしまうのは否定できない。十年後も二十年後も同じように退屈な日々を送ることになるのかと思うと、大袈《おおげ》裟《さ》でなく恐怖さえ感じる。

ダイニングテーブルに向かった僕の前にカレーライスが置かれた。テレビのニュース番組を見ながら僕はそれを食べる。子供向けの味付けがなされたカレーライスを食べる。

　こんな生活を望まなかったわけではない。結婚前、僕はいろいろなことを想像した。会社から帰宅して食べる夕食が子供の好みに合わせた料理ばかりでうんざりする、ということだって考えた。しかしそれを考えた時には、そんな日が来ることさえも楽しみだったのだ。平凡な家庭を築くことが夢の一つだった。

　なぜそんなふうに思えたのだろう、と今になって不思議に感じる。同時に、今はなぜそう思えないのだろうと自己嫌悪に陥ったりもする。

　黙々とカレーライスを食べる僕の隣で、有美子は茶を飲みながら雑誌を読んでいる。ちらりと横目で誌面を見たところ、私立小学校各種ランキング、という見出しが目に入った。

「ねえ、電車通学ってどう思う？」僕がカレーライスを食べ終えるのを待っていたかのように、有美子が訊いてきた。

「どうって？」僕はテレビのほうを向いたままだ。

「園美、大丈夫だと思う？」

「さあねえ。よくわからないな」

「乗り換えがなければまだ安心なんだけど、二つ以上の電車を乗り継がせるっていうのは、何となく不安よねえ」

「そんな遠いところに通わせなければいいんじゃないのか」

「そうはいっても、ちょうどいいところに学校がないんだから仕方ないじゃない。うーん、慣れれば大丈夫なのかなあ、少しぐらい遠くても」有美子は雑誌を睨んだままため息をついている。

相談している口調だが、彼女は僕の意見を求めているわけではない。自分の考えを確認しているだけで、僕に問いかけたのは、整理した考えを口に出しておきたいだけなのだ。彼女が僕に求めているものがあるとしたら、彼女を支持する意見だけだろう。

ごちそうさま、といって僕は立ち上がり、風呂場に向かった。湯船に浸《つ》かりながら、様々なことを考えた。

離婚をいいだせば、有美子はどんな反応を示すだろう。もしかすると泣きだすかもしれない。昔、交際中に一度だけ本格的に別れたことがあった。彼女は涙こそ見せなかったが、目は充血していた。

もちろんあっさりと承諾するはずはない。有美子は僕に何を要求するだろうか。まずは愛人と別れろというだろう。しかし、それで元の平穏な生活が戻るわけではない。お互いにとって気まずくて悩ましい人生が待っているだけだ。

最終的には、離婚するしかない、という判断を彼女は下すのではないか。ただし様々な条件を出してくることは確実だった。園美は自分が育てるというだろうし、養育費を含め、生活の保障も求めるに違いない。当然、慰謝料だって要求するだろう。

もしそうなったら、可能なかぎり応《こた》えるしかない。何しろ、百パーセントこっちが悪いのだ。

風呂からあがった後、僕は寝室でパソコンを動かした。インターネットで賃貸住宅を調べてみた。なるべく家賃が安く、会社に通うのが不便でなく、秋葉と会うのが容易な場所がいい。男一人なんだから、大して広さは必要ない。

調べる合間に寝室内を見回した。買ってから二年あまりだ。まだ新築の気配が残っている。ようやく手に入れたマイホームだ。これを買った時には、人生の大仕事の一つをやり遂げたような気分になったものだ。

離婚すればこの部屋も手放さねばならない。それもまた当然のことだった。


翌日、仕事をしていると、背後から男性社員の声が聞こえた。

「仲西さん、お客さんだって。来客ロビーから電話がかかってる」

派遣社員の彼女を訪ねて客が来ることは珍しい。僕は耳をそばだてた。

「何という人ですか」秋葉は訊く。

電話に出た男性社員は相手の名前を確認してから秋葉にいった。

「アシハラさんという人だ。お父さんの知り合いだとか」

ぎくりとした。アシハラ――その名字に聞き覚えがあった。芦原刑事。いつか『蝶の巣』で会った刑事だ。

秋葉は電話に出ると、何事か話した後、部屋を出ていった。芦原刑事の面会に応じたに違いなかった。

事務仕事をこなしながらも僕は落ち着かなかった。あの刑事が一体秋葉に何の用があってこんなところまでやってきたのだろう。

前に芦原刑事に会った時のことを思い返してみた。芦原刑事はなぜ未《いま》だに事件を追うのだろうか。解決していないからだ、といわれればそれまでなのだけれど、秋葉にこだわる理由がよくわからない。時効を目前にして焦っているにしても、今さら彼女からどんな手がかりが得られると思っているのか。

どうにも仕事に集中できず、とうとう椅子から立ち上がった。誰かに見られているわけでもないのに、トイレに行くような小芝居をし、そのままエレベータホールに向かった。来客ロビーは一階にある。

ロビーの入り口に立ち、中の様子を窺《うかが》った。四角いテーブルが学校の教室のようにずらりと並んでいて、その半分ほどが埋まっていた。

秋葉の姿が見えた。芦原刑事はこちらに背中を向けている。何を訊かれているのかはわからないが、秋葉は俯いた状態で、短く何かを答えている。はいとか、いいえとか、その程度の受け答えに見えた。表情は硬い。

芦原刑事が立ち上がった。秋葉も顔を上げたので、僕は咄嗟《とっさ》に隠れた。秋葉がロビーから出てきた。彼女の姿が見えなくなるのを確認してからロビーに入った。芦原刑事は来客者の出入口から出ていくところだった。

その後を追い、声をかけた。「芦原さん」

いかつい背中がぴくりと動き、彼の四角い顔がゆっくりとこちらを向いた。ほんの一瞬、彼は僕が誰かを認識できなかったようだ。しかし間もなく、その顔は愛想笑いを示した。

やあ、と芦原刑事は声をあげた。

「その節はどうも。ええと、たしか渡部さんでしたね」彼は僕の背後をちらりと見た後、何かを探るような目をこちらに向けた。「仲西さんの付き添いですか」

「いえ、彼女は何も知りません。あの日、僕があなたと会ったことも、まだ話してませんから」

「そうでしたか。それはまたどうして？」

「何となく話題に出しづらかったからです」

バレンタインデーのことで頭がいっぱいだった、とはさすがにいえない。

「今日は、彼女に何の用があったんですか」

僕が訊くと芦原刑事はにやりと笑った。胸の内で様々な妄想を働かせていそうな嫌な笑いだった。

「やはり気になりますか」

「なりますね」僕は彼の目を見返していった。「十数年も前のことを訊いて、一体何の足しになるのかなと思いますから」

「前もお話ししたでしょう。時効を目前にして、我々も焦っているんです。とにかく捜査らしきことを何かやらなきゃ、上から文句をいわれてしまうという事情がありまして」

「それにしたって」

「今日、仲西さんには」僕の言葉にかぶせて刑事はいった。「あの方のおかあさんについてお尋ねしました」

「おかあさん？　でも彼女のおかあさんはたしか……」

「亡くなっています。事件の起きる三か月前に」

「三か月前……ですか」

意外な気がした。僕の感覚では、秋葉がもっと子供の頃というイメージがあった。

「もっとも」芦原刑事が付け足した。「御両親はそれより少し前に離婚しておられますがね」

離婚、という言葉は僕の内側にある何かを揺さぶった。

「そうだったんですか」

「御存じなかったようですな」

「全然知りませんでした。離婚の原因は？」

僕が訊くと刑事は苦笑を浮かべ、その顔の前でひらひらと手を振った。

「申し訳ありませんが、ここから先はお話し出来ません。プライバシーに関することですからね。実際のところ、今までの話ですら、かなりそれを侵害している。このへんにしておきましょう」

「秋葉……彼女には、おかあさんのどういうことを質問されたんですか」

「ですから、捜査上の秘密だし、プライバシーに関わることなので、これ以上はお話し出来ないと申し上げているわけです。お知りになりたいのなら、直接御本人に尋ねられたらいかがですか。今も頻繁に会っておられるわけでしょう？　二人だけで」

二人だけ、というところをやけに強調して刑事はいった。周囲には誰もいなかったが、僕が人目を気にしているのを見抜いての態度に違いなかった。

僕が返答に困っているのを見て満足したらしく、ではこれで、といって芦原刑事は去っていった。その背中を苦々しい思いで見送った。

職場では、秋葉はいつもと変わらぬ様子でパソコンに向かっていた。僕のほうをちらりと見たが、僕が刑事と会っていたことなど知っているはずがなく、かすかな笑みを唇に浮かべた。僕も同じようにして応じたつもりだったけれど、うまくいったかどうかはわからない。

18

劇的なバレンタインデーから一週間後の土曜日、僕はマイカーに秋葉を乗せ、横浜に向かっていた。二人でドライブするのは久しぶりだ。横浜に行きたいといったのは彼女だ。元町《もとまち》を歩きたい、ということだった。

「今日、大丈夫だったの？」軽い口調で秋葉が訊いてきた。

「何が？」

「だから、家のほう」

ああ、と僕は初めて気づいたような声を出す。

「大丈夫だよ。余計なことは心配しなくていい」

彼女は少し間を置いてから、「心配するよ」と呟《つぶや》いた。彼女の心の痛みが伝わってくる。

湾岸線を新山下《しんやました》で降り、石川町《いしかわちょう》の駅を目指した。駅に向かう途中で駐車場が見つかったので、そこに車を入れた。土曜日なので、駐車場も少し混んでいた。

通りから小さな橋を渡って狭い道を入っていくと、そこがもう元町商店街の真ん中だった。ケーキ屋、アクセサリー店、ブティック等々、若い女性なら鼻歌を歌いそうな店が並んでいる。歩いているのは女性のグループかカップルだ。男ばかりのグループは見当たらない。

「昔、よくこのあたりに遊びに来たの」歩きながら秋葉がいった。その目は何かを懐かしむ色を帯びていた。

「彼氏とデートとか？」僕は訊く。オヤジ臭い質問だ。

彼女はふっと笑った。

「その頃はまだ彼氏なんていなかったな。中学生だったし」

「へえ。じゃあ、友達と？」

たしかに中学生と思われるような女の子の姿も多い。

秋葉はかぶりを振った。

「母と来たのよ。二人で買い物をしたり、ケーキの食べ歩きなんかをするのがとても好きだった」

母親という言葉に僕はぎくりとした。いつもこうだ。彼女はまるで僕の内心を見抜いているかのように、一足先に核心に切り込んでくる。いつも予告なし。だからいつも僕はうろたえる。

「どうしたの？」秋葉は僕のほうを振り返った。僕が立ち止まってしまったからだ。

「おかあさんのことで、少し話がしたいな」思い切っていってみた。

秋葉は僕の顔をじっと見つめてから、笑顔になって頷いた。

「そう。じゃあ、どこかに入りましょう。この先に落ち着いたムードのカフェがあったはずなの。潰《つぶ》れてなければ、の話だけど」

軽やかに歩きだした彼女の後を僕は追った。追いながら、彼女が僕の言葉に対して何ひとつ疑問を発しないことを気にした。唐突に、おかあさんのことで話がしたい、なんてことをいわれたら、ふつうなら怪訝《けげん》に思うはずだ。

秋葉に連れられて入った店は、店内が廊下のように細長い喫茶店だった。しかし一面がガラス張りになっているので圧迫感は全くない。南向きのおかげで、温室のように暖かかった。夏はどうなんだろう、と余計なことが気になった。

秋葉はロイヤルミルクティー、僕はコーヒーを注文した。

「母はこの店のチーズケーキが好きだったの」彼女は店内を見回しながらいった。「お土産に五個も買って帰ったことがある。それを全部、母とあたしで食べちゃった」

「仲が良かったんだね」

「そうかな。うん、そうかもしれない。あたしはまだ子供で、母親への反抗心は芽生えてなかったみたいね」

父親への反抗心は、と訊きたいのを僕は堪《こら》えた。なぜか園美の顔が脳裏を横切った。

ねえ、と秋葉が紅茶を一口啜《すす》ってからいった。「芦原さんからはどんな話を聞いたの？」

ちょうどコーヒーを口に含んでいた僕は、もう少しで噴き出すところだった。あわてて飲み込み、喉《のど》をやけどしそうになった。

「大丈夫？」彼女は笑っていた。

「どうして……知ってるんだ」

「何を？　あなたが芦原さんと会ったってこと？」

「うん」

「そんなの前から知ってるよ。叔母さんから聞いたもの。お正月に会ったんでしょ」

なるほどそうかと合点した。あの日、僕を追って芦原刑事が店を出ていったのを、マダム・カラフルは見ていたのかもしれない。

「この間、あたしが芦原さんと会った後で席に戻ったら、あなた、いなかったでしょ。もしかしたら会っているのかなと思ってた」

「俺のほうから声をかけたんだ」

「そうなの。で、母のことを聞いたのね」

「大したことは聞いていない。プライバシーに関することだっていわれてね」

「プライバシーなんて言葉を使ったの？　あのコマ男が」

「コマ男？」

「だってほら、将棋の駒みたいな顔してると思わない？　エラが張っててさ。おまけに顔をじーっと見てると、『金』ていう字に見えてくるのよ。今度、やってみて」

芦原刑事の顔を思い出し、僕は思わず吹きだした。たしかにそうだ。

秋葉も笑っていたが、やがてふっと真顔に戻った。

「芦原さんはね、例の事件を単なる強盗殺人とは思ってないのよ」

「というと？」そういって僕も口元を引き締めた。

「顔見知りによる犯行、あるいは顔見知りが関わっている犯行、と考えているそうよ」

あるいは、という硬い表現は芦原刑事のものに違いなかった。

「顔見知りって？」

「さあ」秋葉は首を傾げた。「ただ芦原さんはこうも考えている。事件は仲西アヤコと関係がある――」

「仲西……誰だって？」

「アヤコ。岡本綾子の綾子。あたしの母」

僕はぐいと顎《あご》を引き、背中を伸ばした。コーヒーではなく、水の入ったグラスに手を伸ばした。

「でも……君のおかあさんは亡くなっているわけだろ。ええと、事件の三か月前に。しかも、それよりもっと前に離婚されたとか」

秋葉は頷いた。

「その通りよ。そこまでは芦原さんが教えてくれたのね」

「どうして、事件とおかあさんが関係しているなんて考えるんだろう」

「芦原さんによれば消去法だって」

「消去法？」

「彼なりにいろいろと調べて、強盗殺人の可能性はゼロだと確信したんだって。となれば顔見知りの犯行。では動機は何か？　そんなふうに可能性を一つずつ潰していって、最後に残ったのが仲西綾子だったというわけ。仲西綾子の不審な死が関係しているのではないかってね」

「不審な死って？」

するとと秋葉は僕の目を真っ直ぐに見つめた。

「自殺。母は自殺したの。薬を飲んで」

ぞわっと全身の毛が逆立ったような感覚があった。発するべき言葉が思いつかず、瞬きを繰り返した。そんな僕から視線を外し、秋葉は遠くを見る目になった。

「お正月が終わって間もなくの頃よ。除草剤を飲んだそうよ。でもあたしにはすぐに知らされなかった。父や叔母さんが右往左往しているのを見て、何があったのって訊いたら、ようやく叔母さんが教えてくれた。父はあたしの顔を見ようとしなかったし、母の死に関するコメントも、その日はなかった。そういえばあの時も警察が来てたな。よく知らないんだけど、そういうのも変死ってことになるらしいね。で、警察としてもうちに事情を聞きに来るしかなかったんじゃないのかな。でも考えてみれば、刑事さんも気まずかったでしょうね。離婚した元旦那の家へ事情聴取に行くなんてのは」

「自殺だってことは、すぐにはっきりしたわけ？」

「そうみたい。衝動的に自殺を図ったんだろうって警察の人はいってた」

「衝動的……か」

秋葉はロイヤルミルクティーのティーカップを口元に運んだ。やけにゆっくりとした動作だった。心を落ち着かせているように見えた。

「あたしね、母と会ってるの。母が亡くなる直前に」

「会ってる？　どこで？」

「母の部屋で。新年のお祝いを二人だけでしたのよ。彼女はね、吉祥寺《きちじょうじ》にあるマンションで独り暮らしをしていたの。離婚する一年以上も前から両親は別居していて、そのマンションは父が用意したものだった。別居後も、あたしは時々そこへ遊びに行ってた。そのことはもちろん父は知ってて、たまに母のことをあたしに訊いてきた。でもあたしは意地悪だから、おかあさんの部屋になんか行ってないって、いつも嘘をついたんだけどね」

「亡くなる直前も、君は会いに行ってたんだね」

「お正月は一緒に楽しもうって、いつもいってたから。お茶を飲んで、お菓子を食べる程度だけどね」彼女はふっと息を吐いた。「母の遺体が見つかったのは、その二日後よ」

「誰が見つけたの？」

「母の友人。電話をしたんだけど誰も出ないから、心配になって部屋へ様子を見に行ったんだって。管理人さんに事情を話して鍵をあけてもらったっていってたから、管理人さんと一緒に見つけたんでしょうね」

「おかあさんの自殺の原因はわかってるの？」

秋葉はじっと僕の目を見つめて、「ノイローゼ」といった。

「へえ……」

するとと彼女はくすくす笑った。

「コメントに困っちゃうよね、ノイローゼだったとかいわれても。母は鬱《うつ》病気味で病院から薬を貰《もら》ってた。でも自殺する何か月も前から病院には行かなくなっていて、薬もなくなっていたはずなの。そういうことって、鬱病の人にはよくあるらしいよ。病院に行くのも嫌になっちゃうそうなんだよね。で、薬を飲まないから病状も好転しない。考えることがどんどん悲観的なものになって、ついには死んだほうがましっていうふうに思っちゃう。鬱病患者の三十パーセント以上が、自殺を考えたことがあるんだって」

秋葉の説明を聞いても、僕がコメントに困るという状況に変わりはなかった。ごまかすためにコーヒーを飲んでみるが、味はよくわからない。

「正式に離婚が成立したことも、彼女の心の糸を切ってしまったのかもしれないって、お医者さんはいってたな」

「正式に、というと？」

「一年以上も別居してたっていったでしょ。離婚届が出されたのは、母が死ぬ一か月ほど前だった」

「なるほど……」

それならば、離婚が自殺の引き金になったと考えるのが妥当かもしれない。

「別居っていうか、離婚の原因は知ってるの？」

秋葉は首を傾げた。

「忙しくて家庭を顧みる余裕のない夫、そんな夫の大変さを理解しない妻、両者は話し合い、お互いの幸せのために人生の再スタートを切ることにした」そういってから彼女は僕を見て肩をすくめた。「おかしな話よね。幸せになるために結婚したはずなのに、お互いの幸せのために別れたんだって」

「本当の理由はそうじゃないってこと？」

「さあね。あたしには詳しい説明はなかった。ある日、学校から帰ったら、母からいわれたの。今度、お父さんと別れて暮らすことにしたって。もちろんあたしは理由を訊いたよ。でも返ってくる答えは、どうにも釈然としないものばかり。話し合った結果、こうするのが一番いいってことになったというんだけど、何をどう話し合ったのかは教えてくれなかった」

僕は俯き、コーヒーカップの中をスプーンでぐるぐるとかき回した。

何となく事情は呑み込めた。秋葉だって無論わかっている。夫妻の離婚には、おそらく本条麗子という女性が関係している。早い話が、秋葉の父親である仲西達彦氏と本条麗子の不倫が原因だったのだ。二人の関係がいつから始まったのかは不明だが、そう考えたほうが辻褄《つじつま》が合う。別居後、すぐに離婚届が提出されなかったのは、話し合いが長引いたからだろう。

自分に照らし合わせて考えてみた。有美子だって、すぐには離婚に応じてくれないだろう。まずは別居ということになるかもしれない。

僕が無言になってしまったからか、秋葉はにっこりと笑った。どことなく無理をしているように見えた。

「重たい話になっちゃった」

「それは構わないんだけど……」

「ねえ、少し歩こうよ」秋葉は明るくいった。

喫茶店を出て、緩やかな坂道を歩いていった。いつの間にか元町公園に足を踏み入れていた。外国人墓地に向かう道は木々で囲まれていた。

「ここでよく椎《しい》の実を拾ったなあ」秋葉が歩きながら呟いた。「煎《い》ったらおいしいビールのつまみになる、とかいってね。あたしは食べたことないんだけど」

彼女の母親、すなわち仲西綾子は、夫のために椎の実を煎ったに違いない。

「あのさあ」僕はおそるおそる口を開いた。「御両親の離婚のこと、君はどう思っているんだ？」

「どうって？」

「だから、つまり……」

僕が言葉を選んでいると、秋葉は立ち止まり、こちらを向いた。冷たい風が斜面を駆け上がってきて、彼女の長い髪をなびかせた。

「悲しかったかって訊かれたら、そりゃあ悲しかったっていうしかない。納得できないし、不満だし、やりきれなかった。あたしだってもう中学生だったから、男女の仲がいつどうなるかわからないという程度のことは理解してた。ただね、自分の両親だけは違う、特別だって、何の根拠もなく信じてた。それが幻想だと思い知らされて、そのことがショックだった」

彼女のいっていることはよくわかった。僕の両親は幸いにして離婚していない。だがそれを幸いだと改めて考えたことは一度もない。あの二人は特別だと、たしかに彼女のいうように何の根拠もなく決めてかかっていた。

「話を戻すけど」僕はいった。「芦原刑事は、十五年前の事件に、おかあさんの自殺がどう関係していると考えているんだろう」

「さあね。あの人によれば、手がかりが何もないから、とりあえずは過去の出来事を一つひとつ虱潰《しらみつぶ》しに当たってるだけだってことだけど」秋葉は首を傾げた。「別れた妻が自殺して三か月後、今度は恋人が何者かに殺される……うちの父を中心に考えれば、刑事としては当然気になるわよね」

「芦原刑事は君のお父さんを疑ってるっていうのか」僕は思わず目を大きく開いていた。

秋葉は首を捻《ひね》るしぐさをしてから、またゆっくりと歩き始めた。

「そうね。疑ってるわね。でもあの人が疑っているのは父だけじゃない。ていうか、父はどっちかというと後ろのほうじゃないかな」

「後ろのほうって？」

「容疑者を順番に並べたらっていう話。だって、父には動機がないでしょ」

「動機のある人がいるのか？」

だが秋葉は、僕の問いかけが聞こえなかったかのように周囲を見回し、大きく息を吸い込んだ。

「葉っぱの匂いがする。なんとなく空気の冷たさが少し和らいだと思わない？　春が近づきつつあるって感じよね」

「なあ秋葉、一体誰に――」

「二人」そういって彼女は指を二本立てた。「動機があるのは二人。その動機は同じ。愛する人を失った恨みを晴らすため」

「愛する人っていうのは……仲西綾子さん？」

秋葉は顔にかかった髪を後ろにかきあげた。

「今までの話の流れからすると、当然そうなるわね」

「二人っていうことはつまり」

「一人は仲西綾子の妹。もう一人は彼女の娘」秋葉は立ち止まり、コートのポケットに両手を突っ込んだまま、くるりとこちらに身体を回した。一瞬コートの裾がスカートのように広がった。

「どう？　面白い話でしょ」

「面白くない。笑えない」僕はいった。仏頂面になっているのがわかる。「どうして君たちが疑われなきゃいけないんだ。そんなのおかしいよ」

すると秋葉はぐいと顎を引き、上目遣いに僕を見た。冷たいとさえいえるほど真剣なまなざしで、僕はぎくりとした。

「なぜおかしいの？」彼女は訊いた。「愛する人が死んだら、そうなる原因を作った人間を恨むのは当然でしょ？　あたしは芦原刑事の考え方は間違ってないと思うよ」

「君は……恨んでたの？」僕は少し俯き、彼女の表情を窺った。

秋葉は顔をしかめ、指先でこめかみを押さえた。それからすぐに笑顔に戻った。

「どうだったかな。忘れちゃった。古い話だものね」コートの前を合わせ、くるりと背中を見せて歩きだした。

「俺には娘がいる」彼女の背中に向かって僕はいった。「俺が離婚したら、彼女はやっぱり誰かを恨むのかな」

秋葉は足を止めた。向こうを向いたままでいった。「そんなこと、冗談でも口にしないほうがいいよ」

「冗談でいってるんじゃない」

彼女はこちらを向いた。「あなた、残酷な人ね」

「残酷？　どうして？」

「だって、あたしがあなたの娘さんと同じ立場だったから、そういうことを質問しようと思ったわけでしょ。で、あたしが今ここでどんなふうに答えるか、あなたはわかっているはず。離婚なんて考えちゃだめ、娘さんを悲しませることになるから。昔のあたしと同じような思いをさせないで——あたしにそういわせたいんでしょ」

「いや、そうじゃない。俺は本当に」

「ごまかさないで」秋葉の鋭い声が木々の間で響いた。「御心配なく。あたしはあなたの御期待通りの答えをいってあげるから。離婚なんかしちゃだめ。家庭を大事にしてちょうだい。これでいい？」

彼女は足早に坂道を下り始めた。

「ちょっと待てよ」

声をかけたが彼女は止まらない。僕は駆け足で追いかけ、彼女の肩を摑《つか》んだ。

「離してよ」

「そうじゃないんだ。逆なんだよ」

「逆って何よ」

「俺は君に、大丈夫だったといってほしかったんだ。両親が離婚しても自分は平気だったって。誰かを恨むことはなかったって。そうすれば俺も少しは楽になれるから」

僕の手を振り払おうとしていた秋葉が、びっくりしたように目を見開いた。その顔は少し青ざめていた。

「楽になれるって……どういうことよ。あなた、あたしとのことは家ではうまく隠してるんでしょ」

「今はね。でも、離婚するとなれば話は別だ。隠し続けるのは無理だと思う」

秋葉は息を吸いながら大きく口を開けた。だが言葉はすぐには発せられなかった。彼女は首を二、三度横に振り、瞬きを繰り返し、手をゆらゆらと動かしてから、「だめよ」と絞り出すようにいった。

「そんなのだめよ。絶対にだめ。どうしてそんなことといいだすの。あたしをからかってるの？　だとしたらひどいよ。すごくひどいことだよ」

「からかってるんじゃない。もうこういう関係は辛くなってきた。君を苦しませているのをわかってて、気づかないふりをするのもいやになった。君と別れるか、離婚するか、そのどちらかしかない。それで俺は、君とは別れたくないんだ」

　僕の言葉を聞きながら秋葉は目を閉じた。両手で頭を抱え、その場にしゃがみこんだ。

「どうしたんだ。大丈夫か」

「あなたは今、取り返しのつかないことをしたのよ」彼女はしゃがんだ格好のままでいった。

「あたしに夢を見させた。決して見てはいけないと自分に禁じてた夢だったのに。わかる？　夢を見る前より、それが覚めた時のほうが心は寒くなるんだよ」

「覚めさせない。夢では終わらせない」

「お願いだから、もう何もしゃべらないで。それともう一つ、我が儘《まま》をいわせて」

「何だ」

「今日のデートはここまでにして。ごめんなさい。あたしは電車で帰る」

「秋葉……」

　彼女は立ち上がると、すたすたと歩き始めた。だがすぐに立ち止まると、少しだけこちらに首を捻った。

「怒ったわけじゃないよ。でもね、今日このままあなたと一緒にいるのは怖い。自分が壊れてしまいそうで怖い」そういうと再び歩きだした。

僕は彼女の後ろ姿を見送りながら、自分のしたことを振り返ってみた。取り返しのつかないこと——そうかもしれないと思った。

19

三月に入っていた。朝、会社に出てみるとすでに秋葉の姿があった。彼女は田口真穂たちと何やら談笑していた。何を話しているんだい、と僕は訊いてみた。

「訊かないほうがいいですよ」田口真穂はくすくす笑った。

「何だよ、気持ち悪いな」

「じゃあ、教えちゃいましょうか。後悔するかもしれませんけど」そう前置きしてから田口真穂は口元を片手で覆っていった。「ホワイトデーのことですよ」

「ホワイトデー……もうそういうことを考える時期か」

「渡部さんだって、お返しをしなきゃいけない相手、たくさんいるでしょ？　そろそろ準備を始めないと間に合いませんよ」

「今年は義理チョコはもらってないよ。土曜日だったから」

「えー、そうなんですかあ」

じゃあ、と秋葉が口を開いた。

「奥さんに何かプレゼントしなきゃ。チョコレート、もらったんでしょ」

彼女の口調は妙に明るく、そのことが僕の心を揺さぶった。

「そんなのもらってない。俺になんかくれないよ」

「そうかな」秋葉は首を傾げる。

「それってなんか寂しいですよね」田口真穂がいう。

「長年夫婦をやってると、男と女じゃなくなるんだ」

「へえ、そうなんですかあ」

「もらってるわよ、きっと」秋葉が肘《ひじ》で田口真穂の脇腹を突いた。「渡部さん、照れてるだけよ」

「照れてないよ。本当だって」思わずむきになっていた。

秋葉は僕の顔をじっと見つめた後、おどけたように肩をすくめた。

「まあ、どっちだっていいんですけどね」くるりと背中を向け、自分の席のほうへ歩きだした。

ちょっと待てよ、とその肩を摑みたい衝動に駆られた。秋葉がまるで先日の僕の言葉を揶揄《やゆ》しているように感じたからだ。円満な夫婦生活を送っているに違いないあなたに離婚なんてできるわけがない――そういっているように思えた。

しかしこの場で自分の思いを吐き出すわけにもいかず、歯痒《はがゆ》い気持ちを抱えたまま僕は自分の席についた。

パソコンのメールボックスに、横浜のビルのイルミネーションが故障したという報告が入っていた。やれやれだ。即座に先方に電話を入れ、平謝りに謝った後、担当者と二人で会社のライトバンに乗って現地に向かった。

ちょっとした配線トラブルだったが、工事を行うにはビルの一部を停電にしなければならず、その調整で大いにもめた。下請けの工事会社と打ち合わせをし、事後処理についてクライアントと話し合い、どうにかこうにか現場を離れられるようになったのは、夜の八時を回ってからだった。

まだ作業の残っている社員のためにライトバンを残し、僕はタクシーで横浜駅に向かうことにした。だが途中で気が変わり、中華街のほうに行ってくれと運転手に指示した。

『蝶の巣』の入っているビルの前は、相変わらずひっそりとしていた。小さな階段を上がり、右側の扉を開ける。ジャズを奏でるピアノの音が店内に流れていた。客はテーブル席に二人、カウンター席に一人。マダム・カラフルの姿はない。芦原刑事も見あたらない。

こんばんは、と白髪頭のバーテンに挨拶した。いらっしゃいませ、と彼はいった。

アーリータイムズのソーダ割を注文した。それで喉を潤してから、「浜崎さんは？」と訊いてみた。

「今夜はちょっと出かけておりまして」バーテンは静かな口調でいった。「何かお伝えしておくことがあれば……」

「いや、いいんです。近くまで来たから寄っただけなので」

「そうですか。申し訳ありません」バーテンは白髪頭を下げた。

マダム・カラフルに会えないのなら、ここへ来た意味がない。秋葉の母親の自殺や、その前後のことについて、彼女から訊いてみたいと思ったのだ。

比較的速いピッチでバーボンのソーダ割を飲みながら、何気なく周りを見回した。隣の席にいる女性客が、何やら分厚いファイルを眺めていた。新聞記事などをまとめてあるようだった。四十代前半といった感じの、眼鏡をかけた女性だった。セミロングの髪はストレートで、茶色に染めている。

こういう店に一人で来る女性というのはどういう人種なのかなと考えていると、僕のケータイが鳴りだした。部下からだった。

トイレの近くまで移動して、電話に出た。トラブルは何とか解決したという報告だった。事後処理についてあれこれと指示を与えていた僕だったが、その途中で言葉を途切れさせてしまった。

あるものが目に入ったからだ。

僕は立ったまま話していたのだが、その位置からだとカウンターにいる女性客の背中が見える。さらに彼女が見ているファイルにも視線は届く。

そのファイルの中身を見て、僕は言葉を失ったのだ。

「もしもし、あのう、聞こえますか」部下が呼びかけてきた。

「えっ、ああ、聞こえてるよ。今いった手順で進めてくれればいい。後は君に任せる。よろしく頼むよ」

電話を切り、元の場所に戻ってバーボンソーダの残りを飲み始めた。やけに喉が渇き、ぐびぐびと空けてしまった。

隣の女性の横顔を覗《のぞ》き見る。彼女は僕の異変に気づいていない様子だ。

何者なのだ、この女性は——。

少なくとも、単に一人で飲みたくて入ってきた客ではない。彼女もまたマダム・カラフルに用があるのだ。

　ちらりと見たファイルの中身が、僕の目に焼き付いていた。

　それは古い新聞記事だった。見出しは、『東白楽で白昼の強盗殺人』とあった。そして写っていたのは、間違いなくあの屋敷だった。

　僕はバーボンソーダのおかわりを注文した。

　隣の女性はファイルを眺めながら、かなりゆっくりとしたペースでギネスビールを飲んでいた。グラスの中のクリーミーだったはずの泡はすっかり消え、気の抜けたコーラのようになっている。彼女は明らかに酒の味など楽しんでいなかった。

　白髪のバーテンの様子もいつもと少し違う。客をさりげなく観察し、何を求めているのかをいち早く察知してサービスに努めるというのがこれまでの彼の仕事ぶりだった。だが彼は明らかに女性客を見ないようにしていた。少なくとも僕にはそう感じられた。

　二杯目のバーボンソーダが空になった。おかわりを注文しようかどうか迷っている時、隣の女性が動き始めた。ファイルを閉じ、大きなショルダーバッグの中に収めた。

「おいくら？」バーテンに訊いた。

　バーテンが値段の書いた紙を彼女の前に置いた。彼女は無言で財布から料金を出した。財布をしまうと、コートを羽織り、ショルダーバッグを肩にかけてドアに向かった。

　僕は空のグラスを握りしめ、彼女を追うべきかどうかを思案した。どう考えても彼女は秋葉の生家で起きた事件について何か知っているのだ。知っているだけでなく、それに関することでマダム・カラフルに会いに来たのだ。

「おかわりはいかがですか」バーテンが尋ねてきた。

僕は彼の顔を見た。彼は唇に笑みを浮かべていたが、その目には真剣な光が宿っていた。

「いや、結構。ごちそうさま」僕は決心していった。「おいくらですか」

バーテンは不意をつかれたような顔をし、「少々お待ちください」といって電卓を取り上げた。

ぐずぐずしていたら彼女を見失ってしまう。僕は焦った。財布から一万円札を取り出し、カウンターに置いた。

「これで足りますよね」

えっ、といってバーテンは僕を見た。狼狽《ろうばい》していた。

「もし足りないなら、ここに請求してください」名刺を一万円札の横に置き、僕は自分の上着を手にした。

「いや、あの、ちょっと……」

バーテンの声を無視し、僕は店を出た。素早くあたりを見回した。

例の女性の姿がなかった。僕は上着を手に持ったまま駆けだした。交差点で四方向に目を向けたが、彼女はいない。

タクシーに乗ったのかもしれない、と思った。もしそうなら、追うことは不可能だ。彼女が店を出る時、なぜ自分もすぐに席を立たなかったのかと後悔した。

行くあてをなくし、途方に暮れながらとぼとぼと歩き始めた時だった。すぐそばのコンビニエンスストアから、先程の女性が出てきた。例のファイルが入っている大きなショルダーバッグを左肩にかけ、右手には白いビニール袋を提げていた。ペットボトルとサンドウィッチが透けて見えた。

彼女は僕のほうをちらりと見て、一瞬怪訝そうな表情を浮かべたが、特にそれ以上は気にした様子もなく、すぐに歩き始めた。駅に向かうようだ。

僕はそんな彼女を追いながら声をかけた。「あのう……」

彼女は立ち止まり、こちらを振り向いた。

「すみません。先程の店で……『蝶の巣』で、隣に座っていた者ですが」

彼女は当惑したように口を半開きにした。眼鏡の奥の目が不安そうに揺れていた。

「何かの勧誘でしたら、私、一切関心がありませんから」低い声だったが、きっぱりとした口調だった。

僕は薄く笑って首を振った。

「そんなんじゃありません。お尋ねしたいことがあるんです。あなたが先程見ておられたファイルのことです」

「ファイル？」彼女は眉間《みけん》に皺《しわ》を寄せた。

「すみません。後ろを通った時、ちらっと見えてしまったんです。ファイリングしてある記事は、東白楽で起きた強盗殺人事件のものですよね」

僕の言葉に彼女は目を見張った。

「あの事件のことを覚えておられるんですか」

彼女の声のトーンが少し上がったように感じられた。

「覚えていたというのとは違います。最近までは知らなかったんです。たしか、間もなく時効を迎えるんですよね」

「そうですけど……最近の新聞か何かでお知りになったの？」彼女は明らかに少し失望しかかっていた。報道で知った程度の相手には用がないのだなと僕は察した。

「僕の知人が関係者の一人なんです。それで、事件のことを聞きました」

彼女の顔に、再び興味の色が蘇《よみがえ》った。僕のほうに一歩近づいてきた。

「関係者というと？」

「被害者の家族……いや、違うか。被害に遭った家の人というべきかな」

「仲西さんのお宅の方？」

「そうです」

「あの家にはお父さんとお嬢さんが暮らしておられたはずよね。あなたのお知り合いというのは……」僕の目を見つめてきた。

「お嬢さんのほうです」

「秋葉さんね」

「ええ」僕は顎を引いた。

彼女は、そう、といって僕の顔を眺めた。秋葉との関係や、僕がなぜ事件に関心を持っているのかなどについて思考を巡らせているのかもしれなかった。

僕は懐から名刺を出した。

「渡部といいます。仲西秋葉さんとは職場が同じなんです」

受け取った名刺を凝視しながらも、彼女の釈然としない表情に変化はなかった。単に職場が同じというだけで、十五年も前の事件に関心を示すとは思えないのだろう。

しかし彼女の質問に答えてばかりいるわけにはいかない。

「失礼ですが、あなたはなぜあの事件の記事をファイルしておられるんですか。それに、何の用があって『蝶の巣』に行かれたんですか」

彼女は口元にうっすらと笑みを浮かべた。ただし、眼鏡の奥の目は極めて冷めていた。

「どうしてそんなことを訊くんですか。私が何に興味を持とうと私の自由でしょ？」

「それはそうですが……」

「それとも」彼女は指先で眼鏡の位置を直し、改めてこちらを見た。「あの事件について未だに興味を持っている人間がいることが、あなたには気になるのかしら？　今さらほじくり返されたくないということかしら」

「ほじくり返す？　どういう意味でしょうか」

彼女は首を少し傾げた。

「あなた、秋葉さんの恋人？」

僕は言葉に詰まった。不意の質問だったし、ここで正直に答えたほうがいいのかどうか迷ったのだ。だがこの逡巡《しゅんじゅん》が、彼女に確信を抱かせたようだ。

「そうよねえ、彼女にもそういう人がいてもおかしくないわよね」

「だとしたら、どうなんですか」

「キレることないでしょ。そもそも声をかけてきたのはあなたのほうなのよ」

僕が黙り込むと、彼女はくすっと笑った。もっとも相変わらずその目は冷めたままだ。

「彼女の恋人で、事件のことを聞いているのなら、私のファイルが気になっても無理ないわね。『蝶の巣』のママが秋葉さんの叔母さんだということは知っているんでしょ？」

「ええ」

「事件について、浜崎さんと話したことはあります？」

「ゆっくりと話したことはないです。向こうも触れられたくない話題だと思うし」

「あなたはどの程度御存じなの？　事件について」

「どの程度といわれても……」

「秋葉さんから聞いているだけ？」

「彼女から聞いた後、新聞記事を読みました。それだけです」

本当は芦原刑事から得た情報も少しはあるのだが、そのことは伏せておいた。

「そうなの。それだけなの。ふうん……」彼女は思わせぶりな頷き方をした。

「あなたはどうしてそんなファイルを持っておられるんですか。事件について浜崎さんと何か話したくて、『蝶の巣』に行かれたわけですよね。事件の関係者なんですか」

僕の問いに、彼女は少し思案するように黙っていた。唇を軽く嚙《か》んだり、吐息をついたりしている。やがて僕を見上げ、何かを決心したように頷いた。

「そうね、あなただって名乗ってくれたんだから、私も名乗らなければフェアではないわね。それに、『蝶の巣』に行ってバーテンの爺さんにでも訊けば、きっと教えてくれるでしょうし」

あのバーテンはやはりこの女性の正体を知っているようだ。

彼女はショルダーバッグに手を突っ込み、名刺を出してきた。そこにはデザイン事務所の名称と釘宮真紀子という名前が印刷されていた。肩書きはデザイナーだった。

「くぎみやさん……とお読みすればいいのかな」

ええ、と彼女はいってから付け加えた。「旧姓はホンジョウです」

ホンジョウ、と口の中で呟いた後、はっと息を呑んだ。

「本条って……本条麗子さんの？」

「妹です。だから、正真正銘、被害者の家族ということになります」彼女は顎《あご》をわずかに上げた。


僕は返答に窮した。殺された本条麗子に家族がいるかもしれないということは、これまで一度も考えなかった。その機会がなかったといえばそれまでだが、想像ぐらいはしていてもいい話だった。


「これでわかっていただけたかしら？　私は姉が殺された事件の真相を知りたくて、姉を殺した犯人を突き止めたくて、こうして事件に関するファイルを持ち歩いているんです。仕事があるから四六時中そのことばかりを考えているわけにはいかないけど、時間が出来れば、自分の力で調べられるだけ調べています。『蝶の巣』に行くのも、その一つです。何といっても浜崎妙子さんは数少ない証人ですから」

「なるほど……」

「納得していただけたのならよかった。じゃあ、もういいわね」釘宮真紀子はショルダーバッグをかけ直すと、くるりと踵《きびす》を返した。

僕はあわてた。

「あっ、ちょっと待ってください」

「まだ何か御不満？」

「そうじゃなくて」僕は彼女を追い、正面に立った。眉をひそめる彼女を見下ろし、唇を舐《な》めた。「それで……事件のことで、何かわかったことはあるんですか。新聞とかには報道されていない事実とか、新しい情報とか……」

釘宮真紀子はゆっくりと瞬きをした。

「そりゃあ少しはあります。何しろ、十五年も追い続けてきたんですから」

「たとえばどんなこと？」

僕が訊くと彼女は意外そうな顔をし、次に呆《あき》れたようにふっと吐息をついた。

「なぜ私がそれをあなたに話さなきゃいけないのかしら？」

「そういうわけじゃなくて、僕が知りたいんです。あの事件について、もっと詳しく」

「どうして？」

「それは……秋葉もあの事件のことを気にしている様子だからです。彼女にとっても仲西家にとっても、触れてはいけない傷痕《きずあと》のように感じられます。だからもし少しでも真相に迫る手がかりがあるのなら、それを知っておきたいんです」

「カウンセリングの道具にしたいってこと？」

「そういう意味ではないんですが……」

釘宮真紀子は腕時計に目を落とした。これ以上、僕の話に付き合う気はなさそうだった。

「悪いけど、そろそろ帰らなきゃ。主人も心配するので」

「自分のためでもあるんです」僕は咄嗟にそういった。

「あなたのため？」

「僕は……」素早く息を整え、言葉を繋いだ。「秋葉と結婚するつもりです。それはつまり仲西家と縁を結ぶということです。だからその相手の家で何が起きたのかを知っておく必要があります」

話しながら自分の身体が熱くなっていくのを感じた。俺は今、大変なことを口走っているぞと思った。

僕の興奮が伝わったのか、釘宮真紀子は考え込んだ顔つきになった。再び腕時計に目を落とした後、改めて僕を見た。

「そういうことなら、話してあげたほうがいいかもしれないわね。たしかにあなたは知っておくべきだと思うし……。ただし、条件があります」

「どういう条件ですか」

「あなたも私に協力してくれるということ。あなたは秋葉さんと交際することで、私の知らないことを知っているかもしれない。そういったことを隠さずに話してくれる？」

「それは構いませんけど、僕が事件について知っていることなんて、たかが知れていると思いますよ」

釘宮真紀子は首を振った。

「事件について話してくれといってるんじゃない。秋葉さんについて話してほしいと頼んでいるのよ」

「秋葉のこと？」

「それともう一つ」彼女は人差し指を立てた。「私があなたに話すのは、あなたがまだ中立の立場だと思うから。でももしそうでないのなら、話すわけにはいかない」

「どういう意味ですか。中立って」

「もしあなたがもはや仲西家側の人間なら、私は何も話せないといっているのよ。あなたにしても聞かないほうがいい。きっと不愉快になるだけだと思うから。浜崎妙子さんのように、私から逃げ回るようになるわ」

マダム・カラフルはこの女性を避けて、今夜は店に現れなかったということか。

釘宮真紀子の話を聞いているうちに、彼女がどのように事件を捉《とら》えているのか、何となくわかってきた。先日の秋葉とのやりとりを思い出した。芦原刑事の言葉なども頭に浮かんだ。

「わかりました。おっしゃるとおり、僕はまだ中立の立場です。誰にも肩入れしません。客観的に事件を把握したいと願っています。あなたが話す内容は、もしかすると愉快なものではないかもしれないけど、それでも僕はそれを聞いておきたいです」

釘宮真紀子は僕の目をじっと見つめ、何度か瞬きしてから頷いた。

「どこかゆっくり話せる場所に移動しましょう」

少し歩いたところにファミリーレストランがあった。僕たちは一番端のテーブルに座った。周りに客がいなかったからだ。

「ビールを飲んでもいい？」彼女が訊いた。

「どうぞ。僕もビールにします」

ウェイトレスに生ビール二つを注文した。彼女が『蝶の巣』でギネスビールを飲んでいたことを思い出した。

「秋葉さんとはいつから？」ビールが運ばれてくるまでの時間を繋ぐように釘宮真紀子が訊いてきた。

「去年の秋からです」

「馬鹿みたいなことを訊くようだけど、あなたから交際を申し込んだのよね」

「それは……」

僕がいいよどむと、彼女は上目遣いに睨んできた。

「何でも話してくれるっていう約束だったでしょ」

「わかっています。いや、そういうきちんとした申し込みみたいなものはなかったんです。街で偶然会って、一緒に飲みに行こうってことになり、まあそれがきっかけでデートするようになったって感じです」

話しながら当時のことを思い出した。バッティングセンターでがむしゃらにバットを振っていた秋葉の姿が蘇った。それほど前ではないのに、ずいぶんと昔のような気がした。

「いずれにしても、あなたから誘ったわけね」

「まあ、そうです」

そう、と釘宮真紀子は頷いた。ウェイトレスが生ビールを運んできた。

「どうしてそんなことをお訊きになるんですか」ウェイトレスが去ってから僕はいってみた。

「事件に関係があるとは思えないんですけど」

釘宮真紀子はショルダーバッグから例の分厚いファイルを出し、テーブルの上に置いた。

「仲西秋葉さんの近況が知りたかったからよ。彼女が今、どんな思いで暮らし、どんなふうに男性と交際しているのかを知っておきたいの」

「だからそれが事件と――」

僕の言葉を遮るように、釘宮真紀子はビールグラスを手にし、こちらに差し出してきた。

「ねえ、覚悟は出来てる？」

「覚悟って……」

「私の話を聞く覚悟よ。逃げ出すなら今のうち。私はこれから、あなたが本当は聞きたくもない話をしなければならないの」

「聞きたくないって……いや、聞きたいといったのは僕のほうです」

「本当に聞きたい？」釘宮真紀子はいった。「本条麗子殺害事件の真犯人は仲西秋葉、あなたの愛する恋人だ、という話なのよ」

20

昔よく見た二時間ドラマの導入で使われていた音楽が、僕の頭の中で鳴り響いた。じゃじゃじゃじゃーん。そういえばいつだったか、秋葉もその音楽のことをいったことがある。初めて事件のことを話してくれた夜だ。

本条麗子殺害事件、真犯人――そんな言葉を実際の日常生活で耳にするとは、一年前の僕は想像もしなかった。そういうのはサスペンスドラマの中にだけ存在する台詞《せりふ》だと思い込んでいた。

こうして聞いた後でも、その言葉の意味が脳にしみわたるのに少し時間を要した。しみわたった後でも、まだ夢を見ているような気分だった。

「ビール」釘宮真紀子が僕の手元を見ていった。

僕はいつの間にかグラスを握りしめていて、しかも傾けていた。白い泡があふれ、僕の指を濡らしていた。あわててグラスを置き、ペーパーナプキンでぬぐった。

「ほらね」釘宮真紀子はいった。「逃げ出したくなったでしょ」

いいえ、と僕は首を振った。

「そういう話になるんじゃないか、という気はしていました」

「本当？」

「もちろん、そういう話にならないことを祈ってましたけどね」

これは半分は嘘で、半分は本当だった。内部犯行説、容疑者は仲西家の人間――そんな話ばかりを聞いていたら、当然、秋葉はどうなのだ、という疑問に辿《たど》り着いてしまう。しかし僕はそれを極力避けてきた。

「続けてもいい？」

「お願いします」僕はビールを口に含んだ。急速に口の中が渇いていく。彼女のいうとおりだ。覚悟を決めねばならない。

「事件が起きたのは十五年前の三月三十一日。場所は東白楽の閑静な住宅地。まだ十分に太陽が高い、昼間のことだった」

「細かい説明は――」

「細かいことを話さないと意味がないの」釘宮真紀子はぴしりといい放った。「すべてを知りたいんでしょ。だったら、黙って聞いていなさい。疑問があるなら発言して結構だけど、私のやり方にけちをつけないで」

鋭い語気に、僕は気圧《けお》された。わかりました、と答える代わりに黙って頷いた。

彼女は息を整えるように胸を上下させた。

「女性が殺された、という知らせが神奈川署に入ったのは午後三時三十分頃。その約十分後に警官が駆けつけ、死体を確認している。現場となった家の所有者は仲西達彦。死んでいたのは彼の秘書、本条麗子。仲西家の居間で、胸にナイフを刺されて倒れていた。大理石のテーブルで大の字になってね」

何度も秋葉から聞かされた話だ。見たわけでもないのに、その光景を思い浮かべることには慣れてしまった。

「発見したのはその家の長女、仲西秋葉、当時十六歳。二階でクラリネットの練習をしていたので、階下の出来事には全く気づかなかった。ただ何となく下で何かが起きたような気がして下りていったところ、居間で倒れている本条麗子を発見。その後のことは記憶なし。というのは、死体を見たショックで気絶したから。その後、家事をするために通っていた浜崎妙子が買い物から帰宅、死体と気絶している長女を発見、すぐに世帯主である仲西達彦に連絡。仲西達彦が帰宅したのは午後三時三十分頃。即座に神奈川署に通報」

一気にそこまで話した後、質問はあるか、というように釘宮真紀子は僕を見た。

「そういうところまでは僕も把握しています」

「じゃあ、今私が話したこと以外に知っていることはある？」

僕は少し考えてから口を開いた。

「気絶した秋葉はいつの間にか自室のベッドに寝かされていた、ということでした。本条さんのバッグが盗まれていて、ガラス戸が開けっぱなしになっていた――。まあ、そんなところですけど」

よろしい、というように釘宮真紀子は頷いた。

「強盗殺人の可能性が高いとみて、神奈川署と神奈川県警は捜査を始めた。ところが捜査はすぐに暗礁に乗り上げた。手がかりが全く出てこなかったのよ」

いよいよ話が核心に入ってきたようだ。僕は唾《つば》を呑み込んだ。

「大がかりな聞き込み捜査が行われたにもかかわらず、犯人らしき人間の目撃情報はひとつもなかった。わかる？　ひとつもよ。こういうことはじつはとても珍しいことなの。ふつう、ひとつやふたつはあって当然なのよ。現場周辺に誰もいなかったわけじゃない。たとえばあの家から五十メートルほど離れた道端では、近所の主婦三人が井戸端会議をしていた。彼女たちは何人かの人間を目撃している。ただし、それは全員彼女たちのうちの誰かが知っている人物だった。もちろん、だからといってそれらの人間を疑わない根拠にならないから、警察は目撃された人間全員のアリバイを確認したわ。見事、全員のアリバイが確認された」

「犯人は主婦たちの目を逃れて行動したんじゃないんですか。あのあたりは細い道が入り組んでいるから、いくらでも迂回《うかい》できそうに思いますけど」

釘宮真紀子の眼鏡のレンズがきらりと光った。

「あなた、あの周辺をじっくりと歩き回ったことはある？」

「いえ、それはありません」

「歩けばわかると思うけど、あの道は先が行き止まりになっているの。で、あなたのいうように細い道のどれかに入ったとしても、結局は同じ道に合流する。主婦たちがいたのは、その合流点よ」

僕は仲西家の周辺の道を思い出していた。釘宮真紀子のいうとおりだったかもしれない。

「でも、犯人がまともな道を通ったとはかぎらないでしょう。そもそも他人の家に侵入するようなやつなんだから、逃げる時だって他人の庭ぐらいは通ったかもしれない」

「たしかにその可能性はゼロじゃない。考えにくいけど」

「考えにくいですか」

「だって犯人の立場になってみなさいよ。安全に逃げるには、一刻も早くふつうの通行人のふりをしたほうがいいでしょ。他人の敷地なんかをうろうろしてて見つかったら、言い逃れが出来ないじゃない」

それはそのとおりかもしれないと思ったが、僕は黙っていた。ビールを飲んだが、苦いだけだった。

「犯人が残していったものについて話をしましょう」釘宮真紀子はいった。

「ナイフですか。どこにでもあるものだって聞きましたけど」

「一般家庭用のホームナイフ、というか洋包丁ね。長さは十四センチ。値段は一万円ぐらいで、全国のデパートなんかで売っている」

「入手経路がわかったんですか」

釘宮真紀子はかぶりを振った。

「包丁やナイフが銃刀法の対象にならないのはおかしな話よね。もっとも、自分が買う時にいろいろと手続きをさせられたら、きっと頭にくるでしょうけど。それはともかく、私が問題にしたいのはナイフそのものではなく、それについていたはずの指紋のほう。指紋については秋葉さんから何か聞いた？」

「どうだったかな……」

「指紋は拭《ふ》き取られていたの」

「じゃあ、それについても手がかりなしですか」

「まあね。でも、警察が首を捻ったことがある」

「何ですか」

「なぜ犯人は手袋をしていなかったのか、よ」

はっとした。彼女のいわんとすることがわかった。

「同様に指紋を拭いた跡が、部屋のあちこちから見つかっている。それとガラス戸からも。でも、窃盗にしろ強盗にしろ、犯人は手袋をはめるのがふつうらしいわ」

「例外もあるということでしょう」

「もちろん例外はある。計画的な犯行じゃなく、衝動的に、つまり思いつきで侵入した場合は、手袋をしていないことのほうが多いそうよ」

「だったら、特に問題にすることでもないでしょう」

するとと彼女は少し身を乗り出し、僕の顔をじっと見つめた。

「犯行は計画的なものではなく、思いつきだった、というわけ？」

「そうじゃないんですか」

「じゃあ、どうしてナイフを持っていたの？　ナイフは仲西家にあったものではなかったのよ」

ぐっと言葉に詰まる。この女性は十五年間も事件について調べてきたのだと実感した。

「じゃあ、ある程度の腹づもりはあったのかもしれない。それでナイフは用意した。でも手袋は持ってこなかった。それだけのことじゃないんですか」

「ナイフは用意したのに手袋は忘れたわけ？　ずいぶんと迂闊《うかつ》な犯人ね」

「うっかりってことは誰にでもあるじゃないですか」

うっかりねえ、と彼女は首を傾げた。

「もしそうだとしても、なぜ犯人はあの家を狙ったのだと思う？　お金持ちの家はほかにもあったし、その中には昼間には完全に留守の家だってあったのよ」

「マダム……浜崎妙子さんが出かけるところをたまたま見たんじゃないんですか。それで留守だと思って、侵入することを思いついた、とか」

「一人が外出しただけで留守だと思うかしら」

「思ったんでしょ、犯人は」

釘宮真紀子は首を大きく横に二度振った。

「そんなことはありえない。仲西家が留守でないことは、犯人にもわかったはずよ」

「どうしてですか」

「あなた、私の話を聞いてたわよね。だったら、そういう質問は出ないはずよ。家の中には誰がいた？」

「本条麗子さんと秋葉でしょ」

「秋葉さんは何をしてた？」

「二階で――」

そこまでいったところで息を呑んだ。それを見て釘宮真紀子は満足そうに頷いた。

「そう。彼女はクラリネットの練習をしていた。その音は近所の人も聞いている。つまり家のそばにいた犯人に聞こえないはずがない。犯人というものが、もし存在したら、の話だけど」

僕はビールのグラスを握りしめた。

「クラリネットの音は二階から聞こえているわけだから、一階には誰もいないと犯人は考えたのかもしれない。以前から仲西家の家族構成を知っていたとしたら、そういう可能性だってある。逆に、クラリネットの音が聞こえている間はゆっくりと盗みが出来る、という考え方だってあるわけだし」

僕の言葉に釘宮真紀子は笑った。苦笑と呼んでいい表情だった。

「あなた、頭がいいわね」

「皮肉ですか」

「本心よ。咄嗟にそれだけのことは、ふつうなら思いつかない。それだけ秋葉さんのことを愛しているということかな」

肯定するのも馬鹿みたいだし、否定する理由はなかったので僕は黙っていた。

「犯人はどうしてガラス戸から侵入したのだと思う?」釘宮真紀子は新たな疑問を提示してきた。

「玄関の鍵がかかっていたからでしょう」

「たまたまガラス戸の錠はあいていたからそこから入ったというわけ?」

「違うんですか」

「なぜ犯人に、ガラス戸の錠があいていることがわかったのかしら。あの家は周りが塀に囲まれていて、庭に面したガラス戸は外から見えないわ」

「だからそれは……どこか入れるところはないか探していて、見つけたということじゃないのかな」

「ずいぶんと運のいい犯人だこと」

釘宮真紀子の皮肉めいた口調に僕は対抗できない。無言でビールを飲んだ。

「今までの話を整理するとこういうことになるわね。犯人はどこかの屋敷に盗みに入るつもりであの住宅地に行った。その際、ナイフも用意した。ただし手袋のことは考えなかった。どの家に入ろうかと物色し、仲西家のそばまで行った。そこで浜崎妙子さんが外出するのを見て、以前から仲西家の家族構成を知っていた犯人は、侵入することを思いついた。二階からクラリネットの音が聞こえてくるから娘は二階にいて、一階は無人のはずだと考えた。門をくぐり、庭に回ると、ラッキーなことにガラス戸の一枚が施錠されていなかった。そこから侵入し、さて何を盗もうかと物色中に本条麗子に見つかり、彼女をナイフで刺し殺した。ナイフの柄や自分が触れたところの指紋を拭くと、本条麗子のバッグを奪った。ガラス戸から外に出て、屋敷を後にする。ところが道の合流点に主婦たちがいるのを見て、他人の敷地内を横切って逃走――」

一気にしゃべった後、「何かいいたいことはある？」と僕に訊いてきた。

「いえ、特にはありません。ところどころ、たしかに不自然なところはあるけど、人間の行動ってそんなに論理的なものじゃないでしょ。特に犯罪者の行動となれば、常識に照らし合わせてもあまり意味がないんじゃないかな」

僕の答えに、釘宮真紀子はうっすらと笑みを浮かべた。どこか虚《むな》しさを感じさせる表情だった。

「犯罪者の行動が不自然なのはまあいいわ。じゃあ、被害者のほうはどうかしら」

「本条麗子さんが何か不自然な行動をとっていますか」

「彼女は胸を刺されてたのよね。しかも正面から」

ぎくりとした。今までそのことについては深く考えたことがなかった。

「私が何をいいたいのかはわかったようね。家の中に見知らぬ人間がいたら、若い女性とすればどうするかしら。声をあげ、逃げるのが当然よね。でも彼女は悲鳴をあげていない。誰もそんなものは聞いていない。そんな余裕がなかったのだとしても、逃げようとはするはず。でも彼女は刺された。後ろからではなく前から。ひと突きよ。これについてはどう考える？」

「犯人は顔見知りだった……ということですか」

「それしか考えられないわね。正面の、ナイフが届くほどの距離にいても、本条麗子が油断するほどの顔見知り。でもそういう人間ならガラス戸から侵入したりしない。インターホンを鳴らし、玄関から堂々と入ればいい。逆にガラス戸から勝手に入ったりしたら、どんなに顔見知りでも本条麗子は驚き、警戒したはずよ」

　でも、と彼女は続けた。

「犯人は玄関からは入っていない。インターホンは鳴らしていない。鳴っていない、と証言している人がいるから。誰かはわかるわね？」

「秋葉、ですか」

　そう、と釘宮真紀子は頷いた。

「私はそう証言したのは彼女のミスだったと思っているんだけどね。ともかくその証言により、犯人像は大幅に絞られることになったわ。端的にいえば、犯人は玄関を通らず、突然室内に現れても、本条麗子が警戒しない人物よ」

「それで仲西家の誰か……と」

「正確にいえば、仲西父娘と浜崎妙子。でも本条麗子と二人きりになるチャンスがあったのは誰か」

　僕は唇を噛み、握ったままのグラスを見た。ビールは三分の一ほど残っていたが、飲む気にはなれなかった。グラスを離し、テーブルの上で指を組んだ。

「ＱＥＤだったかしら、ミステリの解決が終わった時の印って。探偵を気取る気はないけど、私が仲西秋葉さんを犯人だと推理する理由はわかっていただけたかしら。彼女を犯人だと仮定すれば、これまでにあげたあらゆる疑問が解決する。さあ、反論があるなら、どうぞ聞かせてちょうだい」

僕は右眉の上を掻《か》いた。もちろんそんなことをしたって、いい考えなど思い浮かばなかった。唯一思いついたことを口にすることにした。

「状況証拠ってやつですよね。あなたが彼女を疑う理由はよくわかりましたけど、それは辻褄が合うということにすぎない。顔見知りの犯行と断定した根拠は説得力がありますけど、そうでない可能性だってゼロじゃない」

「その通りよ」釘宮真紀子はあっさりと認めた。「だから警察も手を出せなかった。物証といえるものはナイフだけ。でも秋葉さんとナイフとは、どうしても結びつかなかった。女子高生がそんなものを買えば、かなり印象に残るはずだけど、売ったという店は見つからなかった。そうして十五年が経とうとしている」

「間もなく時効……ですか」

「でも私は諦めない」そういってから彼女は不意に遠い目をした。「姉はね、仲西達彦とのことを殆《ほとん》ど話してくれなかった。いつからそういう関係になったのかも私はよく知らない。でも、悩んでいたことは知っている。不倫相手がようやく離婚したと思ったら、その元妻が自殺したんだもの、当然よね。おまけに相手の男には娘がいる。その娘と、どういうふうに付き合っていったらいいのか、たぶん死ぬほど悩んだと思う。それなのに、あんなことになって……」

彼女は何かを堪えるように唇を結んだ。そして再び強い目になって僕を見た。

「絶対に諦めない。最後の最後まで真相を追い続ける」

「それで『蝶の巣』に……」

「真相を知っているのは彼等だけだから。私はあの店に行っては、事件の話をし続けるの。当時のことを問い続けるのよ。浜崎妙子は拒否できない。何しろ私は被害者の肉親なんだから。情報を提供してもらう権利がある。そういうことを繰り返すことで、ほんの小さな綻《ほころ》びでも見つけることができれば、必ず真相に到達してみせる」

釘宮真紀子は財布を出すと、テーブルにビールの代金を置いた。

「あなたも真相を知るべきよ。まあ私がこんなことをいわなくても、きっとあなたは知りたがるでしょうけどね。だからこそすべてを話したのよ。もしかしたらあなたなら、封印されたものを解けるかもしれない」

「封印されたものって？」

「秋葉さんの心よ。当然でしょ」そういうと彼女は立ち上がり、入り口に向かった。

僕は立ち上がれなかった。出ていく彼女の後ろ姿を見つめていた。

21

重たい足を引きずるように僕は帰路についた。このところずっと、家に帰る時には気持ちが塞《ふさ》いでしまうのだが、今夜は格別だった。

本当は自宅ではなく、秋葉の部屋に行きたかった。彼女に電話をかけ、今すぐに会いたいといいたいところだった。

釘宮真紀子の構築した論理は、長年かけて積み上げてきたものだけに、堅牢《けんろう》で隙がなかった。こじつけや屁理屈《へりくつ》らしきものはなく、妥当性のある推論だといえた。

芦原刑事が僕に近づいてきた理由もよくわかった。彼もまた釘宮真紀子と同様の仮説を立てているのだ。突破口があるとすれば、秋葉が本音を漏らしているであろう、僕との会話の中だと信じている。

あなたなら封印されたものを解けるかもしれない――これもまた釘宮真紀子の言葉だ。これを聞いた瞬間、十五年前に起きた僕とは縁もゆかりもない殺人事件が、突然僕の心の重荷となった。だから今夜帰宅しようとする僕の足取りは、いつにも増して、こんなに重いのだ。

僕は記憶を総動員して、これまでの秋葉とのやりとりを思い出そうとした。彼女が時効を目前に控える殺人犯だと示すようなものが何かあっただろうか。先日会った時、彼女は自分が疑われているという意味のことを口にした。しかし実際に自分が関与しているような発言は全くなかった。

ただ、やはり例の台詞《せりふ》が気になっている。

「来年の四月になれば――正確にいうと三月三十一日。その日が過ぎれば、いろいろとお話しできるかも」

さらにこう続けた。

「あたしの人生にとって、最も重要な日なんです。その日が来るのを何年も……」

彼女は明らかに事件が時効になる日を指していったのだ。

ある事件の時効が来るのを待つのはどういう人間か。いうまでもなく、犯人もしくは犯人が捕まるのを望まない人間だ。

様々な思いがめまぐるしく僕の頭の中を行き来した。考えが少しもまとまらないまま、自宅のドアの前に立っていた。鍵を外し、ドアを開ける。

　廊下は薄暗かったが、リビングからは明かりが漏れていた。覗《のぞ》いてみると有美子がダイニングテーブルで本を読んでいるところだった。薄く、大きな判型の書物だが、単行本でも雑誌でもなさそうだ。しかも彼女はイヤホンをつけていた。傍らにポータブルCDプレーヤーを置いている。

　気配を察したらしく、有美子はこちらを見ながらイヤホンを外した。

「お帰りなさい。遅かったのね」

「仕事で横浜まで行ってた。何やってるんだ？」

「これ？　英語のお勉強」彼女は広げていた書物を持ち上げた。英会話のテキストだった。

「どういう風の吹き回しだ？　海外旅行にでも行きたいのか」そんなことをいいだされたら面倒だなと思いながら訊いてみた。

　ふふ、と彼女は笑った。

「そんな余裕ないでしょ。これはね、園美のために始めたことなの」

「園美？　英会話を習わせるのか」

　僕がいうと有美子はテーブルの上に置いてあったA4サイズのコピー紙を手に取った。

「今日、幼稚園でもらってきたの。間もなく小学校でも英語教育が本格的に導入されるでしょ。でもいろいろと聞いてみると、どうも学校に任せっきりじゃ心許《こころもと》ないのよね」

「どういうことだ」

「現状だと、絶対に教員の数が不足するんだって。そもそも小学校の教員には英語の免許が必要ないから、英語専門の先生を養成するシステムすら出来てないらしいのよ。ということは、園美の年齢だと、不十分な英語教育しか受けられないわけよね。教員の当たりはずれによって、成績も大きく変わっちゃうおそれがあるってこと」

「だから自前で習わせようってわけか」

「そういうこと。ほかのおかあさんたちも、小学校に入る前には英語に馴染《なじ》ませておきたいっていう考えの人が殆《ほとん》どなの。まあ、すぐに習わせるかどうかは決めてないけど、とにかく英語に興味を持たせるのが先決かなと思って」

「それで、昔買った英会話の教材を引っ張り出してきて、まずは自分が勉強を始めたってことか」

有美子が開いているテキストには見覚えがあった。結婚して間もない頃、衝動買いしたものだ。二人でハワイ旅行に行った時、ごく簡単な英語も話せずに苦労したことから、一念発起したのだ。結果的には僕も有美子も、一週間と続かなかったのだが。

「まず興味を持たせるのが先決だから。母親がやっていれば、楽しいのかなって思ってくれるかもしれないでしょ」

「なるほどね」

「ところで、御飯は？　エビグラタンがあるけど」

またしても園美の好物メニューだ。

「出先で軽く食べてきた。とりあえず風呂に入ってくるよ。腹が減ったら、後で適当に何か食べる」

「それはいいけど、食器はちゃんと流し台に入れておいてよ」

「ああ、わかってる」

寝室で服を脱ぎ、風呂場に向かった。浴槽の湯は少しさめていた。追い焚《だ》きをしながら肩まで浸《つ》かった。

有美子はいい母親だ、と改めて思った。毎日毎日、一人娘のことだけを考えている。園美をどう育てるか、どんな教育を受けさせるか、それだけで頭がいっぱいのようだ。

もちろん、僕は感謝している。園美の父親として感謝している。有美子に任せておけば、たぶん園美は幸せになれるんじゃないかと思う。

しかし僕のこの満たされない気分の源は何なのだろう。虚《むな》しさはどこから来るのだろう。今の生活を一生続けようと思う時、なぜこんなにも息苦しくなってしまうのか。

結局、僕はやはり女の部分を求めているのだ。有美子はいい母親だ。園美にとって最高の母親だ。だけど彼女はもう僕の恋人ではない。セックスしたい対象でもない。僕が一緒に暮らしている相手は、かつて僕が愛した女性とは違う誰かなのだ。

でもたぶんこの世の多くの男たち、結婚している殆どの男は、僕と同様なのかもしれない。もう昔のような気持ちになることがないとわかっていながらも、一生そのままでいこうと決心しているのだ。それがおそらく、いい夫、いい父親になるということなのだろう。

それでいいと信じられれば、もしかしたら楽になれるのかもしれない。僕はもうそろそろ四十歳だ。平均寿命を考えれば、折り返し点を過ぎているともいえる。恋愛に執着する年齢じゃない。その程度のことは諦《あきら》めなきゃいけない時期にきている。

もし秋葉が殺人犯だったとしたら——その仮定に基づく空想が、否応《いやおう》なく広がっていく。時効まであとわずか。だがそれまでに彼女が逮捕されないとはかぎらない。警察が何か強引な方法を使って、彼女の犯行を立証しようとする可能性だってゼロじゃない。

その場合はどうしようもない。選択肢などない。刑務所までは追っていけない。

では、このまま時効を迎えたとしたらどうだ。尚《なお》かつ、真相が不明のままだったとしたら、僕はどの道を選べばいいのか。

十五年前に殺人を犯したかもしれない女性と、果たしてうまくやっていけるだろうか。

秋葉を信じ続けていれば問題はない。だけど僕は自分自身に向かって告白する。彼女を信じたい気持ちは変わらない。だけど疑う気持ちも芽生えている。悶々《もんもん》とした思いを抱きつつ、それをごまかしてまで一緒にいることが二人にとって幸福だとは思えない。

じゃあ、何とかして真相を明らかにするのか。その方法があるかどうか、今はまだわからない。仮にあったとしたらどうだ。

彼女が犯人でないのなら何の問題もない。しかしもし彼女が犯人ならどうするのか。その時点で時効が過ぎていたらどうするのか。彼女が罰せられることはない。警察から追われることもない。

それでも僕は彼女を愛し続けられるだろうか。

22

翌日は朝から頭が痛かった。風呂上がりに安物のワインを飲み過ぎたせいかもしれない。あれこれと考えているうちに、とても眠れそうになくなってしまったので、ビールではなくワインにしたのだ。しかしアルコールの酔いは快適な睡眠をもたらしてはくれなかった。ベッドに入ってからも興奮状態は続き、眠ったのかどうかよくわからないままに朝を迎えたという有様だった。

「珍しいわね、一人でワインを飲むなんて」空き瓶を片づけながら有美子がいった。

「何となくそういう気分だったんだ」

ふうん、と不思議そうに顎《あご》を突き出してから彼女はいった。

「あなた、最近ちょっとおかしくない？」

どきりとした。血圧が上がった。何が、と訊いてみる。

「あんまり顔色がよくないわよ。疲れてるの？　会社の仕事、大変なんでしょ」

上がった血圧が、すっと下がった。冷や汗も引っ込んだ。

「少し疲れてるかな」顔をこする。

「無理しないほうがいいわよ。もう若くないんだから。といっても、仕事をサボるわけにもいかないだろうけど」

「会社に行く途中で、ドリンク剤でも買うよ」

起きてきた園美の頭を撫《な》で、家を出た。駅の近くのコンビニで本当にドリンク剤を買って飲んだ。それでも鈍い頭痛は治らなかった。

澱《よど》んだ気持ちを抱えたまま、僕は出社した。席につき、秋葉のほうに顔を向けた。彼女はほかの女子社員と雑談しているところだったが、僕の視線に気づいたようにこちらを見た。僕たちは目を合わせた。

会社にいる時、彼女は眼鏡をかけている。そのレンズ越しに彼女はシグナルを送ってきた。おはよう、今日もあたしはあなたのことを見ている――。

俺だって見ているさ――僕は応じる。胸に一抹の後ろめたさを抱きながら。

仕事を機械的にこなしながら、僕はこれからどうすべきかを考え続けた。何が自分にとって一番大事で、何を最優先すべきかを思案した。僕は有美子や園美に対して責任があった。同時に秋葉のことも大切にしなければならなかった。誰のことも不幸にしたくなかった。しかしそんな虫のいい選択肢はどこにもない。

答えを出せぬまま時間だけが過ぎていった。そのうちに、昨日のトラブルのことで、また横浜に行かねばならないという用件が発生した。僕は直帰できる支度をして、会社を出た。

幸い、トラブルはうまく解決していた。クライアントの機嫌も悪くなかった。いくつかの手続きを終えてから時計を見ると、まだ五時半だった。

不意にひとつの考えが浮かんだ。とにかく目の前の問題を解決していこう、というものだった。今抱えている悩みや迷いを解消するのが先決だと思った。

僕はケータイでメールを打った。『今、横浜にいる。これから会えないかな。』

五分後に返事がきた。『さっき会社を出たところ。どこに行けばいいの？』

すぐに打ち返す。『中華街の入り口付近にいるよ。』

僕たちが顔を合わせたのは、それから約四十分後だった。一旦会社に戻って化粧を直してきたという秋葉の唇は、朝とは色が少し変わっていた。

二人で何度か入ったことのある店で中華料理を食べ、紹興酒を飲んだ。秋葉は田口真穂のことを話した。彼女が最近になってある男性と交際を始めたという内容だった。相手はバツイチで、しかも子供がいるという。

「小学校一年っていったかな。男の子。この前、初めて会ったんだって」

「彼女、その人と結婚する気なのかな」

「したいって。だからその子の機嫌をとるために、ゲームソフトをお土産に持っていったっていってた」

「大変だな」

「料理も作って、いいおかあさんになれるってところを見せつけてきたそうよ。ただ、その子はやっぱり前のおかあさんのことが気になるらしくて、御飯を食べている間も、彼に、つまり父親に、前のおかあさんのことを話すんだって」

小学校一年なら、園美と大して違わない。死別したのでないなら、やはり母親に戻ってきてほしいだろうなと想像した。

話の流れからいって、我々のケースに置き換えて相談する手もあった。君はどうなの、俺の娘とうまくやっていけると思うかい――。

しかしそんなことは口には出せなかった。先日、元町公園で離婚のことを持ち出しただけで、秋葉は泣いて抗議したのだ。軽々しく話題にはできない。

それに僕には切りださねばならない話題があった。釘宮真紀子と会ったことをまず話そうと決めていた。僕が彼女からどんな話を聞かされたか、頭のいい秋葉ならすぐに察するだろう。彼女が釘宮真紀子説を覆す話をしてくれることを僕は願っていた。

だが今夜の秋葉はやけに饒舌《じょうぜつ》で、しかも面白い話のネタをたくさん持っていた。おかげで中華料理を、一層おいしく食べることができた。久しぶりにデートを楽しんでいるという感じで、重苦しい話題を出すきっかけがなかなか見つからなかった。

食事の後、中華街を二人で散歩した。外国の民芸品を揃えている店があったので、冷やかすことにした。秋葉はレインスティックというものを手にした。竹で出来ていて、中に細かい砂でも入っているらしく、傾けるとザーと雨が降るような音がするのだ。

「インドネシアの森の中にいるみたい」そういって彼女は目を閉じ、竹筒を傾けた。「果物を採りに森に入ったわけ。そうするとにわか雨が降ってきて、あたしたちは大きな木の下に逃げ込んで、降り止むのをじっと待っているの」

「あたしたち？」

「あたしとあなたよ」秋葉は目を閉じたままでいった。

「傘は持ってないのかな」

「そんなもの必要ないの。だって、永久に降り続けるわけじゃない。雨はいつか止むもの。濡れたって平気」

「寒そうだな」

「寒くなんかない」彼女は目を開け、じっと僕を見つめた。「二人で手を握り合ってるんだから、全然寒くない。お互いの体温を感じながら雨が降り止むのを待つの」

「降り止まない雨はない……か」

「あなたも目を閉じて」

秋葉にいわれ、瞼《まぶた》を閉じた。森をイメージした。隣に秋葉がいる。

そして雨が降ってくる。細かい雨が二人の身体を濡らしていく。僕は手を伸ばし、指先を動かした。彼女の指に触れた。僕たちはしっかりと手を繋《つな》いだ。

23

瞬く間に時間は過ぎ去っていった。気づけば僕たちはラブホテルの一室で抱き合っていた。こういうところに秋葉と入ったのは初めてだった。

「ラブホテルに入ったのなんて何年ぶりだろう」僕はいった。

「本当？」

「本当だよ。嘘ついてどうするんだ」

「前は誰と入った？」彼女は悪戯《いたずら》っぽく僕の顔を覗き込んでくる。

「そりゃあ……その時に付き合っていた相手とだよ」

「奥さん？」

僕が黙っているので、肯定と受け取ったらしい。そうなんだ、といって彼女は上体を起こした。そのまますっとベッドを抜け出し、そばに放り出してあったバスタオルを身体に巻き付けた。その格好で有料の冷蔵庫を開け、「何か飲む?」と訊いてきた。コーラ、と僕は答えた。

「ていうことは」缶コーラのプルタブを開け、彼女はベッドの縁に腰掛けた。僕の腕に手を重ねた。「あたしの前には浮気をしたことがなかったということ?」

「もちろんそうさ。いわなかったかな」

ふうん、といって彼女はコーラを一口飲んだ。それから僕のほうに缶を差し出した。

「ねえ、どうして?」

「何が?」

「どうしてあたしとはする気になったの?」

僕はまず黙って缶を受け取り、コーラを喉《のど》に流し込んだ。その動作を、出来るだけゆっくりと行った。

「何というか、それはつまり、流れってやつだよ」

「何となく流されたっていうこと?」

「そうじゃなくて、俺にとっては自然な流れだったんだ。自分でもよくわからない。気持ちに正直に行動していたら、いつの間にかこうなっていた。そういうことってあるだろ」

「いけないことだとは思わなかった?」

「それは……もちろん思ったさ」

「でも、あなたは踏み切った。何があなたにそんなことをさせたのかな。慎重派のあなたを動かしたのかな」

「なあ、秋葉。一体どうしたんだ。今夜はちょっとおかしいぜ。なんでそんなことばっかり訊くんだよ」

彼女は僕にもたれかかってきて、僕の胸に頬を押しつけた。

「元町公園でのこと覚えてる？」

「……もちろん覚えてるよ」

「あの時はごめんなさい。取り乱しちゃって」

「それはいいんだけど」僕は身体を起こし、彼女から少し離れた。胸の上に頬を押し当てられている状態が落ち着かなかった。心臓の鼓動が乱れるのを気づかれそうだからだ。

「あれから一人で考えたの。やっぱりあなたの言葉がいつまでも頭から離れなかった。あなたとは今みたいな関係を続けるしかないって割り切ってたつもりなのに、あんなふうにいわれて、気持ちがすっかり揺らいじゃった」

「無神経だったよ。申し訳ないと思っている」僕は俯《うつむ》くしかなかった。

彼女はくすくす笑った。

「蒸し返して、改めて責めようっていうんじゃないんだから、そんなに情けない顔をしないでよ。改めて振り返ってみると、あなたは決してひどいことをいったわけじゃないのよね。たしかにあたしが辛うじて抑えていた気持ちを刺激したけど、悪気があったわけじゃない。あなたはあなたなりに二人の関係をどうすればいいか、必死で考えてくれたわけでしょう？　あたしは夢だと断言したけど、あなたは夢で終わらせないといってくれた。それを信じたっていいんじゃないかって思ったの」

「……というと？」

「あたし、待ってるよ」

えっ、と思わず声を漏らしてしまった。その僕の顔を彼女はじっと見つめてきた。

「そう簡単にはいかないだろうし、いつになるかわからないだろうけど、あたし、待つことにした。あなたの言葉を信じる。家庭を捨ててまであたしを選ぶといってくれた、あなたの言葉は嘘じゃないって思うことにしたの」

僕は再び返すべき言葉を見つけられなかった。予想もしていなかった発言だった。シーツの端を握りしめたまま、呆然《ぼうぜん》としてしまった。

「どうしたの？」秋葉が不思議そうに首を傾げた。「あたしのいったこと、何か変？」

「あ、いや」僕はあわててかぶりを振る。「変じゃないよ。ただ、前の時とあまりに様子が違うから、ちょっと戸惑った」

「だから、考えたんだって」秋葉は僕の手を握ってきた。「レインスティックよ」

「あれが何か？」

「いったでしょ。二人で手を繋いでいれば、どんなに冷たい雨が降ってきても全然寒くない。お互いの温もりがあれば、じっと雨が降り止むのを待てる。降り止まない雨はない。きっとこれから、いろいろな苦労が長雨みたいに降ってくるんだろうけど、あたしは耐えられる。あなたと一緒ならね」

中華街の民芸品店で、秋葉がなぜあんなに熱心にレインスティックを傾けていたのか、僕はようやく理解した。彼女は自分の決意を確認していたのだ。

「手を繋いでいてくれる？」秋葉が訊いてきた。彼女には珍しく、甘えるような目つきをしていた。だがその目の奥には、断崖《だんがい》絶壁を背にしているような必死の光が宿っていた。

否定などできるはずがない。僕は握った手を自分のほうに引き寄せた。彼女の身体は僕の胸に飛び込んできた。

「当たり前だろ」そういってしまっていた。

結局僕は事件のことには一度も触れないまま、秋葉と別れて帰路についた。帰りのタクシーの中では自問自答を何度も繰り返した。

俺は本当に秋葉を愛しているのか。

もし愛しているのなら、彼女のことを信じられるはずだ。

仮に彼女が十五年前に罪を犯していたのだとしても、愛しているのなら、一緒に罪を償うぐらいの覚悟を持つべきではないのか。時効を迎えられたとしても、彼女の傷は消えないはずだから、それを癒《いや》してやることも愛する者の務めではないのか。

いろいろな苦労が長雨みたいに降ってくるんだろうけど、あたしは耐えられる。あなたと一緒なら――秋葉の言葉が心に染みた。それによって感動しているのは事実だ。しかし心に染みた後でそれらの言葉が、僕の内側にある何かをちくちくと刺していることも否定できなかった。その何かとは、僕の狡《ずる》さだ。

24

会社に行くと、いきなりエレベータの中で秋葉と会った。ほかにも人がいたから、二人きりの時のように話すわけにはいかない。見つめ合うわけにもいかない。それでも僕は人の隙間からちらちらと様子を窺《うかが》ってみた。すると、ばっちり彼女と目の合う瞬間があった。ぱちぱちと彼女は瞬きした。先日の宣言を確認するような瞬きだった。

「もう今週の土曜日だよなあ。弱ったな。何にも用意してないんだ」僕の横にいた男性社員がいった。同僚にでも話しかけているらしい。

「光り物でも買っておけよ」相手の男が答えている。

「光り物って、貴金属のことか。だけど、今月はちょっと苦しいんだよな」

ホワイトデーのことだ、と僕は察した。その瞬間、またしても秋葉と目が合った。眼鏡の奥の目はかすかに笑っていた。彼女も今のやりとりを聞いていたのだろう。

あなたも何か考えてくれているの——そう尋ねているように見えた。

席についてからも、僕は何となく落ち着かない気分だった。秋葉の態度が、これまでとは微妙に違っているように感じたからだ。彼女はきっと様々なものを吹っ切ったのだ。

昼休みに入る少し前だった。僕に外線電話がかかってきた。電話に出てみると、「渡部さんですね。お久しぶりです」と相手はいった。年配の男性のようだった。

「ええと、あなたは……」

「お忘れだと思います。ナカニシです」

ナカニシ、と聞いて仲西という文字が浮かぶまで、数秒かかった。浮かんだ瞬間、あっと声を漏らしていた。

「仲西秋葉の父です。以前、うちの前でお会いしました」

息を吸い込んだまま、吐き出せないでいた。僕は振り返り、秋葉を見た。彼女はパソコンに向かって仕事をしていた。こちらを向く気配はない。

「もしもし」

「あ、はい。あの、もちろん覚えています。あの時はどうも、その、失礼しました」しどろもどろだ。

「突然、お電話して、申し訳ありません。今、よろしいですか。なんでしたら、後でかけ直しますが」

「いえ、大丈夫です」僕は口元を手で覆い、机に両肘《りょうひじ》をついた。「ええと、どういった御用件でしょうか」

「じつは、あなたと直に会ってお話ししたいことがありまして。いや、お尋ねしたいといったほうがいいかな。とにかく、どこかで会えませんか」

心臓がばくばくし始めた。女性と付き合っている男にとって、相手の父親と会うというのは、出来るなら避けたい状況の一つに違いない。ましてや僕の場合は不倫なのだ。

娘と付き合うのはやめてほしい、そんなふうにいわれるのかもしれなかった。

「わかりました。いつでも結構です。どちらにでも伺います」

「そうですか。じつをいいますとね、今、東京駅にいるんです。もし可能なら、昼休みにでもお会いできたらと思いまして。おたくの会社のそばまで行きますから。もちろん、難しいということでしたら、日を改めますが」

敵はこれから乗り込んでくるつもりらしい。不意をついたほうがこっちの本音を引き出しやすいと計算したのかな、などと考えてしまった。だとしても逃げるわけにはいかない。わかりました、と僕は答えた。

「箱崎にホテルがあります。そこのラウンジでどうでしょうか」

「箱崎ですね。結構です」

場所と時間を確認し、電話を切った。心臓の鼓動は幾分落ち着いていたが、体温は少し上昇しているような気がした。秋葉は相変わらず仕事中だ。彼女に話すべきかどうか少し考え、見合わせることに決めた。とにかく仲西氏の話を聞いてからだと思った。

昼休みになると会社を出て、タクシーでホテルに向かった。仲西氏が発するかもしれない様々な罵《ば》倒《とう》の台詞を想像し、それを聞いても気持ちがぐらつかないでいられるよう頭の中でシミュレーションを行った。ただ、電話でのやりとりを振り返ってみると、彼が激情に駆られて会いにきたというようには思えなかった。

待ち合わせの場所は、ホテルの一階にあるティーラウンジだった。僕が入っていくと、窓際の席にいた男性が立ち上がって会釈を寄越《よこ》してきた。広めの額、奇麗にとかした白髪、形のいい鼻《び》梁《りょう》に見覚えがあった。

「お忙しいところを申し訳ありません」穏やかな口調で彼はいった。

いいえ、といって僕は座った。ウェイターにコーヒーを頼んだ。

「照明のお仕事をされているそうですね」仲西氏は訊いてきた。

そうです、と僕がいうと、彼は頷いた。

「光を扱う仕事は夢があっていい。様々な演出が可能だし、光そのものは嵩張《かさば》らないし、何より清潔だ」

面白い表現だったので、僕は思わず頰を緩めた。大学の客員教授を務めているだけあって、さすがに口がうまい。

「横浜にも時々仕事でいらっしゃるそうですね」

秋葉から聞いたのだろう。僕は、ええ、と答えた。

「そのついでなのかな。いもうとの店に時々いらっしゃると聞きましたが」

いもうと、といわれてもぴんと来なかった。仲西氏の冷静そうな表情を見ているうちに、妹ではなく義妹のことだと気づいた。

「『蝶の巣』ですか。いや、それほど頻繁には行ってないんですけど」

「これからも暇な時には寄ってやってください。あまり流行《はや》ってなくて、義妹も内心は焦っているはずです。元々、水商売が得意というわけでもありませんからね」

「はあ……」

こんな話をするためにわざわざ呼び出したわけではないはずだ。いつ本題に入るつもりだろうと僕は身構えていた。

「釘宮真紀子さん」仲西氏がいった。「――と、お会いになったんですか」

その名前がいきなり出てくるとは思わなかったので、僕はうろたえた。予期しないところからパンチが飛んできたような気分だった。

「どうしてそれを……」

僕が訊くと彼は照れたような微苦笑を浮かべた。

「あそこのバーテンとは古い付き合いでね、先日、あなたが『蝶の巣』に行かれた時のことを教えてくれたんです。お客さんのことをほかの人間に話すのはルール違反なんですが、許してやってください。私たちのことを心配してのことなんです。決して、スパイというわけではありません」

釘宮真紀子と『蝶の巣』で会った時のことを思い出した。たしかにバーテンは僕たち二人のことを気にしていた。

「彼女と話をされましたか」彼は訊いてきた。微苦笑はすでに消え、その目は真剣そのものだった。

僕は迷った。しかし、話すなら今しかないと思った。話しました、と僕は答えた。

仲西氏は頷《うなず》いた。何らかの覚悟を決めたような表情になった。

「彼女があなたにどういう話をしたか、大体見当はつきます」

僕が黙っていると彼は続けた。

「渡部さん。あなたも理系ならわかるでしょう。物事は立体的に見なければならない。一方向からの情報だけでは、真の姿はわからない。釘宮真紀子さんの話はあなたにとって貴重な情報だったでしょう。しかしあくまでも一方向からのものだ。別の角度からの情報も必要です」

「というと……」

「私がそれを提供したい、ということです」

コーヒーを口に流し込んだ。思った以上に熱くてむせそうになったが、仲西氏に狼狽《ろうばい》を気づかれたくなくて懸命に堪《こら》えた。小さい咳をひとつしてから改めて彼を見つめた。

「別の角度からの情報というと、釘宮真紀子さんも摑《つか》んでいない事実があるということでしょうか」

仲西氏は小首を傾げるようなしぐさを見せた。

「そういう言い方も出来ますが、もっと正確にいうならば、彼女はある重大な点について誤解をしている、ということになるでしょうね」

「誤解……ですか」

「そう。思い込みがある、という言い方も可能です」

「どういうことでしょうか」

「釘宮真紀子さんは、例の事件について、かなり論理的に分析をされていたでしょう?」

質問の意図がよくわからなかったが、僕は頷いた。

「まあ……そうですね。話のすべてに納得したわけではありませんが」

「彼女は、動機についてはどのように説明しましたか」

仲西氏の問いに、僕は思わず口を半開きにした。

「動機、ですか」

「今もいいましたように、彼女があなたにどんな話をしたのかは察しがついています。例の事件は単なる強盗殺人事件ではなく顔見知りによる犯行、しかもかなり近い関係にある人間が犯人――そのように話したわけでしょう？」

　僕は頷くかわりにコーヒーを啜《すす》った。

「では彼女がいう人物が真犯人だったとして、その動機についてはどのように説明されましたか」

「それは……それについては詳しい説明はありませんでしたが」

　仲西氏は顎を引き、三白眼で僕を見つめてきた。

「訊かなかったのですか」

「敢《あ》えては訊かなかったです」

「その点についてあなたに疑問はなかったわけだ」

「いや、そういうわけではありませんが」

「ではなぜ訊かなかったのですか。非常に重要なことだと思いますが」

「どうしてかな……」僕は独り言のように呟《つぶや》いた。

　仲西氏は両手をテーブルに載せ、指を組んだ。

「母親を追い出し、父親を奪った女が憎かった――そんなふうに解釈されているのかな」

　こちらの心の中を見透かしたような言葉に、僕はうろたえた。

「いえ、そんなふうに考えているわけじゃあ……」

　彼は笑みを浮かべ、首を振った。

「ごまかさなくても結構です。警察は……いや少なくとも芦原刑事は、私が今いったようなことを動機として考えているようです。ああ、芦原刑事のことは知っていますね」

　確認され、ええまあ、と僕は答えた。何もかも筒抜けらしい。

「芦原刑事は私の妻が自殺したことにもこだわっているらしい。それが引き金になって、傷ついた娘の憎しみに火がつき、父親の恋人を刺した。そういうストーリーを作っているようです。あなたも同様の話を聞かされたかもしれませんが」

「そこまで詳しくは……」

「そうですか。あの刑事も、単なる想像を吹聴《ふいちょう》してはいないわけだ。渡部さん、今さらとぼけたところで無駄ですから正直にお話ししますが、私と本条君との間には、たしかに単なるビジネスパートナー以上の関係がありました。私と妻との離婚について、必ずしも納得はしていなかったはずの秋葉が、それについて何も感じなかったと考えるのは現実的ではない。しかしね、渡部さん。秋葉は軽率な子ではない。いくら釈然としないからといって、筋違いの相手に憎悪を抱くようなことはない」

「筋違い、というと？」

　仲西氏は、すっと息を吸った。同時に分厚い胸板が数センチ動いた。

「おそらくあなたも誤解しておられると思うので、敢えていっておきます。私が秋葉の母親と離婚したことに、本条麗子さんは何ら関係していない。私と彼女が特別な関係になったのは、妻と別居してからのことです」

　この話に、僕は目をぱちくりさせた。彼がいうように、僕は離婚の原因は本条麗子なのだろうと思い込んでいた。

「それ、本当ですか」失礼とは思いつつ、確認した。

彼はしっかりと首を縦に動かした。

「誓って本当です。我々が別居し、離婚したのは、全く別の理由からだし、双方とも納得していた。円満な別れだったとさえいえる。その証拠が義妹です。もし我々夫婦が険悪な別れ方をしていたなら、義妹が私の家で働いたりするはずがないでしょう？」

「あ……」

たしかにその通りだ、と僕は思った。

「わかりますね。私が本条君と深い関係になった時、離婚届こそ出していないが、我々の夫婦関係は破綻した後だったのです。したがって秋葉が殺したいほど本条君を憎むというのは、どう考えてもおかしい。筋違いといったのは、そういうことです」

「たしかにそれなら筋違い……ですね」

「私の知るかぎり、秋葉は何とか新しい人間関係に慣れようとしていました。本条君とも、うまくやっていこうと努力しているように感じました。あの子の父親として断言できます」

「でも、それならなぜおかあさんは自殺されたんでしょうか。円満な別れ方をしたのなら、正式な離婚が自殺のきっかけになることもないと思うのですが」

僕がいうと仲西氏は不意をつかれたように少し身を引き、顔を横に向けた。彼が初めて見せる狼狽といえた。

「おっしゃるとおりです。離婚と自殺とは、本質的に関係がない。ええと、妻が鬱《うつ》病にかかっていたことは……」

「秋葉さんから聞きました」

彼は頷いた。

「私と同様に、妻も結婚生活に負担を感じているようでした。彼女の場合、病気の影響が大きかったかもしれません。これは誰にもいってないことですが、別れることを提案してきたのは、じつは彼女のほうなんです。妻や母としての義務を果たすのが苦痛だ、という理由でした。私に鬱病に関する知識がもう少しあったなら、別の選択肢を取ったかもしれないが、その時の私はそうではなかった。別れたほうがお互いのためだという気になったのです。しかし別居後、どうやら症状は悪化したようです。その結果が自殺なのです。もちろん、正式に離婚届を提出したことが全く影響しなかったとはいいません。しかし、本質的に繋がっているわけではないのです」

「でも芦原刑事や釘宮真紀子さんは、奥さんの自殺を事件と結びつけようとしているようでしたが」

仲西氏は首を振り、さらには掌《てのひら》までひらひらと動かした。

「だからそれは絶対に話が合わないのです。もちろん秋葉は母親の死にショックを受けたでしょう。我々が別居した後も、一人で会いに行っていたぐらいですからね。しかし何度もいいますが、秋葉が本条君を恨んでいたということはありえないんです」

「そのことを警察には話したんですか」

「もちろん、本条君と付き合い始めた時期については説明してあります。しかし彼等は信用しようとしない。私の不倫が離婚の原因だと決めつけたがっています。そうすれば、内部犯行のシナリオを書けますからね。あの事件は間もなく時効を迎えますが、警察が内部犯行説にこだわったことが、犯人を捕まえられなかった最大の原因だと私は思っています」

僕は黙り込んだ。たしかに彼の情報は、これまで僕が事件に対して抱いていたイメージを大きく変えた。いや、変えたというより、まるでわけのわからないものにしてしまったというべきか。

「ほかに何かお訊きになりたいことは？」彼が僕の顔を覗き込んできた。

「とりあえず今は何も浮かびません。少し時間がほしいです」

仲西氏は頷き、スーツのポケットから名刺入れを出してきた。その中の一枚をテーブルに置いた。

「何かあればそこに連絡をください。可能なかぎり駆けつけます」

経営コンサルタントの肩書きが入った名刺を僕は手に取った。ほかに何種類の名刺を持っているんだろうと無関係な疑問が頭に浮かんだ。

「こちらから、ひとつだけ質問してもいいですか」仲西氏がいった。

「何ですか」

彼は逡巡《しゅんじゅん》するように瞬きした後、口を開いた。

「あなたは今後、秋葉との仲をどうするつもりですか」

頭から水をかけられたように全身の神経が目を覚ました。そのくせ頭の中は発熱し、思考は大混乱を始めた。

「やっぱり遊びですか」

「いえ、そんな、遊びだなんてことは」僕は首を振った。「それはないです。真剣に将来のことを考えています」

「将来？」

「何とか二人でやっていけないかと思って、いろいろと考えているところです。そのことは彼女にも伝えました」

仲西氏の顔に当惑の色が浮かんだ。「それで秋葉は何と？」

「僕を信じて、待っていてくれるそうです」

「あの子がそういったのですか」

「そうです」

へえ、と彼は意外そうに漏らした。それから明らかに作り笑いとわかる表情を見せた。

「あの子も三十歳を過ぎましたからね、親があれこれ口出しするのも変な話だ。このへんにしておきましょう。お時間をとらせて申し訳ありませんでした」

彼はテーブルの伝票を取り、立ち上がった。僕はあわてて財布を出したが、彼はもうレジカウンターの前に立っていた。

25

秋葉からメールが届いたのは、仲西氏と会った二日後のことだった。

『土曜日のことで話があります。今夜、時間ある？』

僕はすぐに打ち返した。

『じゃあ、六時半に水天宮の本屋で。』
発信を終えてから、懐かしい気分になった。その本屋は僕たちが初めて待ち合わせをした場所だったからだ。間もなく、『わかりました。あの店ね。』という返信が送られてきた。僕は秋葉のほうを見た。彼女はぱちぱちと瞬きした。

幸い急な残業が入ることもなかったので、定時になると僕はそそくさと会社を後にした。ぐずぐずしていて、誰かに捕まったら厄介だ。

本屋に着くと、雑誌売り場で立ち読みをしている秋葉の姿が目に入った。こちらから声をかける前に彼女は顔を上げ、にっこりと笑った。

「俺のほうが先だと思ったのに」

「仕事は早めに切り上げて、トイレで化粧を直しながらチャイムが鳴るのを待ってたの」秋葉は舌をぺろりと覗かせた。

「仕事は忙しくないのかい?」

「今はそれほどね。もうすぐ終わりだから、上の人たちも、時間のかかる仕事をあたしに回してはこないの」

「終わりって?」

「契約期間。今月いっぱいでしょ」

「……そうか」

もうそんな時期なんだなと改めて思った。この半年間は、あまりにスピーディだった。

本屋の二階にある喫茶店に入った。秋葉がビールを飲みたいといいだしたので、僕も付き合うことにした。

「君が無事に勤め上げたら、その時には改めて乾杯しよう」そういって僕は彼女とグラスを合わせた。

「うん。でもその前に今週末のことなんだけど」秋葉はちょっといいにくそうにきりだしてきた。

僕はグラスを置き、頷いた。

「ホワイトデーのことは、俺も気にしているんだ。何とか楽しい思い出にしたいと思っている」

秋葉のことだから、無理はしないでほしい、というに違いないと思った。クリスマスイブ、正月、バレンタインデー、様々な思い出が蘇《よみがえ》る。いつだって彼女は僕が苦しくならないように配慮してくれた。

ところが次に秋葉が発した台詞は、そんな僕の予想に反したものだった。

「あたしも、出来ればあなたと二人で過ごしたい。それで、さっきメールしたの。どうするつもりなのかなと思って」

この言葉に僕の反応は少し遅れた。グラスを持ったままでフリーズした。

「どうしたの？」秋葉が怪訝《けげん》そうな目を向けてきた。

「いや、あの、俺も何とかしたいと思っている。だけど、本当に申し訳ないんだけど、仕事とかいろいろとあって、じつはまだ何も考えていなかった。店も予約してないし……」

秋葉は首を振った。

「いつもあなたは精一杯のことをしてくれた。イブの日だって、バレンタインデーだって。あたし、一生忘れないと思うもの。だからね、今回はあたしが準備しようと思って」

「君が？　どんなふうに？」

「大したことじゃないんだけど、ホテルを予約しておいた」

「ホテルって、どこの？」

「横浜の——」

彼女が口にしたのは、有名なクラシックホテルだった。そこに入っているバーがさらに有名で、大物アーティストの歌にも登場する。不倫をテーマにした歌だ。

「そんなホテル、よく取れたね。しかもホワイトデーに」

「少しだけ苦労した。でもがんばれば何とかなるものよ」

「君がそんなことをしてくれるなんて、全く予想していなかった」

「たまにはいいでしょ」秋葉は上目遣いに、じっとこちらを見つめて続けた。「土曜日、大丈夫？」

もちろん、と僕は笑って答えた。自信満々といった響きを込めていた。そのくせ胸に、若干の焦燥感が押し寄せている。

自分は本当にずるくて弱い男だなと思う。ホワイトデーは秋葉と過ごそうと決めていたし、そのためには多少危険なこともしなければならないと覚悟していたはずなのだ。それなのに秋葉のほうからこういう具合に提案されると、何となく尻込みしている。

イブにしてもバレンタインデーにしても、秋葉は二人で会うことを諦めてくれていた。いわば僕にとっては、「だめで元々」の気楽な状態だった。だからこそ、秘密のデートを実現させられたともいえる。だが今回は「だめで元々」ではない。そのことが僕を焦らせていた。

「何を考えてるの？　家のこと？」秋葉が訊いてきた。

「いや、プレゼントのことだよ。まだ用意してないからさ」

「プレゼントなんていらない。あなたと一緒にいられればそれでいい」

飾り気のない言葉に、彼女の並々ならぬ決意を見たような気がした。同時に、少し後ずさる気持ちが自分の中にあることに、僕は気づき始めていた。

「昨夜、父から電話があったの」秋葉がいった。

僕はどきりとして、彼女を見返した。「お父さんから？」

「会ったんでしょ、先日。どうしていってくれなかったの？」

「どうしてって……それは、何となくいいにくくってさ」

彼女のほうからこんなふうにきりだしてくるとは思わなかった。僕はうろたえていた。

「いってくれたそうね、父に。あたしとの将来のことを考えてるって」

「あ、それは、まあね」

「うれしかった」秋葉は俯いた後、妖艶《ようえん》に光る目をちらりとこちらに向けてきた。

「お父さんは君に何て？」

彼女はかぶりを振った。

「別になんとも。父があたしのすることに口出しすることなんて絶対にないの」

「ふうん……」

そんな父親っているだろうかと思った。娘が不倫しているというのに――。

「お父さんとはほかにどんな話を？」僕は訊いてみた。

「それだけよ。ほんの短い父娘の会話だった。どうして？」

迷った末に、僕は口を開いた。

「秋葉、釘宮真紀子さんって知ってる？」

柔和だった彼女の顔つきが、途端に険しくなった。目元の陰影が濃くなっている。

「本条麗子さんの妹さんでしょ。あなた、どうして知ってるの？」

「以前、一人で『蝶の巣』に行った時、たまたま知り合ったんだ。で、いろいろな話を聞かされた。はっきりいって、愉快な話ではなかった」

そう、と秋葉は呟いた。無表情だった。話の内容については見当がついているようだ。

「お父さんはそのことを知って、俺のところに来られたんだよ。説明したいことがあるといってね」

「説明って？」

「釘宮真紀子さんや芦原刑事の疑惑は的はずれだという説明だよ。お父さんによれば、彼等が真犯人だと考えている人物には、本条麗子さんを殺害する動機が存在しないらしい。なぜなら、彼が本条麗子さんと特別な関係になったのは奥さんと別居した後であり、本条さんのことが離婚の原因ではないから、ということだった」

「お父さんがそんなことをあなたに……」秋葉はグラスに残ったビールに目を落とした。

「君は以前、俺にこんな話をしてくれた。警察は動機のある二人の人間を疑っている、その動機というのは愛する人を失った恨みを晴らすため――覚えてる？」

「いや、いい」僕は下を向いた。

「おかわり、頼む？」

気まずくなってビールを飲もうとしたが、すでにグラスは空だった。

今度こそ本当に行き詰まってしまった。彼女のいう通りだった。彼女を信じているなら、動機の有無など無意味なことだ。

「だったら、どうしてそんなことを訊くの？　動機があろうとなかろうと、あなたには関係ないんじゃないの？」

「そうじゃない。俺は別に君のことを疑ってるわけじゃない」

「もし動機がなければ安心するし、あるようならあたしのことを疑うってこと？」

「それは……」返す言葉に窮した。

「あたしに本条麗子さんを殺す動機があったかどうか、どうして知りたいわけ？」

「どうするって……」

「それを知ってどうするの？」

秋葉は残っていたビールを飲み干し、頬杖をついて僕を見た。何か珍しいものでも見るような目つきだった。

「ねえ、俺は君に訊いてるんだ」

「さあ、どっちだろうね」

「お父さんの話とは矛盾することになる。どっちが本当なんだろう」

「元町公園で、ね」秋葉は意味ありげに微笑んだ。「覚えてるよ、もちろん」

「ひとつだけ、いっておくね」秋葉がいった。「本条麗子さんが父の恋人になったのは、両親が別居した後よ。それはたしか」

僕は顔を上げた。

「お父さんにも、そう説明された」

秋葉は頷いた。

「父のいっていることは本当よ。あたしも保証する。両親の夫婦関係が壊れた時点では、父と本条さんの間に特別な関係はなかった。単なる雇い主と秘書に過ぎなかった」

彼女の話を聞きながら、なぜこれほどまでに断言できるのだろうと僕は考えていた。二人の間のことは二人にしかわからないのではないか。しかしその疑問を口には出せなかった。

「君はどう思ってるんだ、事件のこと」僕はおそるおそるいってみた。「犯人は誰だと思ってるんだ。やっぱり、強盗殺人だと思うのか」

秋葉は首を傾げ、髪をかきあげた。

「あたしにはわからない。あなた、釘宮真紀子さんと話をしたんでしょ。だったら、その可能性が低いということも聞いたんじゃないの」

「彼女の話の中でも、その部分には大いに説得力があった」

「あなた、論理的な話には弱いものねえ。あたしは、何もかも論理で説明できるのなら、この世はもっと味気ないと思ってしまうのだけど。まあ、でもとにかくあと二週間とちょっと。それで全部終わる」

「君は以前、三月三十一日になれば、いろいろと話せると思うといった。それは変わりないのかな」

彼女は少し迷うような顔になり、うん、といった。

「じゃあ、それまでは俺も何も考えないようにしよう」これは自分自身に向けていった言葉でもあった。「ほかに考えなきゃいけないことはたくさんあるし」

「ホワイトデーのこととか？」

「まあね」

「土曜日、晴れるといいな」秋葉はいった。「あの日も天気だけはよかった」

「あの日？」

「十五年前の三月三十一日よ。よく晴れてて、あたしは窓を開け、クラリネットを吹いてた。クラリネットなんて、吹かなきゃよかったんだけど」

「どうして？」

僕が訊くと、秋葉はふと我に返ったような顔をした。

「そのことも、いずれ話すことになると思う。とにかく、今は土曜日のことだけ考えてちょうだい。それから、ひとつだけ断っておくね。あたし、もう気を遣わないから」

「何を？」

「あなたの家庭のこと。それはあなたが何とかして。あたしはあなたを自分のものだと思うことにしたから」

26

ワサビを醬油《しょうゆ》にといていた新谷の顔が曇った。眉をひそめ、僕の顔をまじまじと見た。

「おまえ、それ、本気か。マジでいってんの？」

「マジなんだ。だから困ってるんじゃないか」

おいおいおい、といって新谷は生ビールをぐびりと飲んだ。口元を手の甲で拭《ふ》いた後、拳《こぶし》でテーブルをどんどん叩いた。

「なあ渡部、俺は前にいったよな。あのクリスマスイブの後だ。こんなアクロバットはもうごめんだといったはずだ」

「わかっている」

「それだけじゃない。正月もバレンタインデーも諦《あきら》めろと忠告した。不倫というのはそういうものだといった。忘れてないよな」

「状況が変わったんだ」

「どんなふうに？」

新谷に問われ、僕は言葉に詰まった。今の事情を説明するのは容易なことではなかった。

「不倫だからいけないんだろ。そうでないならいいんだろ」僕は考えた末にそういった。

新谷は唇を尖《とが》らせた。

「どういう意味だ。わかんねえよ。彼女と別れるってことか」

「その彼女というのが恋人のことなら、残念ながらそうじゃない」

僕の答えに新谷は顔をしかめて首を捻《ひね》ったが、間もなく大きく目を見開いた。

「おまえ、まさか、奥さんと……」

「そうなんだ」僕は彼の目を見て頷《うなず》いた。

「だめだって、それは」新谷は何かを振り払うように左手を振った。「それだけはだめだ。おまえ、俺の忠告をちっとも覚えてねえんだな。不倫してるのは仕方ないけど、そこから先のことは考えちゃだめだといっただろ。赤い糸なんてものが存在しないってこともいったよな。何がきっかけでそんなふうにのぼせあがったのかは知らないが、離婚は考えるな。思い留《とど》まれ」

口からビールの泡を吹き飛ばしそうな勢いで語る彼を、僕は冷静な気分で見つめた。そうすることで、僕自身が自分を見失っていないことを確認したかった。

「奥さんと離婚して、不倫相手だった女性と再婚して幸せになっている男だっているだろう？」

「そんなのは例外だ」新谷は即座にいった。「そもそもおまえは考え違いをしている。離婚なんて、そう簡単には出来ない。おまえにほかに好きな女が出来たからって、はいそうですかと奥さんが判子を押してくれるわけじゃないんだ。それとも何か？　奥さんは離婚を承諾してるとでもいうのか」

「いや、まだ何も話してない」

「じゃあ、おまえに愛人がいることがばれてるのか？」

「どうかな。たぶんばれてないと思う」

僕の答えに、新谷は安堵《あんど》したように頷いた。

「そうであることを祈るよ。いいか、渡部。女房ってのは、命がけで今の生活を守ろうとするものなんだ。生活が安定しているなら必ずそうだ。旦那の都合だけでそれを捨てなきゃならないなんてことに納得するはずがない。ドロドロの揉《も》め事があって、それが延々と続いて、結局みんなが不幸になる。挙げ句の果てが、離婚も出来ず、かといって円満な家庭を取り返すことも出来ず、ただ辛《つら》いだけの毎日を送ることになるんだ。悪いことはいわない。考え直せ」

同様の経験があるんだろうか、と新谷の熱い台詞《せりふ》を聞きながら僕は思った。

「そんな嫌な毎日を送るより、あっさりと離婚したほうがましだと女房は考えないかな」

「そうは考えない。おまえは妻というものがわかってないよ。連中が離婚を承諾しないのは、生活の安定を失いたくないからだけじゃない。旦那だけが幸せになるのが許せないからなんだ。それを阻止するためには、少々気詰まりな生活ぐらいは我慢できると思ってるんだ」

一気にまくしたてた新谷は、その勢いのままビールを飲み、ジョッキを空にした。生ビールおかわり、と店員に叫んだ。

僕はお新香を口に運び、ちびりちびりとビールを舐《な》めた。彼のいっていることはよくわかる。有美子がすんなりと離婚してくれるとは僕も思っていない。もしかするととてつもなく長い修羅場が待っているのかもしれない。だが目指すべき道が見えないまま秋葉と付き合い続けることが、耐えられないほど辛くなっていた。彼女を苦しめていることが苦痛なのだ。それならば自分自身も辛い道を選んだほうがいいように思えるのだ。

おかわりの生ビールが運ばれてくると、新谷は飲む前にジョッキを額に押し当てた。頭を冷やしているようだ。

「それで、どういうことなんだ」

「何が？」

「ホワイトデーだよ。おまえは離婚する気なんだろ。愛人がいることも白状するつもりなんだろ。それなのに俺にアリバイ工作を頼んでいる。矛盾してないか」

「女房に話すのはもう少し後にしようと思ってる。でもホワイトデーに彼女と会うことは約束済みだから、家を出る口実がほしいんだ。はっきりいうと、少しぐらい不自然で、怪しまれたっていいと思っている。クリスマスイブの時とは違うんだ。だから、あの時みたいな凝ったことはしてもらわなくていい」

新谷はあきれたような顔で前髪をかきあげた。生え際のあたりが少し薄くなりかけているのを僕は発見した。

「おまえが離婚する気だっていうこと、彼女には話したのか」

僕は頷いた。「話した」

「喜んでたか」

「最初は戸惑ってた。そんなことは考えないでくれとかいったこともある。でも今は喜んでいる」

「だろうな。女ってのはそうなんだ。おまえは彼女の心の封印を解いちまったんだ。覚悟しとけよ。ここから先、彼女は図々《ずうずう》しくなる。今まではおまえが女房の許《もと》に帰るのを耐えていたけど、そのうちに嫌だとごねだすぞ」

「まさか」

「そういうものなんだよ。でも、今のおまえにいっても無駄かもな。その時になって初めて思い知るものだからな。誰だってそうだ」彼の口調は、さっきとはうってかわって落ち着いたものになっていた。何かを諦めたような気配があった。彼は僕を見て続けた。「それで？　ホワイトデーは何時から約束しているんだ？」

27

三月十四日なんて、所帯持ちにとっては特別な日でも何でもない。僕はいつもの土曜日と同様に昼近くになってから起き出し、一人だけでトーストとコーヒーだけの簡単なブランチを食べた。有美子は園美を連れ、幼稚園の母親仲間とティータイムを楽しんでいるに違いない。それが彼女たちのスタンダードな土曜日の過ごし方だ。

二人が帰ってきたのは午後三時過ぎだ。その時僕はリビングでテレビを見ていた。ケーキを買ってきたから食べないかと有美子にいわれたが、今はいらないと断った。

その約一時間後、テーブルの上に置いてあった僕のケータイが鳴った。新谷からだった。

「今日のデートに変更は？」彼は訊いた。

「いや、特にない」

「じゃあ、予定通りにやる。おまえは今夜、俺たちと飲み会だ。それでいいな」

悪いな、と小声でいった時、今度は家の固定電話のほうが鳴りだした。

「家の電話が鳴ってるだろ」新谷がいった。「古崎がかけてるんだ。今、俺の横にいる」

僕は驚いて有美子を見た。彼女が電話に出ていた。

「俺たちは今夜、新宿で本当に飲み会をやる。朝帰り必至の長期戦だ。それなら彼女とお泊まりだって出来るだろ。そのかわり、俺たちはおまえのことを肴《さかな》にして騒ぐ。それぐらいは我慢しろ」

「わかった、すまん」

「本当にもう、これっきりだからな」そういって新谷は電話を切った。

有美子が近づいてきて、子機を差し出した。

「古崎さんから電話があったわよ。あなたのケータイが話し中だったからって」

「新谷と話してたところだ。今夜、飲みに行こうってさ。古崎もその件だろ」

「ふうん」有美子は興味なさそうに子機をテーブルに置くと、キッチンに戻っていった。

僕は子機の着信履歴を出し、そのまま発信した。すぐに古崎が出た。

「新谷からおかしなことを頼まれて、さっき電話をかけた」彼はいった。淡々とした口調なのは相変わらずだ。「今夜、みんなで飲むことになった。でもおまえは来ない。来ないけど、来たことにする。そういうことでいいんだな」

「そういうことで、よろしく頼む」有美子を意識し、ちょっと小声でいった。

ふうん、と古崎はいった。

「詳しいことは知らんが、歳をくうといろいろとあるもんだ。まっ、健闘を祈るよ」

ごめん、といって僕は電話を切った。有美子は洗い物をしている。会話に耳をそばだてていたかどうかは不明だった。

午後六時過ぎになると僕は支度を始めた。さほど洒落《しゃれ》た格好をしたつもりじゃなかったが、「あら、今夜はきちんとした服を着ていくのね」と有美子に指摘された。

「そうかな」

「だって、あの人たちと会う時は、いつもひどい格好してるわよ」

「新谷の知り合いがやってる店に行くんだ。あまりひどい格好だと失礼だろ」咄嗟《とっさ》にそうごまかした。

「ふうん。それにしても、あの人たちっていい人よね。何年経っても友情を大切にしてくれるんだから」

腕組みをしてそういった有美子の顔を僕は見た。

「どうして急にそんなことをいうんだ」

「理由なんかない。そう感じただけ。おかしい？」彼女が上目遣いに見返してくる。

いや別に、といって僕は目をそらした。

マンションを出るとタクシーを拾い、一旦会社に寄ってから、再びタクシーに乗って東京駅に向かった。会社に寄ったのは、秋葉へのプレゼントをロッカーに置いていたからだ。

もうすぐ秋葉に会えるという思いに胸を躍らせると同時に、有美子の態度が引っかかっていた。こちらに後ろめたいものがあるせいかもしれないが、彼女が何かに感付いているように思えてならなかった。

それはそれで仕方がないと思いつつ、やはり不安だった。依然として僕の中にある弱さと狡《ずる》さは、人生の大きな分岐点をなるべく先送りにしたがっているのだ。

東京駅から電車に乗り、横浜で降りた。駅のそばにある喫茶店を兼ねたケーキ屋が待ち合わせ場所だった。

秋葉は入り口に近い席で文庫本を読んでいた。テーブルにはアイスティーが載っていた。

こんばんは、といって僕は向かいの席についた。彼女はにっこり笑って文庫本を閉じた。

「やっぱりカップルが多いね」

彼女にいわれ、周囲を見た。たしかにほかのテーブルもカップルで占められていた。

「よかった。あたしもあなたと過ごせることになって。一人きりだと寂しいもの」

秋葉の態度は、イブやバレンタインデーの時と明らかに違っていた。あの頃はここまで率直な物言いはしなかった。

俺もうれしいよ、と僕はいった。

店を出ると、彼女は腕をからめてきた。こんなことも今まではなかった。

「恥ずかしい？」

「いや、そうでもないけど」

「こんなふうにして歩くのが夢だったの」彼女は僕の腕にぎゅっとしがみついてきた。

タクシーに乗り、山下公園に向かった。秋葉が予約したクラシックホテルはそこにあるのだ。明治時代の洋館を思わせるホテルに着くと、先にチェックインを済ませた。しかし部屋には入らず、そのまま館内にあるフレンチレストランに向かった。港の夜景を見渡せる、広々とした店だ。

シャンパンでの乾杯を皮切りに、僕たちは食事を楽しみながら白と赤のワインを一本ずつ空け、グランドピアノによる演奏に耳を傾けた。デザートが出される直前、僕は上着のポケットに忍ばせてあったプレゼントを取り出した。

アルファベットの『a』をデザインしたプラチナのペンダントだ。秋葉は目を輝かせ、早速首につけた。ブラウスの胸元で、『a』の文字がきらきらと光った。

「会社につけていってもいい？」彼女は悪戯《いたずら》っぽい顔で訊いた。

「それは構わないけど、見せびらかすほど高価なものじゃないぜ」

「そんなことはどうでもいいの。あなたにもらったものを堂々と身につけておきたいだけ。自己満足したいのよ」

その後も彼女はペンダントをつけたままだった。時折指先で触るしぐさが、どことなく誇らしげに見えた。

食事の後、このホテルの名物でもあるバーに誘ってみた。しかし秋葉は首を傾げた。

「飲むんなら、『蝶の巣』に行きたいな。だめ？」

「いや、だめってことはないけど」

「じゃあ、そうしようよ。そのほうが落ち着くし」彼女はまたしても腕をからませてくる。

ホテルを出て、中華街に向かって歩きだした。最初に『蝶の巣』に行った時も、この山下公園から歩いたのだ。東白楽での殺人事件について、初めて詳しく聞かされた夜のことだった。そのことを口にすべきかどうか迷い、結局触れずにいることにした。

マダム・カラフルこと浜崎妙子は、珍しくカウンターの内側で洗い物をしていた。僕たちの姿を見て、彼女は一瞬動きを止め、驚きの表情を浮かべた。しかしその口元に笑みが蘇《よみがえ》るのに時間はかからなかった。

「これはこれはお揃いで。ああそうか、ホワイトデーだものね」

「これ、貰《もら》っちゃった」秋葉はカウンターのスツールに腰掛けながら、ペンダントをつまみあげた。

「よかったじゃない」マダム・カラフルは、僕のほうを見て小さく頷いた。

秋葉は、いつものやつを、といって白髪頭のバーテンにカクテルを注文した。僕はジントニックにした。

比較的速いピッチでカクテルの一杯目を飲み終えた後、秋葉がマダムにいった。

「あと二週間ちょっとね」

マダムは戸惑ったような顔をしている。すると秋葉はさらにいった。

「時効成立までよ。誰かが待ち望んでいる時効成立。重い荷物を下ろせる時効成立の日」

ほかに客がいなくて幸いだった。もしいたなら、カウンターにいる人間たちが凍り付くのを見て、気味悪がったに違いない。

秋葉は二杯目のカクテルも、早々に飲み干した。

「犯人は一体どこにいるのかしらね。今、何をしてるのかな。あんなひどいことをしておいて、どこかで幸せに暮らしてるのかな」

「秋葉、どうしたんだよ」

彼女はこちらを向き、顔の筋肉をすべて緩めたような笑みを作った。

「でもあたしはいいの。どうでもいいの。だって、あたしは幸せだから。愛する人と結ばれることになったんだから」僕の首に抱きついてきた。

「参ったな」僕はマダムとバーテンに苦笑をふりまいた。「酔っ払っちゃったみたいだ」

「そのようね」

「連れて帰ります。お勘定を」

「酔ってないよ、あたしは」秋葉が顔を上げた。「まだ飲むんだから、勝手に決めないで」

「でも――」

僕が口を開きかけた時、新たな客が入ってきた。同時に、マダムが息を呑む気配があった。僕は客のほうを見て、あっと小さく声を漏らした。釘宮真紀子が硬い顔つきで近づいてくるところだった。

「お久しぶりね、浜崎さん」そういって釘宮真紀子は三つ隣のスツールに腰掛け、僕のほうに会釈してきた。「先日はどうも」

こちらこそ、と僕は応じた。内心は混乱していた。こんな夜に、どうしてこの状況で彼女と会わねばならないのだ。

秋葉が僕から身体を離し、くるりと釘宮真紀子のほうを向いた。

「こんばんは、釘宮さん」

「こんばんは」

「残念ね。あともう十七日よ。それで時効成立。もうおしまい」秋葉は挑発するようにいった。

「法律が決めた時効なんて、私には関係ないわ。真相がわかるまで、私は絶対に諦めないから」

毅然《きぜん》とした口調で釘宮真紀子はいい、バーテンに黒ビールを注文した。

秋葉はスツールから降り、釘宮真紀子に近づいた。少しふらついている。僕はあわてて彼女の身体を支えた。

「秋葉、もう帰ろう」

肩に置いた僕の手を、秋葉は払った。

「釘宮さん。あなたにいいことを教えてあげる。警察も知らないことよ。十五年間、秘密にされてきたこと」

「興味あるわね」釘宮真紀子がグラスを手に振り向いた。「何に関することかしら」

「単純なこと。戸締まりに関すること」

「戸締まり？」

「死体が見つかった時、ガラス戸のひとつが開いていた。だから犯人はそこから逃走したって思われたんだけど、実際はそうじゃない。そんなことありえない」

「どうしてかしら？」

「だって」秋葉は全員の顔を見回してから続けた。「本当は、ガラス戸には全部鍵がかかってたんだもの。内側から全部。だから誰も外からは開けられないし、誰も外へは出られなかった」

そして彼女はゼンマイの切れた人形のように、僕のほうに倒れてきた。

酔いつぶれた秋葉の身体は思ったよりも重たかった。僕は彼女を長椅子に寝かせた後、上からコートをかけてやった。

「どういうこと？」釘宮真紀子が訊いてきた。

僕は立ったままで振り返った。「何がですか」

「今の話よ。ガラス戸には全部鍵がかかってたって」

僕はかぶりを振った。

「どういうことか、さっぱりわかりません。彼女があんなことをいいだすなんて、全く予想していなかった」

釘宮真紀子はカウンターの中にいるマダムに目を向けた。

「あなたは？　彼女の話について、何か知ってるんでしょ」

マダム・カラフルはグラスにウーロン茶を注ぎ、飲み始めた。ゆったりとした動作だが、その指先はかすかに震えているように僕には見えた。

「私だって何も知りませんよ。酔った勢いで、いい加減なことをいっただけだと思いますから、気にする必要はないと思いますけど」

「気にするな？　あんな重要なことを？　酔った時ほど、人間は本音を語るものじゃないかしら」

さあねえ、とマダムはウーロン茶のグラスを持ったまま、横を向いた。

「じゃあ訊きますけど、今、彼女がいったことは事実なの？　あの日、あなたが姉の死体を見つけた時、部屋の戸締まりはどうなっていたの？」

「それについては何度も話しましたよ。警察にも、あなたにも」

「もう一度、お願いします」

マダムは吐息をつき、グラスをカウンターに置いた。

「リビングルームの、庭に面したガラス戸のひとつは、鍵がかかっていませんでした。それが事実です」

「神に誓って？」釘宮真紀子が念を押す。「神に誓って」

ええ、とマダムは顎を引いた。

釘宮真紀子はスツールから降り、つかつかと歩きだした。彼女が秋葉に近づいていくのを見て、僕はあわてた。

「何をする気です」僕は彼女の前に立ちはだかった。

「決まってるでしょ。さっきの話の続きを訊くのよ」

「彼女は眠っています。酔っ払ってるから、叩き起こしたって無駄です。きちんとした受け答えなんて出来るわけがない」

「起こしてみないとわからないじゃないの」

「今、何かを無理に聞き出したって意味ないでしょ？　酔っ払いのいうことです。どうせ、もう一度素面《しらふ》の彼女に問い直す必要がある。それなら、その時まで待ったって同じことじゃないんですか」

釘宮真紀子は僕のことを睨《にら》みつけてきた。納得した様子ではなかった。しかし彼女は唇を嚙《か》み、ゆっくりと頷いた。

「わかった。あなたのいう通り、今ここで焦る必要はないのかもしれない。それに、彼女がいったことは本当だと思うから」

「酔っ払いは本音を語るものだからですか」

「それもあるけど、彼女が今夜ここに来た理由はそれだと思うから。あの話を私に聞かせるために、わざとこの店にやってきたのよ」

釘宮真紀子のいっている意味がわからなかった。戸惑いが顔に出たらしく、彼女はくすりと笑った。

「この店には彼女が来ようっていったんでしょ？」

「そうですけど」

「先日、彼女から私のところに連絡があったのよ。『蝶の巣』に行く予定はあるかって訊かれた。私は、暇が出来れば毎日でも行くと答えたわ。そうしたら彼女、それなら近々会えるかもしれませんねといって電話を切ったの」

「秋葉が……」僕は振り返って秋葉を見下ろした。彼女は規則正しく寝息をたてていた。

「さっきの話をするために、彼女はここへ来たのよ。でなけりゃ、ホワイトデーの夜に恋人と、こんな曰《いわ》く付きの店になんか来るはずないでしょ」

曰く付き、という言葉が気に障ったのか、マダムの顔つきが一瞬険しくなるのを僕は目の端でとらえた。

釘宮真紀子は続けていった。

「あの話は本当なのよ。事件のあった日、仲西邸の鍵はすべて内側から施錠されていた。誰も入れないし、誰も出ていけなかった。秋葉さんは真実を述べているわ」

「もしそれが真実だとしたら、どうしてそんな重要なことを今まで彼女は黙っていたのですか」

「重要なことだから、今までしゃべれなかったのよ。事件の構図がまるっきり変わってしまう。

姉は外からの侵入者ではなく、家の中にいた人物によって殺されてしまったことになる。その事実を秋葉さんは隠さなければならなかったのよ」

「では、なぜ今になってしゃべったわけですか。矛盾しているじゃないですか」

「なぜ今になってしゃべる気になったか……それはたしかに奇妙ね。だけど、こう考えれば説明がつく。一種の勝利宣言ではないかしら」

「勝利宣言？」

「さっき彼女もいっていたように、時効成立まであと十七日。実質的に警察は何もしていない。芦原刑事だけは、ひとつの可能性を追って捜査を続けているけど、大した成果は上がっていない。最重要人物の恋人に会いに行って、その人物の最近の様子を訊く程度という有様」釘宮真紀子は僕の顔を見た。「勝利は見えた、と感じているんじゃないかしら。だから今になって、隠しておいた最高のカードを私に見せたのよ。あの日、仲西邸は密室だった、というカードをね。だけどそんなものを今さら示されたって、私にはどうすることもできない。警察に知らせたって無駄。刑事から確認された時には、秋葉さんは何でもないことのように否定すればいい。バー『蝶の巣』でしゃべったことはでたらめですってね。それでおしまい。警察には何ひとつ確認できない。だから勝利宣言なのよ。同時に――」彼女は僕の身体をおしのけ、秋葉に近寄った。眠っている彼女を見下ろして続けた。「真犯人宣言でもあるわね。なぜなら死体が見つかった時、家の中にはこの人しかいなかったんだから」

　僕は改めて、秋葉と釘宮真紀子の間に割って入った。

「ふざけていっただけですよ。本当のことなんかじゃない」

「ふざけて？　秋葉さんが？　どうしてそんなことをするの？」

「あなたをからかったんです。あなたが秋葉を犯人だと思い込んでいるみたいだから、ちょっと悪戯心を出したんです。そうに決まってます」

　釘宮真紀子は口元を緩め、顔を少し傾けて僕を見つめた。不思議な生き物を見るような目だった。

「この十五年間、私は被害者の遺族という立場にいたわ。法律が決めた時効なんて自分には関係ないとさっきはいったけれど、本当はすごく辛い。その辛さがあなたにはわかる？」

「それは……わかるつもりです。十分ではないかもしれないけど」

「そうよね。あなたも大人だものね。大抵の大人ならわかる。想像ぐらいはできる。そんな辛さを抱えている遺族をからかうなんてことは、ふつうの人間はしない。どんなに意地悪で、他人の不幸が好きな人間だってしない。だって、からかう意味がないもの。時効を前に、遺族をからかう人間がいるとすれば、それは真犯人だけ。そう思わない？」

　彼女の問いかけに、僕は言葉が出なかった。秋葉は真犯人じゃない、という台詞だけが頭に浮かんだが、口には出せなかった。

　釘宮真紀子はくるりと踵《きびす》を返し、バッグを開けながらカウンターに近づいた。

「この店に通い始めて何年にもなるけど、今夜ほど収穫のあった夜は初めてだわ。おいしくもない酒を飲み続けた甲斐《かい》があった」

「今夜のお勘定は結構です。あなたは何も飲まれてませんから」マダムがいった。

「そうだったわね」釘宮真紀子は頷くとバッグを閉じ、再びくるりと向きを変えた。「彼女が目を覚ましたら、こういってあげて。心に時効はないって」

「とりあえず……伝えておきます」そんなことを秋葉にいう気はなかったが、僕は答えた。

釘宮真紀子は大股でドアまで歩き、派手な音をたてて出ていった。

僕はふうーっと息を吐き、そばの椅子に腰を下ろした。

マダム・カラフルがカウンターの中から出てきて、僕の横に座った。

「あの人のいうことなんか気にしないで。時効を間近に控えて、気が立っているのよ。その挙げ句、おかしな妄想にとりつかれている」

「釘宮さんのことは気にしません。だけど、秋葉の言葉は気になります。なぜ彼女はあんなことをいったんでしょう」

彼女は首を振った。

「私にもわからない。あなたがいったように、ちょっと悪ふざけをしたのかもしれない。たしかにふつうの場合なら遺族をからかったりはしないでしょうけど、犯人扱いされていることで、秋葉にも釘宮さんに対して抗議したい気持ちがあったんじゃないかしら。何より、こんなに酔っ払っちゃってるから、まともに判断力が働かないわよ」

「浜崎さん」僕はマダムの目を見つめていった。「秋葉のいったことは嘘なんですよね」

彼女は瞬きした。しかし目をそらそうとはしなかった。唇を舐めた後、僕を見たまま頷いた。

「嘘よ。ガラス戸の鍵があいているところがあったわ。犯人はそこから逃走したのよ。その場にいた私がいってるんだからたしかなことよ。考えてみて。秋葉は気を失ってたの。ガラス戸の施錠がどうだったかなんて、詳しく知っているはずがないでしょ」

マダムの話には、ある程度の説得力があった。ある程度、というのは、僕の中にマダムを信用していない気持ちがあるからだった。秋葉は気を失っていた、というのも彼女が証言していることなのだ。

しかし、ここでこれ以上この問題について話すことは避けたかった。目隠しをして階段を下りているような気分だった。無造作に足を踏み出せば、どこまでも転落してしまいそうな不安感があった。

車を呼んでいただけますか、と僕はいった。

タクシーの中でも秋葉は眠ったままだった。ホテルに着くと、無理矢理起こして歩かせた。ベルボーイがあわてて駆け寄ってきて、手を貸してくれた。

クラシックホテルのツインルームは、家具や調度品に骨董《こっとう》品の雰囲気を漂わせた素敵な部屋だった。木枠の窓の向こうには港が見えた。

ベッドに秋葉を寝かせ、僕は冷蔵庫から出したコーラを飲み始めた。彼女の寝顔を眺めながら、彼女が口にしたことを思い返した。

ガラス戸には全部鍵がかかっていた、内側から全部——。

秋葉はなぜあんなことをいったのか。そもそも事実なのか。

事実なのだとしたら、釘宮真紀子がいったように、秋葉は自分が犯人だと告白したことになる。いくら時効が迫っているからといって、そんなことをする人間がいるわけがない。時効が近いからこそ、より一層慎重になるのがふつうではないか。勝利宣言、という表現を釘宮真紀子はしたが、秋葉の性格を考えれば、それも考えられない。

秋葉の寝顔を見つめているうちに、ふと思いつくことがあった。彼女が、「ごめんなさい」という言葉を口にするのが苦手だという話だ。その事情について、三月三十一日になれば話せるといっていた。

何かの本で、罪を犯して逃げている人間は、心の奥底では捕まえられることを望んでいる、というようなことを読んだ記憶がある。良心の呵責《かしゃく》と、いつ捕まるかという恐怖心で、常に精神が追いつめられた状態だからなのだそうだ。

もしかすると――。

秋葉は謝りたがっているのだろうか、と僕は思った。ごめんなさい、殺しちゃってごめんなさい、と。だがそれを口にするわけにいかず、苦しんでいる。そんな思いが、仲西邸が密室だったことを吐露させた、とは考えられないか。

僕はそんな女性を愛している。妻も子もありながら、彼女らを捨ててまで、その女性と結ばれようとしている。

掌に汗をかき始めていた。冷たいグラスを手にしているにもかかわらず、だ。そのグラスにコーラの残りを注いだ。泡が波のような音をたてた。

28

秋葉が起きる気配がしたので、僕は目を開けた。眠りから覚めたのではない。それまで僕はベッドの上で目を閉じていただけなのだ。少しは眠ったかもしれないが、そんな自覚は全くなかった。

　秋葉はシャワーを浴びているようだ。その音を聞きながら、僕はカーテンを開けた。港の海面がきらきらと光っていた。山下公園には、すでに散歩している人々がいた。

　秋葉がバスローブ姿で出てきた。「あっ、起きてたんだ」

「おはよう」

「ねえ、あたし、昨夜の記憶が全然ないんだけど」

「だろうね」

「『蝶の巣』に行ったことまでは覚えてるんだけど……。何か変なことしなかった？」

「大丈夫。途中で眠っちゃっただけだよ」

「そうかあ。飲み過ぎはよくないね」彼女はベッドに腰掛け、タオルで髪を拭いた。「せっかくのホワイトデーだったのに、もったいないことしちゃった」

「まあ、たまにはいいんじゃないか」

　僕がいうと彼女は不思議そうに首を傾げた。「どうしたの？」

「何が？」

「何だか元気がないみたい」

「そんなことないよ。俺も飲み過ぎで、ちょっと頭が重いだけだ」

「ワインがきいたのかもしれないね」彼女はタオルで頭を奇麗に包み始めた。

　ホテルのティーラウンジで簡単な朝食を摂《と》った。食欲などなかったが、無理矢理トーストとスクランブルエッグを喉に押し込んだ。

チェックアウトした後、タクシーに乗り込んだ。横浜駅へ、と運転手にいった。

「ねえ」秋葉が耳元で囁《ささや》いてきた。「やっぱり、もう帰らなきゃいけないの？」

僕は運転手の耳を意識しながら答えた。「午前中には帰らないと」

「でも、ホワイトデーの翌日なのに。しかも日曜日が始まったばかりなのに」

「友人が口裏を合わせてくれているんだ。俺の帰りが遅くなると、彼等の苦労が水の泡になる」

「なっちゃまずいの？」

彼女の言葉に、えっ、と声を漏らした。

「水の泡になっちゃまずいわけ？」彼女はもう一度いった。

「連中は、俺のためにわざわざ飲み会を開いてくれたんだ。俺は行かないのにさ。俺の浮気のためにだ」

「浮気？」秋葉の目が光ったように感じた。

「とにかく、それはまずいんだよ」

「ばれたくないわけ？」彼女が僕の顔を覗き込んできた。「奥さんに」

運転手の耳がぴくりと動いたように思えた。たぶん錯覚だろうが、落ち着いて話せる気分ではなかった。その話は後で、と僕は小声でいった。

横浜駅でタクシーを降り、そのまま駅に向かおうとすると、僕の腕を秋葉が摑んできた。

「あたしはまだあなたと一緒にいたいの。いったでしょ。あなたはあたしのものだと思うことにするって。あなたも了解してくれたはずよ」

「今日はまだ無理はしたくない」

「無理？　何が？」

彼女の詰問に僕は答える言葉がない。いずれは妻に明かさねばならないことだ。今日でも明日でも同じだ。それは自分でもわかっていた。

「あたしをどこかに連れていって。二時間でいいから。その後は家に帰っていいから」

「秋葉……」

「不安なの」彼女は悲壮な目をしていった。「あなたが家に帰ると思うだけで、どうしようもなく不安になる。もうあたしのところに戻ってこないような気がするの。そうでないというんなら、あたしの我が儘《まま》をきいて」

彼女の訴えは、僕の心を揺さぶった。辛い思いが伝わってきた。一方で、こんなところで立ち話をしていたら、どこの誰に見られるかもわからない、という計算も働いていた。

わかった、と僕は答えた。

僕たちが入ったのは、古びたラブホテルだった。芳香剤の匂いがしみこんでいるようなベッドでセックスをした。秋葉が上になった時、僕はどきりとした。その目に涙が滲《にじ》んでいたからだ。

しかし僕はそのわけを訊かなかった。訊くのが怖かった。

「約束してほしいことがあるの」セックスの後で彼女がいった。

何、と僕は訊いた。

「あたしにどんなことが起きても、必ず守ってくれると約束して。あなただけはあたしの味方だと信じていたいの」

僕は息を止めた。秋葉の言葉の意味を考えた。

「どうしたの？　約束できない？」
僕は彼女の髪を撫でた。
「そんなことはない。約束するよ」
よかった、と呟き、秋葉は僕の胸に手を置いた。

ラブホテルを出た後、品川駅で秋葉と別れ、僕は帰路についた。東京駅からタクシーに乗ったが、頭の中は、有美子に対してどう言い訳するかということで占められていた。時計の針はすでに午後二時を回っている。

どう考えても、今回の僕の行動は不自然だった。学生時代の仲間たちと飲みに行くことは多いが、朝帰りなんてめったにない。ましてや、昼過ぎまで帰らないことなど、これまでに一度もなかった。

もちろんそれは最初から覚悟していたことではある。だけど僕の心境は、少し前とは微妙に違っている。一言でいうと、僕の中に守りに入ろうとする気持ちが生じているのだ。

自分の中に、ずる賢く、卑劣な考えが存在することを認めねばならない。僕はまだ、完全に秋葉を選んだわけではないのだ。現状維持――秋葉を捨て、今まで通りの生活を送れる可能性を残しておこうとしている。だからこそ、今日という日をうまく切り抜けようとしている。

何の結論も出せないまま、タクシーはマンションの前に着いてしまった。もう少し考えたいと思ったが、帰宅がさらに遅くなるのはまずかった。

重い足取りで、マイホームのドアの前まで来ると、ポケットの鍵を探った。有美子が僕の顔を見て、どんなふうに詰問してくるかを想定した。彼女は新谷たちに電話をかけているかもしれない。彼等がぼろを出しているとは思えなかったが、不自然な受け答えをしているおそれは十分にあった。

深呼吸をしてからドアを開けた。途端に耳に飛び込んできたのは、賑《にぎ》やかな笑い声だった。リビングのほうから聞こえてくる。

僕はリビングを覗いてみた。有美子のほかに三人の女性がいた。知らない顔ばかりだが、年齢や雰囲気から、園美と同じ幼稚園に通う子供たちの母親だと察せられた。彼女たちはダイニングテーブルを囲んで座っていた。テーブルの上には、ティーカップが載っていて、クッキーの入った容器が中央にある。

「あら、お帰りなさい」有美子がこちらを向いていった。その顔には笑みが残っていた。

お邪魔しています、と三人の女性たちが口々に挨拶してきた。僕は、どうも、と頭を下げた。

「幼稚園のおかあさんたちなの」有美子がいった。

「子供たちは？」

「幼稚園に行ってる。人形劇の劇団が来てるのよ。もう少ししたら終わるはずだから、みんなで迎えに行こうってことになってるんだけど、その前にうちでお茶をしてるわけ」

「なるほど」

じゃあごゆっくり、といって僕はドアを閉め、寝室に向かった。

寝室で着替えていると有美子が入ってきた。僕は唇を舐めた。

「ごめんなさい」彼女がいった。

僕は意外な思いで彼女を見返した。「えっ、何が？」

「あなたに無断で、みんなを家に連れてきちゃったこと。いつもの喫茶店がお休みで、ほかに行くところがなかったものだから」

「そんなのは別に構わないけど……」

僕は戸惑っていた。遅く帰ってきたことを責められるとばかり思っていたからだ。

「コーヒーでも入れる？　ここに持ってきてあげるけど」

「いや、今はいい。後で自分で入れるよ」

そう、と頷き、彼女は出ていこうとした。

「あのさあ」僕はいった。「俺のほうこそ、帰りが遅くなって悪かった。つい朝まで飲んじゃって、その後もだらだらと……」

有美子は僕の話の途中から苦笑し始めていた。

「久しぶりに会ったんだから、まあいいんじゃない。身体を壊さないようにしてよ」

「うん、わかっている」

「楽しかった？」

「それは、まあね」

「だったら、よかったじゃない」穏やかな表情のまま、有美子は出ていった。

僕は吐息をつき、ベッドに腰掛けた。そのまま横になった。

拍子抜けした気分だった。有美子の態度は、僕が想定したものとはまるで違っていた。

彼女は僕が思っている以上に、夫を信用しているのだろうか。夫が浮気をすることなど、万に一つもありえないと安心しているのだろうか。

その後、少しして、有美子はほかの母親たちと共に出ていった。園美を連れて戻ってきたのは、それからさらに一時間ほど後のことだ。

帰ってきてからも、彼女は僕に対し、昨夜のことを何ひとつ尋ねてこなかった。さっきは客がいるから、詰問するのを我慢したのかなとも思ったのだが、そうでもなさそうだ。

夕食時には、テーブルに有美子の手料理が並んだ。初めて味わう料理が多いので、どうしたのかと訊いてみたら、昼間に母親仲間から教わったのだという。

「同じ料理ばかりだと飽きるでしょ。母親同士の情報交換も大切なのよ」有美子はそういって笑った。

こうして何事もなく、一日が終わった。何の覚悟も必要なく、何かを決断することもない、平凡な日曜日だった。ベッドに入った後、僕はこの二日間を振り返り、妙な気分になった。前半の出来事が、夢の中で起きたように感じた。

だが無論、夢などではない。僕が結論を出さねばならない日は、刻一刻と迫っている。

29

翌日、会社に行くと、数人の若手社員が集まり、何やらひそひそ話をしていた。田口真穂の姿がある。秋葉はいなかった。

どうしたんだ、と僕は訊いた。田口真穂は周囲を気にする素振りを見せてから、声をひそめていった。

「里村さん、とうとうふられちゃったそうなんです。仲西さんに」

「へえ、そうなのか」

僕としては意外でも何でもなかったが、この反応は田口真穂には不満だったようだ。

「関心なさそうですね」

「そういうわけでもないけど、どうして君がそんなことを知ってるんだ？」

それがねえ、と彼女は、舌なめずりをしそうな顔をした。

「里村さん、ホワイトデーに仲西さんをデートに誘ったんだけど、断られたんですって。でも諦めきれずに、昨日の夜、仲西さんのマンションのそばまで行ったそうなんです。プレゼントを渡したいから、ちょっとだけ会ってくれといって」

「それで？」

「プレゼントは受け取ってもらえなかったそうです。それだけじゃなく、かなり決定的なことをいわれたみたいですよ」

「決定的って？」

「自分には付き合っている人がいる。将来のことも約束した仲で、近々結婚すると思う——そんなふうにいわれたそうです」

目を輝かせていう田口真穂の顔を見て、僕は一瞬軽い目眩《めまい》のようなものを覚えた。突然、思いがけない方向から、パンチをくらったような気分だった。実際、足元をふらつかせてしまった。

「どうしたんですか」

「いや、何でもない。……ふうん、そうなのか。それは、あの、ちょっとびっくりした」

「ですよね。だって仲西さん、歓迎会の時には、そんな人いないっていってたのに。だから、うちに来てから、そういう相手が見つかったってことですよ。もしかしたら、この会社の人間だったりして」

「まさか」僕の頬は強張る。

「たぶんそれはないと思うんですけどね。だって、うちにはろくな男がいないし」田口真穂は口元を隠し、きゃははと無邪気に笑った。

始業時刻になり、自分の席に戻ったが、仕事が手につきそうになかった。

そっと斜め後ろを窺ってみた。秋葉はパソコンに向かっていたが、視線に気づいたのか、こちらを見て、にっこり微笑んできた。僕はあわてて前を向いた。誰かに見られたらまずいと思ったのだ。

社内にいる時、彼女がこんなふうに笑いかけてくることなど、これまでに一度もなかった。二人の関係が知られないよう、いつも慎重に振る舞っていた。

秋葉の心は、すでにゴールに向けてスタートを切っているのだ。だから社内での言動も大胆に変わりつつあるというわけだ。

彼女を責めることなどできない。そんなふうに仕向けたのは、ほかならぬ僕なのだ。妻子を捨て、彼女を取ると宣言した。どんなことがあっても彼女を守ると約束した。その言葉を信用して、何が悪いものか。

そう思いながらも、僕は焦っている。秋葉と結ばれることを望みながら、その道のりのあまりの険しさに途方に暮れている。

何度となくため息をついていると携帯電話が鳴りだした。知らない番号だったので警戒しながら出てみた。

渡部さんですね、と尋ねてきた男の声には聞き覚えがあった。四角い顔が頭に浮かんだ。

芦原です、と相手はいった。

「今、おたくの会社のそばにいるんです。少しだけ、お時間をいただけませんか」

「それは構いませんけど、どういった御用件ですか。前もいったように、僕は何も知らないんですけど」

「あの時とは状況が変わっているかもしれないでしょ。とにかく、これから伺いますので」

一階の来客ロビーに行くといって芦原刑事は電話を切った。

仕方なく、僕は席を立った。あの刑事が一体何の用だろう。

ロビーでは、芦原刑事がベージュのコートを羽織ったままで立っていた。ピーター・フォークには似ていなかったが、刑事コロンボにしつこくつきまとわれる容疑者の気分は、少しだけわかったような気がした。

「お忙しいところを、申し訳ありません」彼は頭を下げた。

「あなたにとって有益な情報など、何もありませんよ」

「まあ、そうおっしゃらず。どうですか、コーヒーでも」刑事は自販機を指差した。

「僕は結構です」

「そうですか。では失礼して、私だけ」彼はオレンジジュースを買った。

ロビーのテーブルを挟んで向き合った。彼がコートを脱がないので、少しだけほっとした。長居をする気はなさそうだ。

「一昨日の夜、釘宮真紀子さんと会いましたね」

彼の言葉に、はっとした。同時に、彼が来た目的に察しがついた。

「彼女から聞いたんですか」

「そうです。電話で知らせてきたんですよ。あの人の執念には頭が下がります。まだ諦めていない」

「それで何と？」

「じつに興味深い話を聞きました」芦原刑事はジュースを飲み、にやりと笑った。「仲西秋葉さんが、酔った勢いでとんでもないことを告白されたとか」

「部屋の鍵がすべて内側からかかっていた、という件ですか」

刑事は頷いた。

「冗談で口にする内容ではないと思いますな」

「だけど犯人が口にすることでもないでしょう」

「そこが人間心理の複雑なところでしてね、聞くところによると、仲西秋葉さんはかなり酔っておられたそうじゃないですか」

「だからといって、そんな重要なことを告白するはずないじゃないですか」

「どうですかね。長年、隠し続けてきたことを、何かの拍子に、ぽろっとしゃべってしまうってことはよくあるんですよ。以前、幼児を殺害した男が、飲み屋でその死体の写真を見せびらかしていて、それがきっかけで逮捕されたっていう事件があったでしょ。犯人自身がわざわざメッセージを発するってことは、さほど珍しいことではないんです」

「それとこれとは違います。そんなに疑うのなら、本人に確かめればいいじゃないですか。酔った勢いで本当のことをしゃべったのかどうか、訊いてみたらどうなんです」

するとと芦原刑事は弱ったように眉根を寄せ、ついでに口元を歪《ゆが》めた。

「部屋の鍵が全部かかっていたというのが本当だとしても、私にはそうはいわないでしょう。もしいえるものなら、とうの昔に自首しているはずだ。私にはいいませんよ。刑事の私には……ね」

意味ありげにこちらを見る彼の目から、その本心を悟った。僕は首を振った。

「僕にだって、話しませんよ」

「そうでしょうか。あなたになら、本当のことを打ち明けるんじゃないでしょうか。私はね、あの方の心は揺れている、と睨んでいるんです。時効を目前にし、良心の呵責に襲われている。このまま逃げきっていいものかどうか、とね。そんな迷いが、酒の席での重大な告白に繋がったとみています。だからこそ、あなたにお願いしたいのです。彼女に隠していることがあるのなら、それを吐き出すよう促してもらいたいのです。あなたにしかできないことです」

僕は刑事を睨んだ。

「秋葉は犯人じゃない。彼女には本条さんを殺す理由がない」

「母親から父親を奪った女ですよ。母親はそれが原因で自殺した」

「仲西夫妻の離婚と本条さんは無関係です。夫妻の別居後、仲西氏と本条さんの関係が始まったと聞いています」

「仲西氏からですか」芦原刑事は口の端を歪めた。「そんな話、信用してるんですか」

「嘘だという証拠でもあるんですか」

「我々の捜査能力を甘くみてもらっちゃ困る。たしかに仲西夫妻は表向き、円満に別れています。しかし仲西氏の不倫が原因だったことは、いくつかの証言から明らかなんです」

「そんなはずはない」

「信用するしないはあなた次第だ。よく考えたほうがいい。それがあなたのためでもある」

「僕のため？」

芦原刑事は椅子にもたれ、顎を引いて僕を見た。狡猾《こうかつ》そうな光が宿っていた。

「今のままいけば、おそらく時効が成立するでしょう。しかしそれですべてが終わるわけじゃない。釘宮真紀子さんは引き下がらない。刑事事件としては終わっても、今度は民事が待っている。あちらは二十年。あと五年あります。あなた、その間も付き合うつもりですか」

「どういう意味です」

「手を切るなら今だ、と申し上げているんです。今でも仲西秋葉さんの心はぐらぐらに揺れている。時効成立後に、真実を白状することは十分に考えられます。そうなった時、民事訴訟を起こされたら、とんでもないことになりますよ。あなただって、無事では済まない。わかりますか」

僕は首を振り、立ち上がった。「お帰りください」

「渡部さん、あなた、よく考えたほうがいい。一生に関わることだ」

「僕は彼女を信じます。したがって、自首させる気もない。失礼します」

その場を去りながらも、僕の心は振り子のように揺れていた。威勢よく刑事に断言したほどには、秋葉を信じていないということを、自分自身が一番よくわかっていた。

30

園美が納豆を御飯にかけるのを見て、ちょっと驚いた。かき混ぜるのは好きだが、食べるのは嫌いだと思い込んでいたからだ。

「何を見てるの？」有美子が訊いてきた。

「いや、園美が納豆を食ってるからさ」

すると彼女は娘を見て、ああ、と頷いた。

「先月ぐらいから食べるようになったのよ。あなた、今頃気づいたの？　何度か、朝食に出してるわよ」

「そうだったかな。何かきっかけがあったのか」

「長岡に帰った時、お父さんが食べてるのを少し貰って、それがおいしかったんですって。いつも食べてる納豆と特に味が違うわけでもなかったんだけど、子供って不思議なものね。それ以来、進んで食べるようになったの」

「ふうん……」

「そういえば、あの時、あなたはいなかったわ」有美子が思い出す目になった。「一人だけ、夕方から出かけたのよ。スキーをしてくるといって」

「あの夜か……」胸がちくりと痛んだ。

「あれから一か月以上も経ってるわよ。今まで気づかなかったなんて、鈍感ねえ」有美子の口調は僕の無関心さを責めるものではなく、娘の変化に自分だけが気づいていたという優越感を滲ませたものだった。

「子供って、日々成長してるんだなあ」

僕の言葉に、今頃何をいってるのよ、と有美子は苦笑した。

「お父さん、だめねえ。園美が納豆を食べられるようになったこと、今頃気づいたんだって」有美子は娘に話しかけている。

だめだなあ、と幼い娘は僕に向かっていった。

「面目ない」僕は、おどけるように首をすくませた。

何の変哲もない、いつもと変わらぬ朝のやりとりだ。園美はもちろん、有美子だって、こんな調子で毎日が過ぎていくことを疑っていないだろう。変化があるとすれば、園美に弟か妹が出来るぐらいで、この中の誰かが欠けるなんてことは夢にも思っていない。僕だって、一年前はそうだった。

しかし今の僕は知っている。この風景は間もなく変わるのだ。三人揃っているのが当然だったのが、二人になる。ほかならぬ、僕自身がここから消えるのだ。

秋葉を選ぶと決めた時から、僕はそのことを意識し続けてきた。覚悟、といったほうがいいかもしれない。二人に会えなくなる辛さは仕方がない。胸が痛むのは、彼女たちの辛さを想像した時だ。

特に園美が受けるであろう心の傷を思うと、闇に包まれたような気分になる。どこにも光はなく、出口を見つけられない。彼女自身が見つけられるとも思えない。

園美が納豆を食べられるようになったことに気づかなかったのは、僕が鈍感だからじゃない。間もなく捨てねばならない幼い娘の顔を、まともには見られなくなっていたからなのだ。

妻と娘に見送られ、僕は自宅を後にした。マンションを出ると、歩道の脇に植えられた桜が満開近くになっていた。もうそんな時季なのだ。

彼女たちは僕が帰ってくることを信じている。帰ってこないことなど考えもしていない。そのことが僕を苦しませる。いっそのこと、僕がひどい父親であればよかったのかもしれない。いなくなれば彼女たちがせいせいするような、そんな男なら何の問題もなかった。だけど——自分でいうのも変だけど、僕はそうではなかった。いい夫、いい父親であり続けようとした。今となれば、そのこと自体も罪だったように思われた。

会社に行くと、秋葉の姿はまだなかった。席につき、パソコンを立ち上げようとしている僕のところに、田口真穂が能天気な笑顔でやってきた。また秋葉の結婚に関する噂を聞かされるんじゃないかと身構えた。

「渡部さん、今夜、何か予定あります？」小声で訊いてきた。

「今夜？　いや、特にはないけど」

「仲西さんの送別会をやろうってことになったんです。彼女、今月かぎりで辞めちゃうでしょう。でも課長は、特に送別会をする気はなさそうなんです。それじゃあかわいそうだってことになって、若手だけで送別会を開いてやることにしたんです。でもみんなの都合がつく日が今日しかなくて、それで急遽《きゅうきょ》決まったんですけど」

「僕が行ってもいいのかい。若手じゃないけど」

「いいんです。渡部さんは、ぎりぎりセーフですから。じゃ、参加ってことでいいですね」

何がぎりぎりなのか訊きたい僕を放置し、田口真穂は立ち去ってしまった。

僕は秋葉の席を見た。いつの間にか彼女は来ていて、眼鏡をかけようとしていた。その動作の途中でこちらを見た。二人の視線がぶつかった。おはよう、今日も元気？——そう語りかけてくる。元気さ、と僕は答える。本当は悩みを抱えているのだが、僕は目でも嘘をつかねばならない。

秋葉の送別会は、八丁堀《はっちょうぼり》にある居酒屋で行われた。歓迎会での顔ぶれから数名が欠けていた。その中には課長や里村が入っている。

当然、秋葉への結婚に関する質問が始まった。まずは真偽からだ。

「まだ具体的には決まってないです」

彼女の答えに皆が飛びつく。

「でも、相手はいるわけだろ。歓迎会の時には、そういう人はいないっていってたよね。あれは嘘だったの？」男性社員が訊いた。

「嘘じゃないです。あの時はいなかったんです」

おお、と僕以外の全員が色めき立った。

「すると会社の人間ってこと？」

核心に迫る質問に、僕は落ち着かなくなってきた。芋焼酎《いもじょうちゅう》の水割を飲むピッチが速くなる。

秋葉はにっこりと笑い、小さく首を振った。

「残念ながら違います」

この言葉に、場の緊張が一気に緩んだ。なあんだ、と僕の横にいる男性社員が呟いた。

「どこで知り合った人？　合コン？」田口真穂が質問役になった。

「いえ、バッティングセンターです」

焼酎を口に含んでいた僕は、もう少しでむせるところだった。

「バッティングセンター？　仲西さん、そんなところに行くの？」

「行きます。あれ、ストレス解消にすごくいいんです」

「へええ。で、そこで出会ったわけ？」

秋葉は頷いた。

「運命の出会いでした」

ひゅうっ、と誰かが喉を鳴らした。ほかの者も目を丸くしていた。

「ねえ、どういう人なの？」田口真穂の質問は続く。

秋葉は考えるように少し首を傾げてから口を開いた。

「仕事熱心で優しい人です。それから……家庭を大切にできる人だと思います」

「そういえば仲西さん、夫としての役割をちゃんと果たせない人でないとだめだって、歓迎会の時にいってたもんね」

こういう話題になると、田口真穂は抜群の記憶力を発揮するらしい。

「あとそれから、浮気をしたら殺す、とかいってなかったっけ」

男性社員の問いかけに、そうだそうだ、と何人かが同意した。

「おっかねー、とか思ったもんな」

秋葉は微笑み返しながら、「浮気は論外です」といった。さらに続けた。「でも、本気なら仕方がないと思います」

「本気って？」田口真穂が訊く。

「男性にしろ女性にしろ、気持ちが移るってことはあると思うんです。あたしだって、付き合った男性は一人じゃないですから。決まった相手がいるのに、ほかの人を好きになったからって、そのこと自体は責められないと思います。許せないのは、自分は何も失わず、傷つかず、相手にばかり負担を押しつけるような行為です。それは本気じゃないです。単なる浮気です。人の心を弄《もてあそ》ぶ権利なんか、誰にもないでしょう？」

淡々とした口調で秋葉が語るうち、誰もが深刻な表情になっていった。しかし最も暗い顔をしているのは間違いなく僕だろう。

「その人は、浮気の心配はないわけね」田口真穂が明るい声で訊いた。

「大丈夫だと思います。そんな度胸はないはずです。あたしに殺されることを知っていますから」

この言葉で、皆の顔に笑みが戻った。

「ねえ、その人のどこを一番好きになったの？」

田口真穂の質問に、秋葉は再び首を傾げた。

「どこなのかな。正直いうと、自分でもよくわからないんです。それまでのあたしなら、絶対に好きになったりしないタイプだったし。ただ、その人のおかげで、自分を再発見できたのはたしかです」

「再発見って？」

「自分でも気づかなかった、自分の長所とか短所とか好みとか、いろいろです。特にその人からは、謝るってことを教わりました。あたし、その人と会うまでは、ごめんなさいって素直にいうことができなかったんです。自分は間違っていない、悪くないって、思うばっかりで……」そういってから秋葉は、またしても神妙な面持ちになってしまった仲間たちを見回し、ぺこりと頭を下げた。「変な話で、雰囲気を壊してしまいました。ごめんなさい。ほら、ちゃんと謝れるでしょう？」

秋葉のジョークは、沈みそうになっていた空気を救った。それ以後、田口真穂を含めて誰も、秋葉に恋人のことを尋ねたりはしなかった。何か深い事情を抱えているらしいと察したのだろう。

会がお開きになった後、田口真穂から二次会に誘われたが、遅くなるとまずいからといって断った。本音は、少人数の中で秋葉と一緒にいるのが気詰まりだからだ。

みんなと別れ、一人でタクシーに乗り込んでからメールをチェックした。秋葉からのものが届いていた。

『私も二次会はパスしました。バッティングセンターの前で待っています。』

僕はあわてて運転手にいった。「すみません。行き先を新宿に変えてください」

バッティングセンターのそばでタクシーから降り、歩きながら携帯電話を取り出した。しかし操作を始める前に、目の前に秋葉が立っていることに気づいた。

「主役なのに、パスしてよかったのかい」

彼女は僕のところに駆け寄り、腕をからませてきた。

「だって、あなたとここで会いたかったから」

「さっき、自分で話しているうちに懐かしくなったんだろ」

「まあね。あなたは？」

「俺も懐かしかったよ。ほんの半年前のことなんだけどな」

ものすごい形相でバットを振っていた秋葉の姿を思い出した。たぶんあの瞬間、僕は彼女に恋をしたのだろう。

「あの夜、ここで会ってなかったら、今のあたしたちはなかったよね」バッティングセンターの明かりを眺めながら秋葉はいった。

「おそらくね」

「もしかしたら、そのほうがよかったのかな。こんなに苦しまなくていいし、あなたを苦しませることもなかったし」

「……苦しいの？」

僕が訊くと秋葉は一旦目を伏せた。しかしすぐに顔を上げ、にっこりと笑った。

「ううん、平気。あたしは平気。苦しくなんかない。こうしていられることが幸せ」

「俺も平気だよ」

冷たい風が吹いてきた。喫茶店にでも入ろうかと思ったが、秋葉は歩こうといいだした。

「夜の街を歩き回ろうよ。そのほうが秘密のデートって感じがする」

「秘密のデートね」

僕たちは腕を組んだまま、新宿の街を歩き始めた。街には夜を満喫しきれていない人々が溢《あふ》れていた。

「来週の月曜日、空いてる？　月曜の夜だけど」歩きながら秋葉が訊いてきた。

「月曜日っていうと……」

「三十日」彼女は即答した。「三月三十日。しつこく説明すれば、三月三十一日の前日」

あっ、と声を漏らした。その日の意味はもちろんわかっている。

「三十一日の午前零時を迎えれば、あの事件の時効は成立する。その時、あたしと一緒にいてほしいの」秋葉は足を止め、僕の腕から離れた。こちらを向き、続けた。「だめ？」

僕はふっと息を吐いた。彼女の必死の気配が伝わってきた。だめだ、などといえるはずがなかった。

「いいよ。その夜は一緒にいよう」

有美子にはまた嘘をつかねばならない。しかし、もうどうでもいいという気になった。

「ねえ、覚えてる？　あたしが前にいったこと。三月三十一日になれば、いろいろと話せるって」

「もちろん覚えてる」

「いよいよ、その日が来る。あたしの運命の日」秋葉は、じっと僕の目を見つめた。「あたし、話すよ。何もかも、話す」

僕は黙って頷いた。どんな告白であろうとも、正面から受け止めようと思った。本当は今ここで聞きたかったが、それを口にすることは躊躇《ためら》われた。十五年間も沈黙を続けてきた彼女の覚悟を軽んじることになる。

「あなたにも約束してほしいことがある」秋葉がいった。

「何だい？」

秋葉は僕から視線を外し、迷うように黒目を左右に動かした。それから深呼吸をして、改めて僕に真摯《しんし》な目を向けてきた。

「あたしとのことを決めて。どうするのか決めてほしいの。そこには、今の家庭をどうするのか、ということも含まれてる」

「俺の気持ちは変わってないよ」

彼女は首を振った。

「気持ちを疑ってるんじゃない。それがどれほど強いものなのかを見せてほしいの。さっきのあたしの話、聞いてくれたでしょ？　あなたが本気なら、失うことや傷つくことから逃げてほしくない。もしそれをするなら、あなたは本気じゃない。あなたのしていることは、単なる浮気ってことになる」

秋葉の言葉の一つ一つが、ナイフのように僕の心に突き刺さった。反論することなどできなかった。彼女のいうとおりだった。僕は逃げてきた。彼女にばかり、負担を押しつけてきた。

「わかった。俺も答えを出す。君の告白を聞く前に、妻に話しておこう」

「それはだめ」秋葉はいった。「あなたが答えを出すのは、あたしの話を聞いてからにして。あなたに後悔をさせたくない。仮にあなたが後悔してなくても、してるんじゃないかって考えながら暮らすのは辛いから」

「俺は後悔しない。しない自信がある」

「それでもだめ」秋葉の口調は厳しかった。

僕は吐息をついた。

「君がそういうなら、告白を聞いてからにしよう。その後で、俺は妻にすべてを打ち明ける。三月三十一日に、決着をつける」

「その日にすべてが終わるんだね」秋葉は再び腕を組んできた。

「その日から、すべてが始まるんだよ」そういって僕は歩きだした。

31

ベッドから出た途端に、ぶるぶると震えた。暖冬だったはずなのに、ここへ来て冷え込みの厳しい朝が続いている。布団にもぐりこみたい欲求を抑え、パジャマを脱いだ。

ワイシャツの袖に腕を通しながら、枕元に置かれたカレンダーを見た。今日は三月三十日、月曜日だ。今日という日の意味を考え、再び身震いした。

リビングでは朝食の風景が始まろうとしていた。園美はテーブルにつき、ホットミルクを飲んでいる。皿には彼女の好きなウインナーと目玉焼きが載っていた。

おはよう、と僕は園美に声をかけた。おはよー、と彼女は笑う。

あと何回、この笑顔を見られるのだろう、と思った。もしかすると、これが最後かもしれなかった。会うことはあっても、自分たちを捨てた父親のことを、彼女は決して許さないだろうからだ。

「あなたもパンでいい？」キッチンから有美子が訊いてきた。

いいよ、と僕は答えた。

「それから、急で悪いんだけど、今夜は帰らないから」

「あら、そうなの」有美子がキッチンから顔を出した。「出張？」

「まあね」とりあえず今は、そう答えておいた。

「支度してあるの？　行き先はどこなの？」

「大阪だよ。一泊だから、特に何も必要ない。ホテルでは、ただ寝るだけだし」

そう、と頷き、有美子はキッチンに戻った。怪しんでいる様子は全くない。

トーストを食べながらコーヒーを飲み、朝刊に目を通した。東白楽の事件が時効を迎えつつあることなど、どこにも載っていない。世間から見れば、小さな事件なのだ。

スーツの上からコートを羽織り、書類鞄を抱えて玄関に向かった。僕を見送るために、有美子もついてくる。

「気をつけてね」僕が使った靴べらを受け取りながら、有美子はいった。

「うん……あのさ、明日の予定はどうなってる？」

「明日？　どうして？」

「いや、ちょっと話したいことがあって」

「話？　何の話？　今じゃだめなの？」彼女は小首を傾げた。

「ゆっくり話したいことなんだ。今は時間がないから」

「……ふうん。明日は特に予定はないけど」

「わかった。じゃあ、今夜はそういうことだから、よろしく」僕は家を出た。

　確実に何かに近づいている、という実感があった。だがそこにあるものが幸せなのか不幸なのかは、わからなかった。わかっているのは、この流れはもう止められないということだった。巨大な釣鐘も、指先で突き続けていれば、やがて共振して大きく揺れるように、これまでの些細《ささい》な行動の積み重ねが、僕の人生を激しく揺らせようとしていた。

　会社に行っても、仕事はまるで手につかなかった。僕が離婚したら周りの人間はどう思うだろう、なんてことばかりを考えていた。しかも不倫が原因だ。派遣でやってきた人間と不倫し、その挙げ句に離婚。子供も捨てる。何もかも、一年前には僕自身が軽蔑《けいべつ》していた行動だ。あの時の僕と同様に、多くの人間は馬鹿にし、蔑《さげす》むに違いなかった。

　そんなことを考える合間に、秋葉のほうを盗み見した。そのうちの何回かは彼女と目が合った。

　今夜ね――そう囁きかけてくるような気がした。

　そう、いよいよ今夜だ。すべてが終わるのか、それともすべてが始まるのか、まだわからない。

　終業時刻になると、僕は手早く支度を済ませ、すぐに職場を出た。秋葉との待ち合わせ場所は、先週のうちに決めてあった。

会社を出て、タクシーで汐留に向かった。高層ビルの最上階のレストランを予約済みだった。僕が入り口で名前を告げると、黒い制服を着た女性が、窓際の席に案内してくれた。

秋葉を待つ間、ビールを飲みながら夜景を眺めた。

思い出の店だ。昨年のクリスマスイブに、アクロバティックな方法を使って秋葉とデートした店だった。三か月前のことなのに、ずいぶんと昔の出来事のように感じられた。

ビールを三分の一ほど飲んだところで秋葉が現れた。彼女は肌が透けて見えそうな妖艶なブラウスを着ていた。もちろん、会社にいる時は、そんな格好ではなかった。

「着替えたのかい」

「そうよ。だって、大事な日だから」

シャンパンで乾杯した後、彼女は店内を見回し、微笑みながら僕を見た。

「イブの夜に会えたのは感激した。諦めてたのに、あなたは実現してくれた」

「君は出来ないといった。だから意地を見せたんだ」

「あなた、負けず嫌いだものね」

「君だってそうだろ。あのバッティングフォームを見ればわかる」

「古い話」彼女は口を尖らせて横を向き、シャンパンを飲んだ。

その後も僕たちは思い出話を語り合った。連続ドラマの最終回などで、それまでの名場面が流されることがあるが、それを自前で楽しんでいるようなものだ。

せいぜい半年ちょっとの間なのに、語り尽くせないほどの思い出があった。あるいは、まだ記憶が新しいから、次々と思い出せたのかもしれない。

語り尽くせないといったが、実際には限度があるわけで、ついにはホワイトデーや先週の送別会後のデートを振り返ることになった。ただしその頃には、コース料理もデザートを残すのみとなっていた。

「九時だ」席で会計を済ませた後、時計を見て僕はいった。「まだ三時間ある。これからどうする？」

午前零時を意識した発言をするのは、これが最初だった。それまでは秋葉も口に出さなかったのだ。

「どこかで飲み直す？」僕は訊いた。

秋葉は頷かなかった。僕を見つめ、口元に笑みを浮かべた。

「今夜は帰らなくても平気なのね」

「大丈夫だ」

「だったら、あそこに行ってくれない？」

「あそこって？」訊きながら、どこのことをいっているのか、何となく察していた。

「あたしの家。例の事件が起きた、東白楽の家よ」

「そうだと思った」僕は答えた。「今夜、お父さんはいないのかな」

「今はまだいないはずよ。仕事だから」

「今はって、じゃあ、遅くに帰ってこられるんじゃないのか」

「その予定。帰ってきてって、あたしがいったから」

「君が？」

「十二時を過ぎたら帰ってきて――そういったのよ」

仲西邸は門灯が点り、一階からうっすらと明かりが漏れていた。だがそれは用心のために点《つ》けっぱなしにしてあるだけだと秋葉はいった。

駐車場には、何度か乗せてもらったことのあるボルボだけが止まっていた。

秋葉は鍵を取り出し、玄関を開けた。僕のほうを振り返り、どうぞ、といった。

お邪魔します、といって僕は足を踏み入れた。

「どっちがいい？　あたしの部屋に行く？　それともリビング？」秋葉が訊いてきた。

「どっちでもいい。君に任せる」

彼女は少し考えた後、「じゃあ、部屋に行こう」といった。

十数年前に高校生だった秋葉が使っていた部屋は、前に来た時のままだった。ベッドの上にある毛布や布団も、僕たちが出ていった時の形を残しているようだった。

ここに来る前に寄ったコンビニで、僕たちは缶ビールやビーフジャーキーなどを買っていた。秋葉はその袋を勉強机の上に置いた。

その机に載っている時計を見て、一瞬驚いた。まるで見当違いな時刻を示していたからだ。だが考えてみれば、何年間も使っていなかったのだから、電池が切れて当たり前だ。

僕の視線に気づいたらしく、秋葉はその時計を手にした。

「今、何時？」

僕は自分の時計を見た。「九時五十分」

彼女は針を動かし、九時五十分に合わせてから時計を元に戻した。

「時々、何時か教えてね」

「その都度合わせるのかい」

うん、と彼女は頷いた。

缶ビールで乾杯をし、ビーフジャーキーをかじった。乾杯は午前零時まで待ってもよかったかな、と笑えない冗談を秋葉がいった。

「今、何時？」彼女が訊く。

十時五分だと答えると、彼女は再び時計の針を動かした。それから僕を見て、小さく首を傾げた。「隣に行ってもいい？」

僕はベッドに腰掛けていたのだ。いいよ、と答えた。

秋葉が横に来ると、僕は彼女の背中に腕を回した。彼女は僕にもたれかかってきた。額にキスをすると、彼女は顔を上げた。僕たちは唇を合わせた。

「お父さん、何時頃に帰ってこられるんだろう」

「まだまだよ。だから気にしないで」

缶ビールを床に置き、僕たちは抱き合った。何度も何度もキスをした。ごく自然にお互いの洋服を脱がし始めていた。二人の共同作業で、僕たちは全裸になった。その途中、秋葉の提案で明かりを暗くした。

「寒くない？」ベッドにもぐりこんでから僕は訊いた。

「あたしは平気。あなた、寒い？」

「俺も大丈夫」そういって裸の彼女を抱きしめた。

ここまではいつもと同じだった。何か月かの間に二人で作り上げた手順、フォーマットだ。しかしこの後が違った。

秋葉の身体をいくら愛撫《あいぶ》しても、逆に彼女から愛撫を受けても、僕の肝心な部分が全く反応しないのだ。何度か試みようとしたが、うまくいかなかった。自分のものでなくなったようだ。柔らかい肉片が股間《こかん》にぶらさがっているだけだ。

おかしいな、と思わず呟いていた。

「別にいいじゃない。あたしは抱き合っているだけでも幸せだよ」

うん、と僕は頷いた。こんな肝心な時に、と情けなくなった。結局、いろいろと気にかかっているんだな、と自己分析するしかなかった。

「今、何時？」彼女が僕の腕の中で訊いた。

枕元に置いた腕時計を見た。サザンオールスターズの『勝手にシンドバッド』を思い出していた。そーね、だいたいたいねー。

「もうすぐ十一時」

「ふうん」彼女はもぞもぞと動いた後、僕を見つめた。「下に行こうか」

「そうだな」

僕たちは服を着て、階段を下りていった。リビングの空気は冷え、しかも少し埃《ほこり》っぽかった。リビングボードの上に、装飾を施した置き時計があった。その針は動いていた。十一時ちょうどを指していた。

「コーヒーでも入れようか。それともまだビールを飲む？」

「どちらでも……いや、コーヒーにしておこうかな」

わかった、といって秋葉は奥に消えた。

僕は豪華な革張りのソファに腰を下ろした。ソファは冷えていて、最初は体温を奪われる感じだったが、しばらくすると温かくなってきた。

座りながら改めて室内を見回した。ここで十五年前に殺人が起きたと思うと、とても落ち着いた気分にはなれなかった。

僕の目が庭に面したガラス戸で留まった。そこに付いているクレセント錠を凝視していた。

しばらくして秋葉が戻ってきた。トレイにティーカップとポットを載せている。

「コーヒー、見つからなかったの。紅茶にしたんだけど、構わなかった？」

「いいよ」

カップから立ち上る湯気は、なぜか僕に現実を感じさせた。この家は架空のものではなく、現実に存在している。事件が起きたことも現実だ。秋葉と生きていくと決めた以上、すべての現実に目を向けねばならないと思った。

紅茶を飲み、温まる、と彼女は目を細めた。その顔を僕は正面から見据えた。

「ホワイトデーの夜、『蝶の巣』に行った。その時のことを覚えてるかい？」

「うん、覚えてる」

秋葉は虚をつかれたような顔をしたが、すぐに口元を緩めた。

「君はずいぶんと酔っ払ってたみたいだけど」

すると彼女は切れ長な目で、じっと僕を見返してきた。

「酔ってなんかいなかったよ」

「でも君は——」

「酔ってないって」彼女は、きっぱりとした口調でいった。「続けて」

僕はティーカップに手を伸ばした。急速に口の中が渇いてきた。黒い煙のように、不吉な予感が胸に広がり始めていた。

「君は釘宮真紀子さんにこういったんだ。死体が見つかった時、ひとつだけガラス戸の鍵がかかっていなかったというのは嘘で、本当は、すべての鍵がかかっていた。だから誰も家には入れなかったし、誰も出ていけなかった——覚えてないかもしれないけど」

秋葉は冷えた指先を温めるようにティーカップを両手で包んだ。その姿勢で一点を見つめたまま、口を開いた。

「よく覚えてる。だってあたし、酔ってなかったんだから」

「君はそういった直後に眠り込んだんだぜ」

「わかってる。あたしが眠っている間に、あなたとマダム・カラフルは、懸命に釘宮真紀子さんを説得していた。酔っ払いのいうことなんだから、真に受けるなって。でも釘宮さんは納得しなかった。彼女はあたしの告白を、一種の勝利宣言だと断じた。おまけに、目を覚ましたらあたしにこういうようにあなたたちにいった。心に時効はない——」そういってから彼女は僕を見た。にっこり笑った。「ほらね、よく覚えてるでしょ」

顔から血の気が引いていくのを僕は感じた。何もかも、彼女のいった通りだ。勝利宣言、心に時効はない——釘宮真紀子の声が耳に蘇った。しかし彼女がそれを口にした時、秋葉は眠り込んでいたはずなのだ。

「酔ってる……ふりをしていたのか。どうしてそんなことを……」

「ごめんなさい。でもほかに方法がなかった。釘宮真紀子さんの詰問を避けるには、ね」

「だったら、最初からいわなきゃいいじゃないか」

「それじゃあ、あの夜、あそこに行った意味がない。あたしは最後の罰を下しに行ったんだから」

「罰？」

僕がそういった時、玄関で物音がした。鍵の外れる音だ。続いて、ドアが開けられた。

「サスペンスドラマの登場人物が揃ったみたい」秋葉は立ち上がった。

玄関に向かう彼女の後を追った。そこにいたのは仲西達彦氏とマダム・カラフルこと浜崎妙子だった。仲西氏はダークグレーのスーツ姿で、マダムは濃紺のセーターの上から白いコートを羽織っていた。二人は僕を見て、驚いたように目を丸くした。

「大事な日だから、渡部さんにも来てもらったの。構わないでしょう？」

秋葉の言葉に二人は答えない。顔を見合わせた後、黙ったままで靴を脱ぎ始めた。

全員でリビングに入ると、秋葉は父と叔母を見た。

「何か飲む？　あたしたちは紅茶をいただいてたんだけど」

「私は何も……」マダムが俯いた。

「私はブランデーを貰おう。いや、自分でするからいい」仲西氏はスーツ姿のまま、リビングボードを開け、レミーマルタンのボトルとブランデーグラスを出してきた。

その姿を見つめながら秋葉はいった。

「今、渡部さんに重要なことを告白してたの。先日、『蝶の巣』で酔いつぶれてしまったのは、全部お芝居だということよ。あたしは覚悟の上で、事件が起きた時、この家は出入り不可能だったってことを、釘宮さんに打ち明けたの」

「何をいってるんだ」グラスを手にしたままで仲西氏はいった。「事件が起きた時、おまえは気を失っていた。家の鍵がかかっていたかどうかなんて、知らないはずだろう」

秋葉は何か楽しいものでも見るような目をした。

「何もわかってないのね。今もいったけど、『蝶の巣』で酔いつぶれたように見せたのは、全部お芝居だったのよ。だったら、十五年前に、同じような演技が出来なかったとはいえないでしょう?」

彼女の言葉の意味を理解するのに、数秒間を要した。理解した後は混乱した。同時に身震いが起きた。

死体発見時、秋葉は気を失っていたことになっている。それは嘘だということか。いや、彼女の話によれば、仲西氏やマダムも騙《だま》されていたことになる。

「あたしは目を覚ましてた。あなたたちのしていることを全部知っていた」秋葉は能面のように無表情になって続けた。「あたしの犯行を隠すために、必死でいろいろと小細工をしていたことをね」

心臓の鼓動が――。

これ以上ないほどに大きくなっていた。耳の奥が、どっくどっくと脈打った。そんな中、僕は目の端で時計を捉《とら》えていた。

間もなく午前零時になろうとしていた。

32

「カウントダウン」そういって秋葉は置き時計を指差した。

僕は息を呑み、針の動きを見つめた。仲西氏やマダムも言葉を発しない。

歯切れ良く動く時計の針が、午前零時を指し、さらには通り過ぎていった。僕は胸に溜まっている息を吐き出す前に秋葉を見た。同時に、どきりとした。閉じられた彼女の瞼の隙間から、涙がこぼれていたからだ。

秋葉、と僕は呼びかけた。

彼女はゆっくりと目を開いた。ふうーっと長い息を吐き、こちらを向いた。その口元には笑みが浮かんでいた。

「時効成立。何もかも終わった」秋葉はいった。そして立ち尽くしたままの父親と叔母を交互に眺めた。「お疲れ様でした。長かったわね」

「何をいってるんだ」仲西氏は苦い顔つきで目をそむけた。ソファに腰を下ろし、ブランデーをグラスに注ぎ始めた。

秋葉はそんな父親に近づき、見下ろした。

「どういう気持ち？　十五年間、娘の犯行を隠し続けて、ついにゴールインしたのよ。飛び上がりたい気分？　それとも、じっくりと喜びに浸りたい？」

「やめなさい」仲西氏はブランデーを口に運んだ。

秋葉は次にマダムのほうを向いた。

「あなたはどう？　どんな気分？」

「やめろといってるんだ」仲西氏の声が飛んだ。「どうしておまえがそんなことをいうんだ。事件はもう終わったんだぞ」

するとと秋葉は振り返り、険しい表情を父親に向けた。

「終わってないわよ。呑気《のんき》なことをいわないで。事件のことを知りもしないで」

「私が何を知らないというんだ」

「何ひとつよ。あなたたちは何も知らない。何も知らないまま、あんなことをしたのよ」

仲西氏は娘を睨みつけ、何かいいたそうに口を開きかけた。だがその前に僕のほうをちらりと見て、思い直したように息を吐いた。

「やはり、渡部さんには帰っていただいたほうがいいんじゃないか。時効が成立したことは確認してもらえたわけだし、ここから先は身内だけで話そう」

秋葉が僕を見て、首を傾げた。

「帰りたい？」

「いや、そんなことは……。出来れば、俺も君の話を聞きたい」

「じゃあ、何も問題ない。あたしも、渡部さんに話を聞いてもらいたいから。——いいでしょ？」彼女は父親に同意を求めた。

仲西氏は、好きにしろとでもいうように横を向いた。

秋葉は大理石のセンターテーブルを見下ろし、自分の胸を押さえた。何かがこみ上げてくるのに耐えているようだった。

「妙子さんが買い物から戻ってくると、この上で本条麗子さんが死んでいた。胸にはナイフが刺さっていた。妙子さんは驚いて、二階に駆け上がった。あたしの様子を見るためよ」

「二階？」僕は尋ねた。「君は、死体のそばで倒れていたんじゃ……」

「それが違うの。あたしは二階の部屋にいた。睡眠薬を大量に飲んで」

「睡眠薬……」

無論初耳だった。新聞記事には載ってないし、釘宮真紀子も芦原刑事も把握していないことだ。

「妙子さんは父に連絡した。間もなく帰ってきた父と妙子さんは、同じ結論を出さざるをえなかった。ドアには鍵がかかっている。窓はすべて内側から施錠されている。となれば、本条さんを刺したのは、室内にいた人間ということになる。しかもその人物には動機があった。彼女にとって本条さんは、愛する母親を自殺に追いつめた張本人——父の愛人だった。父と妙子さんは、どうすべきかを相談した。本来ならば、そのままの状態で警察に届けるべきだった。でも二人はそうしなかった。彼等が選んだ道は、犯行を外部の人間の仕業に見せかけるというものだった。そのために、リビングのガラス戸の鍵を外し、本条さんのバッグを隠し、あちらこちらの指紋を拭き取ったりした」

「もうやめなさい。そんなことを話して、今さらどうなるというんだ」仲西氏がブランデーグラスを乱暴に置いた。

「事実を話してるだけよ。事実じゃないというんなら、どこがどう違うのか、きちんと説明して」

　秋葉の反撃に、仲西氏は顔をひきつらせながら俯いた。しかし僕の顔は、彼以上に強張っているようだった。

「秋葉、君は犯行を告白しようとしているのか」僕の声は、すっかりうわずっていた。

　彼女は僕に向かって優しく微笑んだ。

「あたしは真実を話してるの。辛いかもしれないけど、もう少しだけ我慢して」

　それはいいけど、と僕は呟いた。

　彼女は険しい表情を、改めて父親と叔母に向けた。

「目を覚ましたあたしに、この二人は知恵を授けてくれた。あたしは死体を見て気絶し、後で帰ってきた二人によって部屋に運ばれた。だから何が起きたのか、全く知らない。刑事に何か訊かれたら、そのように答えるようにってね。でも、あたしには一度も訊かなかった。本条さんを殺したのかって。それであたしは決心した。訊かない以上は、あたしも答えない。あたしが殺したと思い込んでいるのなら、それでもいいって」

　秋葉の女性にしては低い声が、しんと静まり返ったリビングに響いた。その響きが完全に消えてしまってから、僕は、ぴんと背筋を伸ばした。彼女の横顔を見つめ、瞬きした。

　えっ、と僕は発した。それとほぼ同時に、項垂《うなだ》れていた仲西氏が顔を上げた。その目は血走っていた。

「何だと？」彼は呻《うめ》くような声を出した。「それはどういう意味だ」

秋葉は両手で口元を覆い、後ずさりした。背中が壁に当たったところで、仲西氏とマダムとを見比べ、笑い声をあげた。だがそれは自然に出てきたものとは到底思えなかった。

「どういう意味だと訊いているんだ」仲西氏が立ち上がった。

秋葉は口元から手を離した。顔は真剣なものに戻っていた。

「日本語が理解できないの？　そのままの意味よ。お父さんたちが訊かないから、あたしも答えなかった。警察に対しても、お父さんから指示された通りに話した。本当のことを話す機会はなかった。十五年間、一度もなかった」

「待ってくれ、秋葉」僕はいった。「君は……殺してないのか」

秋葉は僕のほうを見て、申し訳なさそうに首を振った。

「ごめんなさい。あなたからその質問をされても、あたしは答えない。刑事や釘宮真紀子さんから訊かれても答えなかったのと同様にね。あたしが答えるのは、この人から質問された時だけ」

そういって仲西氏を指差した。「十五年前に、そう決めたの」

仲西氏が立ち上がり、彼女に一歩近づいた。その顔は蒼白《そうはく》だった。

「おまえが殺したんじゃないのか」

この質問を聞いた瞬間、秋葉の目の周囲が、みるみる赤く染まった。内側にある何かが膨れあがり、彼女の体内から抜けだそうとしているように見えた。彼女の赤い唇が動いた。

「違う。あたしが殺したんじゃない」

息を大きく吸い込む音が聞こえた。発したのはマダムだった。彼女は口に手を当て、目を見開いていた。かすかに震えているのがわかった。

「まさか、そんな……」仲西氏が呻くようにいった。「じゃあ、一体誰が」

「あの時に、そう訊いてくれればよかった。何があったのかって。そうすれば、こんなことにはならなかった。十五年間も苦しむ必要はなかった」

「何があったんだ」仲西氏が訊いた。

「あの日、あたしは二階でクラリネットを吹いていた。下で何が起きていたかも知らず、呑気に吹いていた。喉が渇いたから、何か飲もうと思って下りてきて、死んでいる本条さんを見つけたの」

　何だって、と僕は発していた。仲西氏もマダムも無言だった。だが彼等は声を出せなかったのだ。そのことは二人の表情からわかった。

「本条さんはね、自殺したの。自分で胸を刺したのよ」

「まさか……」仲西氏が、かすれた声を発した。

「信じられないでしょうけど、本当のことなの。だって、遺書が残ってたんだから」

「遺書？　そんなものはどこにもなかった」

「当然よ。あたしが隠したの。あんなもの、警察に読ませられないと思ったから」

「一体、何が書いてあったんだ」僕は訊いた。

　秋葉は悲しげな目を僕に向けた。

「この人たちは最低の人間なの。生きる価値なんてない。この人たちはね、自分たちの不倫関係を隠すために、一人の女性を犠牲にしたのよ」

「この二人が？」僕は仲西氏とマダムを交互に見た。二人の沈黙は、秋葉の言葉が真実だと物語っていた。まさか、と僕は呟いた。「でも、お父さんの相手は本条さんだったんじゃ……」

「彼女も父を愛してた。心の底からね。だけど父の本当の相手は妙子さんだった。母と結婚していた時から、二人の間には関係があった。離婚の原因が不倫じゃないなんてのは嘘。まさにそれが理由で両親は別れたの。ただ母は、父の相手が誰なのかは知らなかった。父がいわなかったからよ。いえるわけないわよね、妻の妹だなんて」

「じゃあ、お父さんと本条さんとは……」

「前に話したでしょ。父が本条さんと特別な関係になったのは、母と別居してからだって。それは事実なの」

「本条さんとも関係があったということ？」

「彼女はね、カムフラージュに使われたの」

「何だって？」

「母は離婚届に判を押す条件として、不倫相手が誰かを教えてくれるよう父に要求したの。父としては本当のことはいえない。そんなことをしたら母は絶対に離婚を承諾しない。そこで父は母の目をごまかすために、本条さんを利用したの。彼女と関係を持ち、不倫相手は彼女だと母に説明したわけ。別居から離婚まで時間がかかったのは、母がごねてたからじゃない。本条さんを本物の愛人に仕立て上げる必要があったからなのよ」

「まさか、そんなことを……」

「まさか、と思うでしょうけど、本当のことなの。あたしも騙されてた。母から父を奪ったのは彼女だと思い込んでいた。思い込んで、母が死んだ時には憎んだ。本条さん自身でさえ、自分だけが父の恋人だと信じていた」秋葉は、涙で真っ赤になった目で父親を睨みつけた。「彼女はお父さんのことを愛していたのよ。それがどれほど深いものなのか、遺書を読んで初めて知った。そんな彼女に対して、この人たちは、信じられないほど残酷な仕打ちをしたのよ。恋人は本条さんという暗黙の了解の陰で、ずっと密会を続けてた。どう？　あたしのいってることに、何か間違いがある？」

仲西氏は大きく胸を上下させ、徐《おもむろ》に口を開いた。

「本条君のことも好きだった。決して、単に利用したわけじゃない」

「でまかせをいわないで」秋葉の声が裏返った。「よくそんなことがいえるわね。利用したのでなければ、妙子さんと二股をかけてたってこと？　じゃあ、そのことでどうして妙子さんは抗議しないの？　ほかの女と寝ないでくれって、なぜいわないの？　自分たちの関係を維持するためには仕方のないことだと諦めたからじゃないの？」

マダムが、崩れるように、その場にしゃがみこんだ。仲西氏は苦しげに歪めた顔を下に向けた。その手は胸に当てられている。まるでそこを刃物で刺されているように僕には見えた。

「本条さんは、お父さんの愛が偽物だと知り、ショックのあまり自殺したのよ。自分の胸をナイフで刺すぐらい、絶望的な気持ちになったのよ」

いつだったか、心臓を突き刺す難しさについて秋葉が語っていたのを思い出した。抵抗する相手にそんなことをするのは至難の業だという話だった。抵抗しない相手——自分に対してならば可能だったということか。それにしても、すさまじい自殺方法だ。そんな手段を選んだところに、本条麗子の絶望の深さが感じられた。

「遺書には、真実が全部書いてあった。それを読んだ時の、あたしの気持ちがわかる？　何もかも信用できなくなって、目の前が真っ暗になった。それまで本条さんのことを憎んでいた自分にも腹が立った。いっそのこと、あたしも死んでしまいたいと思った。それで部屋に戻って、睡眠薬を大量に飲んだの。おかあさんから貰った睡眠薬よ。だけど、そんなことでは死ねなかった。すぐに気分が悪くなって、薬は殆ど吐き出してしまったから。妙子さんが帰ってきた時、あたしは意識が朦朧《もうろう》としていたけれど、眠ってはいなかったの。でも起き上がる気力もなかった。何より、あなたたちの顔を見たくなかった。それで、眠っているふりをしたのよ」

　秋葉は壁にもたれたまま、ずるずると腰を落としていった。やがては床に座り込んだ。

「お父さんと妙子さんがどうするつもりなのか、あたしにはわからなかった。警察が来れば、何もかもしゃべらなければならないわけで、きっと二人とも破滅すると思った。そうなればいいと思った。ところが二人の下した結論は、とんでもないものだった。二人は、あたしが本条さんを殺したのだと思い込んでいた。その上で、何とか強盗殺人に見せかけようと工作していたのよ」

　いつの間にか、仲西氏は正座していた。首を深く項垂れている。

「彼女のいっていることは本当ですか」僕は彼に訊いた。

　仲西氏の首が少し動いた。

「秋葉が殺したのだとばかり思い込んでいた。自殺だとは、露ほども考えなかった……」

「お父さんからいわれたとおりに嘘をついている間に、あたしは決心した。真実は時効の日まで黙っていようって。あたしが黙っているかぎり、お父さんと妙子さんにとって、あたしは殺人者。二人はあたしを守らなきゃいけない。起きてもいない犯罪を隠蔽《いんぺい》したという十字架を背負うことになる。それが罰だと思った。本条さんへの償いでもあった」

マダム――浜崎妙子が床に突っ伏し、泣き叫びだした。喉がちぎれるのではと思うような声だった。涙がぽたぽたと絨毯《じゅうたん》に落ちた。みるみるうちに染みが広がった。

秋葉は、ゆっくりと立ち上がった。僕の顔を見て、僕の右手を握った。

「行きましょう。もう、ここには用がないから」

「いいのかい？」僕は、号泣し続けている浜崎妙子と石像のように動かない仲西氏を見た。

「いいのよ。後のことは、この人たちが考えればいい」

さあ、と彼女は僕の手を引いた。

僕は歩きだした。背後から聞こえる浜崎妙子の泣き声には、ひゅうひゅうと笛のような音が混じり始めていた。

屋敷を出ると、空気の冷たさに思わず身体を縮めた。僕は秋葉の肩を抱き寄せ、歩き始めた。

「これからどうしようか」僕は訊いた。

不意に秋葉が立ち止まった。僕の腕の下から、するりと抜け出した。

「あたしは家に帰る」彼女はいった。

「あたしはって……」

「あなたも家に帰りなさい。まだそんなに遅くないから、出張が変更になったとかいえば、奥さんも変には思わないでしょ」

「俺は、今夜はずっと一緒にいるつもりだったんだぜ」

「ありがとう。でも、もう一緒にはいられない」

　はっとして秋葉の顔を見つめた。彼女は目をそらさなかった。

「あたし、あなたのことを利用してた。不倫したのは、あの人たちを苦しめるため。あたしがどんな不道徳なことをしたって、あの人たちはあたしを責められないから」

「嘘だ」

「悪いけど、嘘じゃない。家の前で、初めて父と会った時のことを覚えてる？　父があなたを見て不愉快そうな顔をした時、このひねくれた計画を思いついたの。あなたには申し訳ないと思ったけど、不倫はよくないことなんだから、自業自得よね？　それともう一ついえば、不倫を体験したかった。どんな思いがするものなのか知りたかった。だからね、あなたじゃなくてもよかったの」

　嘘だ、と僕は胸の中で繰り返した。口に出さなかったのは、それはもう無駄なことだとわかっていたからだ。

　秋葉は殺人犯ではなかった。そのことは僕を安心させたが、隠されていた真実に、途方にくれたことも否定できない。自分は犯人ではないという一言を、十五年間も胸にしまい続けてきた女性が、何の覚悟もなしに僕と付き合っていたはずがないのだ。

「あなただって、ほっとしてるでしょう？」

　意味がわからず、彼女の目を見返した。

「あなたはあたしのものだと思うことにしたから——こんなことをいわれて、少し怖《お》じ気づいたでしょ？　殺人犯かもしれない女に一生を懸けられるかどうかってことで、ずいぶんと悩んだでしょ？　あたしが会社の人に結婚するつもりだって話したことについても、焦ってたんじゃないの？　だけど、もうこれですべて解決。何も悩むことはない」

秋葉の言葉に、目の覚める思いがした。このところの彼女の妙に積極的な言動も、すべて意図的なものだったのか。

「あなたが早まって離婚するのが、一番怖かった。あなたの家庭を壊したくはなかった。それだけは防ぎたかった。あたしが積極的になれば、きっとあなたは考え込む。そう思った。あたし、あなたの性格はわかっているつもりよ」

「秋葉……」

「さっきいったことは嘘」秋葉は微笑んだ。「あなたでなくてもよかったってことはない。やっぱりあなたでよかった。すごく楽しかったし、どきどきした。ありがとう」

彼女の瞳が涙できらきらと光るのが、薄暗い中でもわかった。少女のように無邪気な表情をしている。十五年前に戻ったのかもしれない、と僕は思った。

最後のキスをしようと、一歩前に出た。ところがそれを察したように彼女は後ろに下がった。

「もうだめ。ゲームオーバーだから」そういうなり秋葉は手を挙げた。一台のタクシーが、僕たちのすぐそばで止まった。

「送っていくよ」

僕の言葉に彼女は首を振った。涙で頬を濡らしながらも微笑みを残し、無言で車に乗り込んだ。僕は窓越しに覗き込んだが、彼女はこちらを向こうとはしなかった。

33

家に帰った時には二時近くになっていた。物音をたてないよう気をつけながら、リビングルームに入った。明かりをつけ、キッチンで水を一杯飲んだ。

何もかもが夢のようだった。秋葉の話は僕の想像を超えたものだったし、彼女と別れることになるとは、今朝家を出る時には考えもしなかった。その時点で僕の頭にあったのは、有美子に対して、どのように別れ話を切り出そうかということだったのだ。

キッチンを出て、ソファに向かいかけた時、ダイニングテーブルの上に、奇妙なものが置いてあることに気づいた。奇妙というのは、時季的におかしいという意味だ。それは卵の殻で作ったサンタクロースだった。

僕がそれを手に取って眺めていると、廊下を歩く足音が聞こえてきて、ドアが開けられた。パジャマ姿の有美子が、僕を見て、瞬きした。

「出張じゃなかったの？」

「日帰りになったんだ」

「そう。おなか、すいてる？」

「大丈夫」食欲なんか、まるでなかった。「それより、これは何？」

「サンタだけど」

「それはわかってるよ。どうして今頃こんなものがあるんだ」

有美子は僕の手元を見て、小さく首を傾げた。

「何となく、眺めたくなったの。それ眺めてると、癒されるから」

「ふうん」

「あたし、寝室に戻ってもいい？」

「いいよ。俺も、もう少ししたら寝るから」

おやすみなさい、といって彼女はドアに向かった。だが途中で振り返った。

「悪いんだけど、そのサンタ、戻しといてもらえない？　クリスマスグッズの段ボールは、いつものところにあるから」

「ああ、わかった。おやすみ」

おやすみなさい、と彼女はもう一度いい、リビングを出ていった。

クリスマスグッズを入れた段ボール箱は、この部屋のクローゼットの中だ。僕は戸を開け、段ボール箱を出した。中には、小さなクリスマスツリーや、ローソクなどが入っている。

卵のサンタは、どのようにしてしまえばいいのだろうと考えながら中を調べていると、スーパーの袋が出てきた。赤いものが透けて見える。

何だろうと思って中を覗き、ぎくりとした。

それは大量の卵の殻だった。いずれも赤い布が張りつけられている。例のサンタだ。有美子が、幼稚園で配るといっていたものだ。

それがなぜここにあるのか。しかも——。

サンタはすべて潰《つぶ》されていた。たまたま壊れたという感じではない。わざと、潰したようにしか見えなかった。布が張ってあるので、ばらばらになるのは免れているが、どれもこれもぺしゃんこだった。

なぜ、と思った時、ある想像が僕の頭に浮かんだ。イブの朝の時点では、これらに異状はなかった。こんなふうに潰されたのは、その後ということになる。

僕が秋葉と会っている間に、いやもしかしたら会うための工作をしている間に、卵のサンタたちは潰されたのではないだろうか。

有美子が、丹念に作ったサンタを、ひとつひとつ潰していく姿が脳裏に描かれた。夫が愛人と会うことを知りながら、気づかぬふりをし、いずれ元の鞘《さや》に収まる日が来ることを念じ続ける妻。夫を責めないのは、それが破滅の引き金になると思っているからだ。サンタを潰すという行為は、激しい怒りを鎮める手段だったのではないか。

僕はスーパーの袋を元に戻し、卵のサンタは一番上に置いて、段ボール箱を閉じた。明かりを消し、リビングを出た。妻が待つ寝室に向かって、廊下を歩き始めた。

番外編　新谷君の話

0

渡部から不倫についての相談を持ちかけられた。馬鹿な奴だ。クリスマスイブに愛人と会おうとするなんて無茶だ。しかもどうやら奴は、かなり本気らしい。下手をすると、奥さんとの離婚だって考えかねない。

俺は渡部がいかにでたらめなことをやろうとしているのかについて、懇々と諭してやった。その愛人と正式に結ばれたいなんてことをほんのちょっとでも考えたら、とんでもないことになるということを説いた。

だけどその俺の忠告を、奴は今ひとつ理解しきっていないようだ。結局奴はイブの夜に愛人とデートするという夢を捨てきれなかった。おかげで俺は頭を捻《ひね》り、その夢を実現できるような作戦を考えてやる羽目になった。幸い計画は成功したが、もう二度とごめんだ。

もっとも渡部の気持ちは痛いほどよくわかる。不倫は蜜の味なのだ。それを一度舐《な》めたら、なかなか手放せるものではない。

しかし蜜の味を保つには条件がいる。その条件を無視したり、もっと甘い蜜を欲しがったりすれば、忽《たちま》ち取り返しのつかないことになる。俺はそのことを渡部に教えてやりたいのだ。

1

その瞬間、英恵《はなえ》の表情は凍り付いた。見開かれた目は俺を、というより俺の内側にあるものを凝視しようとしていた。

「何いいだすの……」青ざめたまま彼女はいった。「どうしてそんなことというの」

「すまん」俺は頭を下げた。「俺の我が儘《まま》だ。だから出来るかぎりの償いはする」

「何よそれ……。そんなこと急にいわれて、あたしはどうすればいいの」

俺は黙り込む。ダイニングテーブルに置かれた湯飲み茶碗を見つめていた。ちょっと話があるんだというと、英恵が茶を入れてくれたのだ。少し緊張した面持ちをしていたが、まさか俺がこんな話を切り出すとは想像もしていなかっただろう。

「女の人？」英恵は訊いてきた。

どう答えようかと迷っていると、「そうなのね」と彼女は続けた。

まあそうだ、と俺はいった。正直にしゃべったほうが話が早いだろうと思ったし、何より、ごまかす方法がなかった。

「どこの女？」

英恵の口調に、俺はぎくりとした。女、といった時の声が恐ろしく冷たく聞こえた。

「英恵の知らない女性だよ」

「だからどこの女だって訊いてるんでしょ。いいなさいよ」

「そんなこと、いう必要ないだろ。それを知ってどうするんだ」

「あたしが話をつけに行く。あなたと別れてっていう」

「ちょっと待てよ。俺は君と別れたいといってるんだ」

「そんなの……」英恵は目を閉じ、がっくりとうなだれた。両肘《りょうひじ》をテーブルに載せたまま頭を抱えた。そうして動かなくなった。

「今もいったように、出来るかぎりのことはする。君が今後の生活に困らないよう努力するつもりだ」

　英恵が何かいった。声がくぐもって聞き取れなかったので、「何だ？」と訊いてみた。

「納得できない」頭を抱えたまま彼女はいった。「そんな話、納得できない」

「そりゃあそうだと思うけど、仕方ないだろ」

「何が仕方ないのよっ」英恵が突然顔を上げた。その目は真っ赤で、頬は涙でぐしゃぐしゃになっていた。それまで泣いている気配がなかったので、俺は驚いた。

　すまん、と俺はいった。

「謝って済む問題じゃないでしょっ」英恵は悲鳴のような声でいい放った。「こんなことして許されると思ってんの？　あたし、そんなの嫌だから。おかしいよ。絶対におかしいよ。あなた、結婚する時に何といったの？　幸せにするっていったよね。あたしのことを裏切らないっていったよね。あの約束はどうなったの？　みんなの前で誓ったじゃない。あれはどうなったの？　全部嘘？　ほかに好きな女が出来たらそれまでなの？　ふざけないでよ。そんなのってないよ。あたしはどうなんの？　使い捨て？　何よ、それ。冗談じゃないよ。馬鹿にしないでよ」

罵《ののし》られることは覚悟していたが、英恵がこれほど取り乱すことは予想していなかった。元来はクールな性格のはずなのだ。

「だけど以前、君はいってたじゃないか。もし俺が浮気したとわかったら、絶対すぐに別れるって。慰謝料を貰《もら》って、すぱっと縁を切るって」

「いったけど、まさか本当にあなたが浮気するなんて思ってなかった。あなたのこと信じてたのに」

「すまない」俺は頭を下げた。今夜はいくらでも謝るつもりだった。

「あなた、すまないなんて思ってないでしょ。早いところ離婚話にけりをつけたいだけでしょ。そんなわけにはいかないから。あなただけ幸せになるなんて、そんなの絶対に許さないから」

英恵はそういって立ち上がると、リビングルームを出ていった。隣の寝室に入り、乱暴にドアを閉めた。わあわあと泣きわめく声が聞こえてきた。

俺は吐息をつき、戸棚からウイスキーの瓶を取り出した。キッチンからグラスを持ってきて、ストレートで飲み始めた。

2

離婚話を妻に切り出したというと、絵理の顔が一瞬ぱっと輝いた。それでも嬉しそうな表情は見せず、むしろ心配そうに俺を見上げた。

「それで……どうだったの？」

「うん。まあ、ちょっと揉《も》めた」俺は鼻の横を掻《か》いた。

江戸川橋《えどがわばし》にある絵理のマンションに俺はいた。1DKの狭い部屋だ。ベッドの横に置かれたテーブルの上に、絵理の手料理が並べられていた。唐揚げ、肉じゃが、ほうれん草のお浸し。彼女の得意料理のオンパレードだ。ビールを飲みながら、俺は時折箸《はし》を伸ばす。

「揉めたって？」

「半狂乱ってやつだ。無理ないとは思うけど」

「そう…………ごめんね。あたしのせいで」

「絵理が謝る必要はない。俺が決めたことだし、元々俺に責任がある」

「奥さん、オーケーしてくれそう？」

「してくれなきゃ困る。それにあいつだって、粘っても仕方がないことぐらいはわかってるはずだ。大丈夫、きっと何とかするよ」

絵理は俺の首に腕をまわしてきた。うれしい、と耳元で囁《ささや》きかけてきた。俺は彼女の細い身体を抱きしめる。

これでいいんだ、と俺は自らにいい聞かせた。これからいろいろと大変だろうが、絵理がいてくれれば耐えられるし、どんな障害も乗り越えられると思った。

絵理は一年ほど前まで六本木《ろっぽんぎ》のキャバクラで働いていた。女子大生だった。俺は一目で気に入り、時間と金を捻出《ねんしゅつ》しては会いに行った。やがて外でデートするようになり、当然のことながらセックスをする仲にまで発展した。彼女が大学を卒業し、店を辞めてデザイン事務所で働くようになってからも、その関係は途切れなかった。

彼女とは音楽や料理の好みが一致するだけでなく、感動したり、面白がったりするポイントも近いものがあった。何を大事にし、どういうことならば切り捨てられるかという、いわゆる価値観も似通っていた。彼女といれば、ゆったりとした優しい気分になれることにも気づいた。

絵理こそが自分にとっての理想の相手なのだと俺は確信している。彼女のためならどんなことでも出来る自信があるし、彼女を失うことなどとても考えられない。昔からよくいわれる赤い糸で結ばれた相手、それが絵理だったのだ。だが如何《いかん》せん出会うのが遅すぎた。俺はすでに妻帯者となっていた。

英恵とは四年間の交際の末に結婚した。二年前のことだ。俺としてはどうしても結婚したいというわけでもなかったが、三十歳になるまでには入籍したいという英恵の訴えに屈した形になった。もう新たな恋の相手など現れないだろうと諦《あきら》めてもいた。

結婚は俺からいろいろなものを取り上げた。稼いだ金を好き勝手に使う権利、朝帰りや外泊の自由、そして何よりほかの女性とのロマンス。もちろん、結婚によって得たものもないわけではない。食事や家事のことを考えなくてよいというのは本当に助かる。いつだって下着は洗ってあるし、独身の時みたいに、出かける直前になって靴下の片方が見つからなくて焦る、なんてこともなくなった。部屋の隅に埃《ほこり》が溜まることもない。だがそういう快適な生活と引き替えに失ったものの大きさを、俺は日増しに感じるようになった。英恵に対してこれほど無関心になってしまうとは、結婚前は想像もしていなかった。彼女とのセックスを何とか逃れようとしている自分に気づき、俺は愕然《がくぜん》とした。

そんな時に絵理と出会ったのだ。俺は改めて、結婚が失敗だったと思った。もっと早くに絵理と会っていれば、絶対に英恵とは結婚していなかった。

妻と別れる、と俺がいいだしたのは二週間ほど前だ。絵理はびっくりした様子だったが、その顔には期待と喜びの色が漲《みなぎ》っていた。そんなこと考えもしなかった、と彼女はいった。

「だって、いろいろと大変だって聞くよ、離婚するっていうのは。あたし、俊君に辛《つら》い思いをさせたくないよ」

絵理のこういうところが俺を感動させる。何としてでも彼女を幸せにしたいと思う。

「大丈夫だ、任せてくれ」俺は強くそういったのだった。

3

もちろん、ある程度の成算があっての発言だった。英恵は以前からこんなふうにいっていたのだ。

「浮気した旦那が土下座をして謝ったから仕方なく許したっていう話を時々聞くけど、あたしには考えられないなあ。その後もそれまで通りに生活できるとはとても思えないもの。それなら慰謝料を貰って、すぐに離婚して、さっさと次の相手を探したほうがいいよ。ぐずぐずしていたら歳をくっちゃうし、そうなったら相手を探しにくくなるものね」

英恵は女性にしては合理的な考え方をする。またプライドも高い。だから別れたくないとごねるとは思えなかった。俺が心配したのは慰謝料のことだけだった。それについてはかなりの金額まで覚悟していた。

しかし俺の予想は完全に外れた。英恵は離婚について、決して首を縦には振らないのだった。といっても、俺が初めて切り出した夜のように、取り乱して泣きわめくということはなくなった。むしろそんな話は何も聞かなかったかのように、淡々といつも通りに家事をこなしていた。何を考えているのかわからず、「どうするつもりなんだ」と俺が訊くと、答えは大抵同じだった。わからない、だ。

「でもこんな生活を続けてたって仕方がないだろ。お互い、嫌な思いをするだけじゃないか」

「そんなに早く別れたいの？」

「早くすっきりさせたほうがいいと思うからいってるんだよ」

「すっきりするのはあなただけでしょ」

そう切り返されると答えに窮してしまう。

いっそのこと家を出て、絵理と暮らそうかとも思うが、そんなことをしたところで離婚話が長引くだけなのは明白だった。今住んでいるマンションは結婚直後に購入した分譲で、英恵に出ていってもらわなければ、手放すことも、今後住むことも出来ないのだ。

どうすればいいのかわからぬまま、とりあえず絵理に会って元気を与えてもらい、その勢いで帰宅して英恵との間に流れる気まずい空気に耐える、というのが俺の日課になりつつあった。

そんなある夜、俺がマンションに帰ると、英恵が廊下で倒れていた。びっくりして抱き起こした。アルコール臭い息が彼女の口から漏れていた。

「何やってるんだ。おい、しっかりしろ」

揺すったが、まるで反応がない。俺は彼女の身体を抱きかかえてリビングに入った。ソファに寝かせてからテーブルの上を見て驚いた。貰い物のワインが二本と飲みかけだったウイスキーのボトルが空になっていた。殆《ほとん》ど酒を飲めなかったはずの英恵がこれだけ飲んだのなら、意識を失っても不思議ではなかった。

俺はトイレを見にいった。案の定、便器の中には嘔吐《おうと》物が残っていた。周囲にも飛び散っている。水で流すことも忘れ、そのまま廊下で眠り込んでしまったのだろう。

リビングに戻り、英恵の頭部などに傷がないことを確かめた後、寝室から毛布を持ってきて彼女の身体にかけた。その時に気づいたのだが、英恵の目の下には涙の跡が残っていた。それを見た途端、胸を締め付けられるような自己嫌悪に襲われた。

俺はひどい男だ、改めてそう思った。この結婚は正解ではなかったのかもしれないが、その結論を俺一人で出すべきではなかった。もっと時間をかければよかったと後悔した。

だがもう遅いのだろう。後戻りなどできない。せめて離婚が成立するまではそばにいて、英恵が軽はずみなことをしないよう見守ってやらねばならないと思った。

翌朝、リビングに行ってみると、すでに英恵は起きていた。驚いたことに朝食の支度を始めていた。その顔は青白かった。

「大丈夫なのか」キッチンにいる彼女に声をかけた。

うん、と彼女は頷《うなず》いた。「毛布かけてくれたのね。ありがとう」

「それはいいけど、もうあまり飲みすぎるなよ」

すると彼女は調理していた手を止め、俯《うつむ》いたままでいった。

「だったら、睡眠薬を貰ってきてよ」

「睡眠薬？」

「うん。だって、眠れなくて辛いから。嫌なことを忘れられないから」

俺が黙っていると彼女はさらに続けてこういった。

「毒薬でもいいよ。あなたの会社、青酸カリとかも置いてあるんでしょ。大丈夫、あなたがいない時に飲むから」

俺は大きく深呼吸してからいった。「馬鹿なことというなよ」

英恵は能面のような顔をこちらに向けた。「本気よ」

4

ドアホンを鳴らすと、ドアスコープを覗《のぞ》いているような気配があり、それから錠の外れる音がした。

「こんばんは」ドアを開け、絵理はにっこりと笑った。幼児のように明るく、裏表を感じさせない笑顔だ。

やあ、といいながら俺は素早く部屋に滑り込む。

いつものように絵理の手料理を食べながらビールを飲む。部屋の隅に、料理本が置いてあった。それを見ながら作ったのだろう。

「そうだ。今日、いいものを買ってきたの」絵理が紙袋を引き寄せ、中から紺色のパジャマを出してきた。「どう？　あたしのとお揃いなの」

「へえ……」

「シーツも新しいのと取り替えたんだよ。枕《まくら》も買ってきた」

「急にどうしたんだ」

「だって、これからは泊まっていけるわけでしょう？　奥さんに話しちゃったから、もう隠さなくてもいいんだって、この前俊君がそういったよ」

たしかにそういう意味のことを口にした覚えがあった。開き直って外泊でもすれば、英恵も嫌気が差すだろうと思ったからだ。だがその時とは微妙に状況が違っている。

「それがさあ、やっぱりしばらくは今まで通りに帰ろうと思ってるんだ」

「えっ、どうして？」気のせいか、絵理の目がきらりと光ったように見えた。

俺は頭を掻きながら、英恵が酒漬けになっていることや、彼女から自殺を仄《ほの》めかされたことを話した。

絵理は無表情で宙を見つめた後、口を開いた。

「でもさあ、それってしょうがないんじゃないの？」

「しょうがないって？」

「だって、奥さんを傷つけることはわかってたでしょ。それに、離婚はすぐに成立するはずだって俊君はいってたよ」

「まあそうだけど、思った以上に難しいことになっちゃってさ」

俺の言葉に絵理は何とも答えなかった。黙ったままパジャマを紙袋に戻した。

食事の後はいつものようにセックスを始めた。コンドームは絵理がつけてくれる。しかし今夜はそれをしないまま、俺の上に乗っかってくるので、あわてた。

「おい、何だよ。つけなきゃ」

「いいじゃない。ナマでしちゃおうよ」悪戯《いたずら》っぽく絵理はいった。しかしその目に真剣さが宿っていることに気づき、俺はぎくりとした。

「今はまずいよ。とにかく今夜はまずい」

ふうん、といって彼女は引き出しからコンドームを出してきた。

セックスが終わると俺は帰り支度を始めた。ねえ、と絵理が呼びかけてきた。

「奥さんとはしないよね」

「何を？」

「セックス」

「馬鹿だな」俺は笑った。「するわけないだろ」

「それならいいけど」絵理も口元を緩ませていた。「したら許さないから」

わかってるよ、と俺は答えた。

5

二日に一度は絵理の部屋に行き、それ以外は極力自宅にいる、という生活が続いた。離婚の話題さえ出さなければ、英恵との生活は比較的穏やかなものとなっていた。時にはテレビのお笑い番組を見て、二人で笑ったりすることさえあるのだ。だからといって、二重生活を謳歌《おうか》している、という感じではもちろんない。それどころか、ぴんと張られたロープの上を目隠しして歩いているようなものだった。

寝る時には俺はソファを使うようになっていた。英恵と同じベッドに入るのは、あらゆる意味で抵抗があった。するとある夜、ソファで横になっている俺のそばに英恵が来て、静かな口調でこういった。

「あなた、ベッドで寝て。あたし、ここにいるから」

「いや、俺はここでいいよ」

「寝室にいても眠れないの。お願いだから交代して」

俺は身体を起こした。「やっぱり眠れないのか」

「うん。何か飲まないと無理」

酒を飲むつもりなのだな、と俺は解釈した。

「君が眠れる何かいい方法はないかな」

俺がいうと、英恵は俺の両手を取った。

「簡単よ。こうしてくれればいいの」俺の手を自分の首に持っていった。「少し絞めてくれれば、あたし、楽になれる」

「何いってんだよ」俺は両手を引っ込めた。「君がそういう変な気を起こすとまずいから、俺は今だってここに帰ってきてるんだ」

「だから、もう面倒なことはやめましょうといってるのよ」

「そう思うんなら――」

「離婚してくれ、そういいたいの？」英恵は薄く笑った。冷たい表情だった。「あなた、それしか頭にないのね」

その時、俺の携帯電話が鳴りだした。時間帯を考えると絵理からに違いなかった。

「出てあげなさいよ。あたし、向こうに行ってるから」英恵はリビングを出ていった。

携帯電話を手にした。やはり絵理からだった。どうしたんだ、と俺は訊いた。

「寂しいの」か細い声で絵理はいった。「一人でいると、不安で仕方がない。俊君がもう戻ってこないんじゃないかと思って、怖くなる」

「そんなことあるわけないだろ」

「じゃあ、どうしてそばにいてくれないの？　どうしてあたしを一人にするの？」

「だからそれは前もいっただろ」

「奥さんのことが心配だから？　あたしのことは心配じゃないの？　あたしは死なないと思ってるの？　お酒を飲んで倒れたりしないと思ってるの？」

「そうじゃない。君には悪いと思ってるよ。でも――」

電話の向こうからすすり泣きが聞こえてきた。

「もういいよ。あたし、もうこんなの耐えられない。もういやだ」電話が切れた。

俺はあわてて電話をかけ直したが、繋《つな》がらなかった。焦った。

急いで服を着替えて廊下に出ると、英恵が立っていた。幽霊のようだった。

「彼女のところに行くの？」

「何だか様子がおかしいんだ」

「そう」

英恵は目を伏せ、唇を真一文字に結んだ。その表情は何らかの決意を示しているように俺には見えた。不吉な予感といっていいものだった。だが俺はその感覚は無視し、靴を履いた。車のキーを手にした。

立ち尽くしている英恵を残し、俺は部屋を出た。ドアを閉め、鍵をかけた。

その直後だった。絹を引き裂くような悲鳴が室内から聞こえてきた。人間の声とは思えなかったが、英恵が発しているに違いなかった。俺は顔をしかめ、その声を拒絶するように首を振った。マンションの回廊を走り、エレベータに乗った。

約三十分後、俺は絵理の部屋にいた。彼女はベランダに出て、これから飛び降りる、といってきかないのだった。

「馬鹿なことはやめろよ」

「いやよ。死ぬ。俊君、あたしのことなんかどうでもいいと思ってるんでしょ」

「そんなことないって」

「じゃあ、もう帰らないで。ずっとここにいて」

「無理いうなよ。まだ離婚は成立してないんだ」

「俊君が家に帰るからよ。帰らなきゃ、奥さんだって諦めるのに」

「そんなに簡単にいくもんか」

「わかった。じゃあ、飛び降りる。それでもいいの?」絵理はベランダに手をかけた。

死ぬ気なんかないくせに、と俺は思った。本気なら、俺が到着する前に飛び降りていたはずだ。

しかしそれを口にするわけにはいかない。そんなことをしたら、彼女のプライドを傷つけることになる。そしてプライドを保つために、彼女は衝動的に飛び降りるかもしれない。

死ぬ死ぬという絵理をなだめること約二時間。俺はくたくたになった。

「ちょっとトイレに行ってきてもいいか」

「なによっ。その間に飛び降りちゃうから」

「勘弁してくれ。我慢できないんだ」

トイレに駆け込み、小便をしていると、携帯電話がメールの着信を知らせた。英恵からだった。おそるおそる確かめた。

『私は大丈夫です。彼女の様子はどうですか。帰る時、運転に気をつけてください。疲れているなら、少し休んできてもいいです。』

液晶画面を見つめ、俺はなんともやりきれない気持ちになった。先程の英恵の叫びは、ついにすべてを諦める決心をした末のものだったのだ。その上で彼女は、愛人とのやりとりで俺が疲れて事故を起こさないかと心配しているのだ。

俺がトイレから出ると、絵理がまた喚《わめ》き始めた。

6

俺の不倫話は以上である。その後、どうなったかは皆の想像に任せることにしよう。事実だけを述べておくと、俺は今も英恵と暮らしている。そして絵理とは会っていない。

　この事件から、もう何年も経っている。俺と英恵の間で、この時の話が出ることはない。ただし、影響は今も残っている。

　たとえば、俺は現在、若い女性が接客してくれるような店には足を向けないようにしている。そのことが英恵にばれるとまずいということもあるが、それ以上に自分のためなのだ。

　結婚した以上は恋愛なんてしないほうがいい。そんなものにはまったら、結局は自分自身をボロボロにしてしまうだけだ。それに俺はもうそろそろ四十歳だ。腹だって出てきた。

　世間から見れば俺たちはおやじ、男ですらない——そう考えることにした。

　テレビドラマを見なくなったのも、あの事件以後だ。ドラマというやつは、不意に恋愛問題を持ち出してきたりする。それが不倫に関するものだったりしたら最悪だ。あわててチャンネルを変えるのもおかしいし、席を立つのもばつが悪い。というわけで、最初からドラマは敬遠している。

　絵理のことは、すぐに忘れられた。未練などは全くない。罵《ば》倒《とう》し合い、いがみ合って別れることになったから、そんなものが生じる道理がないのだ。

　赤い糸か。そんなものはない。これは断言できる。

　渡部と愛人の仲が今後どうなるか、俺にはわからない。奴はその女性を運命の人だと信じているようだが、そんな直感が当てにならないことは俺が一番よく知っている。

　もっとも、だからといって、彼の不倫の顚末《てんまつ》も俺と同じになるとはかぎらない。

　渡部の奥さんのことはよく知らない。英恵のような迫真の演技ができるかどうかも不明だ。あれをやられたら渡部だって危ないと思うけれど、さすがにあそこまではないんじゃないかと思う。

つまり渡部が思いきって奥さんにすべてを告げ、それを聞いた奥さんが激怒しながらも離婚届にサインする、なんてこともないとはかぎらないのだ。

そんなことになったらどうだろう。

はっきりいって、俺としてはちょっと面白くない。あいつだけうまくいくなんてのは、許せない。

不倫は不倫のままで終わるべきなのだ。

だからこれからも俺は渡部にアドバイスし続ける。はやまるなよ、と。

本編「夜明けの街で」は「野性時代」二〇〇四年九月号〜二〇〇七年四月号、番外編「新谷君の話」は「野性時代」二〇〇六年二月号に掲載されたものに、新たに加筆・修正したものです。

装丁　高柳雅人（角川書店装丁室）
写真　©TOMOYOSHI OSHIYAMA／SEBUN PHOTO
／amanaimages

東野圭吾（ひがしの　けいご）

1958年、大阪府生まれ。大阪府立大工学部卒業。エンジニアとして勤務しながら、85年『放課後』で第31回江戸川乱歩賞を受賞しデビュー。99年『秘密』で第52回日本推理作家協会賞、2006年『容疑者Xの献身』で第134回直木賞を受賞。その他に『殺人の門』『鳥人計画』『さまよう刃』『手紙』『幻夜』『片想い』『さいえんす？』『ちゃれんじ？』など著書多数。

夜《よ》明《あ》けの街《まち》で

平成十九年六月三十日　初版発行

著　者――東野圭吾《ひがしのけいご》

発行者――井上伸一郎

発行所――株式会社角川書店
東京都千代田区富士見二-一三-三
〒一〇二-八〇七八
電話／編集　〇三-三二三八-八五五五

発売元――株式会社角川グループパブリッシング
東京都千代田区富士見二-一三-三
〒一〇二-八一七七
電話／営業　〇三-三二三八-八五二一
http://www.kadokawa.co.jp/

印刷所――大日本印刷株式会社

製本所――本間製本株式会社

落丁・乱丁本は角川グループ受注センター読者係宛にお送りください。
送料は小社負担でお取り替えいたします。

ISBN 978-4-04-873788-3　C0093